다크사이드 II

다크사이드 II

제레미 오 장편소설

고즈넉
이엔티

다크사이드 Ⅱ

1쇄 발행 2022년 12월 17일

지은이 제레미 오
펴낸이 배선아
편 집 유민우
디자인 엄인경
펴낸곳 고즈넉이엔티

출판등록 2017년 3월 13일 제2022-000078호
주소 서울시 중구 남대문로9길 24, 패스트파이브 시청1호점 904호, 1007호
대표전화 02-6269-8166 **팩스** 02-6166-9199
이메일 gozknockent@gozknock.com
홈페이지 www.gozknock.com
블로그 blog.naver.com/gozknock
페이스북 www.facebook.com/gozknock
인스타그램 www.instagram.com/gozknock

ⓒ 제레미 오, 2022
ISBN 979-11-6316-459-3　04810
　　　979-11-6316-457-9　(세트)

표지/내지이미지 Designed by Getty Images Bank, Freepik

차 례

13 진짜와 가짜가 뒤섞이는 순간 · 2031년 07월 22일 ⋯⋯⋯⋯⋯ 007

14 믿도록 만드는 것 · 2031년 07월 23일 ⋯⋯⋯⋯⋯⋯⋯ 039

15 중력이 힘을 쓰지 못하는 공간 · 2031년 07월 23일 ⋯⋯⋯ 058

16 빛과 어둠의 경계선 · 2031년 07월 24일 ⋯⋯⋯⋯⋯⋯⋯ 105

17 복수를 부르는 것들 · 2031년 07월 24일 ⋯⋯⋯⋯⋯⋯ 135

18 어둠 속에서는 모두가 적이다 · 2031년 07월 24일 ⋯⋯⋯ 164

19 불행한 일들은 되풀이된다 · 2031년 07월 25일 ⋯⋯⋯⋯ 191

20 기다림이 길수록 탈출은 짧아진다 · 2031년 07월 27일 ⋯⋯ 212

21 떠나는 것에는 날개가 없다 · 2031년 07월 27일 ⋯⋯⋯⋯ 259

22 사람은 늘 똑같은 실수를 반복한다 · 2031년 07월 28일 ⋯⋯ 289

23 중력만이 지배하는 공간 · 2031년 07월 29일 ⋯⋯⋯⋯⋯ 327

24 불완전한 기억: 다크사이드 · 2031년 07월 31일 ⋯⋯⋯⋯ 364

13

진짜와 가짜가 뒤섞이는 순간
2031년 07월 22일

"반갑습니다. 대통령님."

대한민국의 대통령 최윤중이 에어포스 원의 스텝카 위로 당당히 걸어 올랐다. 에어포스 원의 주 출입문 앞에는 미국의 오웬 대통령이 노타이 차림으로 서 있었다.

"제가 정치 생활을 30년 넘게 했는데 이런 경우는 또 처음이군요. 국가원수께서 직접 마중 나오니 참 어색하면서도 좋습니다."

오웬이 의례적인 인사를 건네고는 윤중을 안으로 안내했다. 스텝카 밑에 서 있던 하진도 뒤따라 계단을 오르려 했지만, 비밀경호국 경호원들이 제지했다.

"아니, 사전에 협의가 되었다니까?"

"죄송합니다. 에어포스 원에는 오르실 수 없습니다."

"야, 나 비서실장이라고. 하진 정. 명단에 없어?"

"없습니다."

밑에서 소란이 벌어지고 있는 것을 알았지만 윤중은 개의치 않고 오웬을 따라 비행기 안으로 들어갔다. 널찍한 통로를 지나자 곧 드넓은 회의 탁자가 나타났다.

"앉으시죠. 아시다시피 시간 많지 않습니다."

푹신한 소파에 오웬이 먼저 앉으며 말했다.

"예, 다음 일정이 있으시다고 이야기 들었습니다."

"14시간을 날아서 여기까지 급히 오신 이유는 잘 알고 있습니다. 오시는 동안 상의도 좀 했고요."

"감사합니다."

윤중이 깍듯이 예의를 지켰다.

"국회의 비준과 동의가 필요한 사안이지만, 의장하고는 먼저 구두로 이야기를 나눴어요."

갑작스레 미국 국회 이야기가 나오자 윤중의 얼굴이 반짝였다.

"쉽지 않은 결정이었죠. 한국이 우방국이기는 하나 솔직히 최우방국은 아니지 않습니까? 북한 문제도 있고."

오웬의 태도는 의례적인 정상회담에서는 상상도 할 수 없을 만큼 고압적이었다.

공식적으로 발표된 바는 없으나 그들은 '다섯 개의 눈(Five

Eyes)'이라 부르는 영국, 캐나다, 호주, 뉴질랜드와 각별한 관계를 맺고 있었다. 해당국의 정보기관들은 미국에서 정한 일정 등급의 보안 문서들을 열람할 수 있었으며, 미 국방부와 국무부의 기밀 네트워크에도 접속할 수 있었다.

"한국은 1.5등급 우방국이니 이 사실을 알 자격은 없습니다. 하지만 이제 사건 당사국이 된 이상, 어느 정도 정보를 공유하고 입장을 알릴 필요가 있을 것 같습니다."

사전에 전혀 통보받지 않은 사안이었기에 윤중은 지금 오웬의 입에서 나오는 말 한 마디 한 마디에 촉각을 곤두세웠다.

"예, 말씀 주세요."

"그 우주인들 말이에요."

"예."

"우리나라의 최고 등급 군사시설에 무단으로 침입했어요."

"예?"

윤중이 과장되게 소리를 지르듯 목소리를 높였다. 오웬의 입에서 나온 말은 상식 밖이었지만, 사실 윤중은 어느 정도 예상하고 있었다. 그럼에도 지금은 아무것도 몰랐다는 듯 오웬을 띄워줄 연극이 필요했다.

"달 뒷면 말이에요. 지구에서 그 어떤 관측 장비를 동원해도 살필 수 없다는 이점 때문에 오래전부터 미 국방부가 눈독을 들이고 있었죠. 우리는 그곳에 비밀 군사시설을 건설하고 유지한 지 60년이 더 되었어요."

윤중은 눈도 깜박이지 않은 채 오웬의 입을 쳐다봤다.

"달 뒷면에 지금 무인 군사기지가 있다는 말입니까?"

"아니요. 유인이죠. 그것도 열다섯 명의 최정예 요원들만 있을 수 있는."

"예? 유인이라고 하셨습니까?"

윤중의 상식이 자꾸만 흐트러지고 있었다.

"그렇죠. 닐 암스트롱이 달에 가고 나서부터 준비했으니까……."

오웬이 옆에 앉은 국방부 장관을 바라보며 손가락으로 무언가를 세었다.

"지금까지 대략 100명이 넘는 인원이 그곳을 거쳐 갔을 거예요. 아주 열악한 환경이지만 한번 파견 나간 직원들은 돌아올 생각을 안 하더라고. 핵잠수함보다는 낫다고 하던가?"

오웬의 농담조에 국방부 장관이 미소를 지었다.

"그냥 달에서 지구 경치나 보면서 대기하면 어마어마한 돈이 통장에 쌓이니까. 나도 가서 딱 5년만 근무해보고 싶더라고."

거침없이 1급 기밀을 쏟아내는 오웬의 입을 곁에 있던 미국의 비서실장이 불안한 눈빛으로 바라봤다.

"아, 스티븐, 괜찮아요. 최 대통령과는 오랫동안 알고 지냈어요. 입이 가벼운 사람은 아니니까 걱정 말아요."

오웬이 비서실장과 윤중을 번갈아 보며 말했다.

"지금 하신 말씀이 우리 우주인들에게 좋은 소식입니까?"

윤중이 기대 섞인 목소리로 물었다. 윤중은 자국 우주인들이 조난된 지점 근처에 '사람'이 있다는 것에 주목했다.

"불행히도 그렇지 않습니다."

하지만 오웬은 그 기대를 무참히 깨트렸다.

"그 기지의 주인, 아니 주인이라고 할 수는 없고 관리자가 하나 있는데……."

오웬이 윤중 쪽으로 몸을 기울였다.

"이사벨라 소드슨. 아주 독한 여자지. 20년째 달에서 돌아오지 않고 있죠. 허허허."

그의 호탕한 웃음소리가 비행기 안을 가득 채웠다.

"말을 안 들어, 도무지. 내가 아무리 설득해도 거기가 좋다고 할 뿐이에요. 이미 통장에 수천억이 쌓였을 텐데, 지구에 돌아와서 돈을 쓸 생각도 안 한다니까."

그가 양손을 들어 보이며 어이없다는 제스처를 취했다.

"그 사람, 그 여자가 이 바닥의 실세예요. 핵잠수함 함장? 비교조차 안 되지. 그 여자는 독자적으로 핵미사일을 발사할 권한이 있거든."

윤중을 바라보던 그가 눈을 일순 번뜩이며 말했다.

"내가 말한 기지, 다크사이드 원은 미국이 돌이킬 수 없는 공격을 받았을 때 최후의 복수를 하기 위한 곳이에요. 역설적으로 이 존재를 알게 된 소련은 절망하며 더 이상의 군사 개발을 포기했죠. 우리는 마음만 먹으면 순식간에 지구 전역의 도시를 스무 개 정도는 동시에 날릴 수 있거든. 맞은 사람은 알면서도 반격을 할 수가 없어요. 어디서 핵미사일이 날아왔는지 도통 알 수가 없으니까!"

흥분한 듯 빠른 목소리였다. 윤중은 오웬이 헛소리를 하고 있는 것은 아닌지 걱정이 되기 시작했다. 하지만 옆에 앉은 비서실장의 진지한 표정으로 보아 그의 말은 허무맹랑한 거짓이 아니었다.

"말이 좀 샜는데, 이사벨라는 대원 열다섯 명 중 다섯 명의 동의만 받으면 핵미사일을 발사할 수 있어요. 그곳에서 대원들에게 절대적 지지를 받고 있다는 점을 고려하면 어려운 일은 아니지."

"그래서, 우리 우주인들의 흔적을 다크사이드 원 기지에서 찾아줄 수 있다는 말씀입니까?"

윤중은 자꾸만 핵심에서 벗어나려는 오웬의 의도를 파악하기 위해 애를 쓰고 있었다.

"그게 문제란 말이죠."

"예?"

오웬의 표정이 급변했다.

"내가 화상회의 때까지만 해도 돌이킬 수 있을 줄 알았는데, 영 설득이 안 되더라고."

"무슨 말씀입니까?"

"당신네 우주인들이 공교롭게도 다크사이드 원 경계 구역의 깊숙한 곳에 착륙했어요. 러시아도, 중국도 발견조차 못 한 지점이지."

"그게 무슨……. 그럼 우리 우주인들이 살아있단 말인가요?"

오웬이 아무런 말 없이 고개만 끄덕였다.

"정말입니까? 대통령님! 우리 우주인들이 살아있다면 왜 그걸 이제야……."

윤중이 성토를 하려다 주변 분위기를 살피고 다시 목소리를 낮췄다.

"그냥 없었던 일로 하고, 비밀 서약이나 받고 넘겨달라고 했는데, 말을 듣지 않더군요."

"누가 말입니까?"

"이사벨라 소드슨 중장."

"미국 군수 최고 통수권자인 대통령님의 지시를 그렇게 쉽게 어길 수 있습니까? 그건 항명, 그러니까 해임 사유이지요. 어떻게 일개 군인이!"

"그게 그렇게 간단하지가 않아요. 달은 우리 영토가 아니거든. 지구의 영토도 아니지."

"예?"

"이사벨라는 형식상 군인이지만, 어쨌든 독자적인 결정 권한을 부여받았어요. 특히나 기지가 공격받을 경우를 대비해서 기지 방어와 관련된 사항은 나의 지시나 승인 없어도 모두 그녀의 결정만으로 진행할 수 있어요. 여차하면 핵미사일을 터트려 자폭하는 것도 독단적으로 할 수 있을 정도니까."

"그래도 무고한 민간인이 조난당했는데 인도주의적 차원에서……."

일부러 오웬이 가장 즐겨 쓰는 단어 '인도주의'를 의도적으로 언급했지만 오웬은 꿈쩍도 하지 않았다.

"말했잖아요. 나는 최선을 다했다고. 최 대통령이나 나나 그냥 4년제 중임 계약직일 뿐이에요. 사람들이 보는 자리에서나 떵떵거리는 거고, 퇴임하고 나면 그저 힘없는 민간인이지. 이사벨라 같은 사람이야말로 진정한 권력자예요. 그녀가 법적으로 보장받은 권한을 행사하겠다는데 내가 이래라저래라 할 수는 없어요."

"제가 직접 통화하게 해주십시오."

윤중이 오웬에게 애원하듯 청했다.

"불가능하지. 그건 안 돼요. 이사벨라의 존재 자체가 1급 기밀이니까."

"도대체 이유가 뭡니까? 왜 애꿎은 한국의 민간 우주인들을 발견하고도 돌려보내지 않는 겁니까?"

"이사벨라는 그 기지를 목숨, 아니 천억의 돈보다 가치 있다고 생각하는 사람이에요. 다크사이드 기지에는 창설 이래 외부인이 방문한 적이 단 한 번도 없었어요. 달에 있으니 어찌 보면 당연한 거지만."

"제가 결단코 비밀을 보장하겠습니다. 우주인들이 한국에 돌아오면 영구적으로 사람을 붙여서라도, 감시를 해서라도 귀국의 비밀이 노출되는 것을 막겠습니다."

"단순히 노출이 문제가 아니에요. 이 기지의 존재를 아는 나라들이 없는 것은 아니니까."

"그럼 뭐가 문제란 말입니까?"

"그건 나도 모르죠. 이사벨라의 결심이 확고할 뿐."

"대통령님!"

윤중이 답답함을 참지 못하고 자리에서 일어섰다.

"최 대통령님, 어떠한 심정인지는 잘 알고 있습니다. 여기까지 오는 성의를 보이지 않으셨다면 저는 그냥 모른 척하고 있었을 거예요. 사건의 내막을 알게 된 것만으로도 소득이 있었다고 생각하시길 바랍니다."

"대통령님, 단지 우주인들의 무사 귀환을 바랄 뿐입니다. 저의 정치적 생명뿐만 아니라 미국의 화성 우주개발에도 분명 도움이 될 겁니다."

"달 뒷면에 충돌한 것으로 발표하고 자국민들 관심이 가라앉기를 기다리시죠. 원하시면 대중의 이목을 끌 만한 이슈 한둘 정도는 터트려드리리다."

아무리 호소해도 오웬은 단호한 태도를 유지했다.

"이슈로 덮어질 일이 아닙니다. 저희 측에서도 추락한 것이 아닐 수 있다는 의견이……."

윤중이 순간 실수를 했다는 생각에 얼른 말을 끊었다.

"알아요. 분석 결과 폭발 화염이 미사일 성분이었다면서요?"

"그걸 어떻게……."

아무렇지 않은 듯한 담담한 반응에 윤중이 벙벙한 표정을 지었다.

"다 알죠, 우리는. 근데 최 대통령님. 그런 걸로 대중들을 현혹할 수는 있어도 대세를 바꿀 수는 없습니다. 흐름을 휘어잡는 것은 얄팍한 과학적 지식이나 사실이 아니에요."

"그럼 어떻게 해야 합니까?"

"진실처럼 보이는 것. 진실이라고 믿게 만드는 것. 그 두 가지만이 위기를 기회로 변화시킬 수 있습니다."

* * *

"왜 이렇게 소란스러워?"

16

민준이 끊임없이 방문을 두드리자 바깥에서 경계를 서고 있던 군인들이 방 안을 들여다봤다.

"3분 전부터 저렇게 발작을 하고 있습니다."

올리비아가 꼿꼿한 자세로 데클런 중위에게 상황을 보고했다.

"문서에 있던 내용이 맞았군."

"무엇 말씀입니까?"

"한국 최고의 우주인에게 정신질환이 있다는 내용 말이야."

올리비아가 그제야 상황을 이해하고 개인 무전기를 통해 지원 병력을 요청했다. 1분도 채 지나지 않아 네다섯 명의 군인이 몰려왔다. 데클런이 서둘러 회의실 잠금장치를 해제한 뒤 문을 열었다.

"다들 뒤로 물러서세요! 정 대장! 진정하세요!"

"살려줘!"

빛을 보자마자 밖으로 뛰쳐나오는 민준을 군인들이 에워싸며 덮쳤다. 그 와중에 민준은 뒤를 돌아보며 서윤과 짧게 눈을 마주쳤다. 공황이 온 것처럼 식은땀을 잔뜩 흘리고 있었지만, 이상하게도 민준의 눈빛은 맑았다.

"일단 의무실로 옮깁시다!"

순식간에 팔을 결박당한 민준이 군인들에게 이끌린 채 질질 끌려갔다.

"이거 놔! 미친놈들아!"

쉬지 않고 몸부림쳤으나 강화 슈트를 입은 군인들의 힘을 이겨낼 수는 없었다.

"소령님, 난동자를 제압했으며 현재 의무실로 이송 중입니다."

데클런이 존에게 무전을 마친 다음 한심하다는 듯 혀를 차며 민준을 바라봤다.

"저런 녀석을 우주에 보낼 생각을 하다니, 쯧쯧."

* * *

오웬과의 미팅은 짧지만 강렬했다. 한국으로 돌아오는 비행기 안, 충격에 휩싸인 대통령 윤중과 비서실장 하진 그리고 강주호 장관은 어느 이야기도 쉽사리 꺼내지 못했다.

"어디까지 믿어야 할지……."

오웬에게 이야기를 직접 들은 것은 윤중이 유일했다. 하진과 주호는 그 내용을 전해 들었을 뿐이기에 더더욱 믿지 못하고 있었다.

"미국의 대통령이 군사기밀보다 더 보안등급이 높은 자국의 안보 상황을 선뜻 말해준 것이 이해가 되지 않습니다."

오랜 침묵을 깨고 강 장관이 입을 열었다.

"……."

윤중은 창밖으로 잔뜩 깔린 구름을 바라볼 뿐 아무런 답이 없었다.

"그것만이 아닙니다."

하진이 어색함을 깨우며 말을 받았다.

"예?"

"미국 대통령도 손쓸 수 없는 권력자가 있다는 게 더 놀라운 일이죠. 지구의 운명이 고작 한 명의 군인에게 달려 있다니. 이건 아무래도 국제적인 공조를 통해……."

"정 실장, 그만하게."

윤중이 여전히 밖에 시선을 둔 채 목소리를 높였다.

"나도 오웬의 말을 다 믿는 것은 아니야. 하지만 비밀을 지키기로 약속했으니 여기까지 하기로 하지. 더 이상 밖으로 새어나가는 것은 국익에 도움이 되지 않아."

윤중은 오웬의 이야기를 듣는 내내 도무지 정신을 차릴 수 없었다. 달 뒤편에 60년도 더 된 군사시설이 있다는 사실은 오히려 덜 충격적이었다. 외계 생명체의 존재가 의심된다며 UFO 관련 증거들을 하나둘씩 내놓던 NASA의 행적들을 미루어, 과학적으로 있을 법한 비밀 군사기지의 존재는 그다지 놀라운 것이 아니었다. 정작 윤중을 혼란에 빠트린 것은 나로우주센터에서 실시간으로 일어난 일들을 미국이 손바닥 들여다보듯이 알고 있었다는 사실이었다.

"나로우주센터의 보안 상태를 다시 한번 점검해야 할 것 같아."

"예, 그게 무슨 말씀이신지……?"

"우리가 폭발 화염 성분을 분석한 것까지 속속들이 알고 있었어. 유출 가능성이 있는 모든 경로를 차단했는데도. 내부에 첩자를 심어놓지 않고서는 알 수 없는 일이지."

윤중의 말에 하진이 어리둥절한 얼굴로 강 장관을 향해 고개를 돌렸다.

"첩자라니요……."

그리고는 이내 눈꺼풀이 미세하게 떨리는 것을 가라앉히려 미간을 찌푸렸다.

*　*　*

"얼마나 되었지?"

의무실로 이송된 민준은 사지를 결박당한 채 간이침대에 누워 있었다.

"이거 풀어줘! 개새끼들아!"

쉴 새 없이 몸을 움찔대며 난리를 피웠지만 군인들은 아직까지 아무런 약물도 처치도 하지 않았다.

"20분 좀 넘었습니다. 조금 가라앉은 게 이 정도입니다."

데클런이 팔짱을 끼고서 민준을 내려다봤다.

"공황발작이 오래가는군."

멀찍이서 민준을 지켜보던 존 타일러 소령이 의무실 한편에 쌓여 있는 서랍을 열었다. 그 안에는 갈색 앰풀 수십 개가 담긴 상자가 들어 있었다. 존이 그중 하나를 꺼내어 뚜껑을 열었다.

민준은 그 소리를 놓치지 않고 고개를 들어 존을 보았다. 존이 꺼내 든 약은 분명 로라제팜(lorazepam: 항불안 작용을 일으키는 약물)이었다.

"존, 나는 알레르기가 있어요!"

지친 기색이 역력한 민준이 애처로운 눈빛으로 소리쳤다. 벌겋게 상기된 그의 얼굴은 땀으로 흠뻑 젖어 있었다.

"뭐라고요?"

"당신 지금 나한테 그 약물 주사하려는 거죠? 나는 주사제 알레르기가 있다고요."

민준의 말에 존이 잠시 행동을 멈췄다.

"우리 기록에는 그런 정보가 없었는데."

"그건 모르겠고, 아무튼 그냥 알약으로 주세요. 1밀리그램짜리 세 알이면 충분해요."

존이 민준의 불안한 눈빛을 보며 고민했다.

"그냥 주사제로 재우시는 게……."

데클런이 존을 재촉했다.

"아니야. 괜히 여기서 알레르기 반응이 생겼다가는 골치 아파져. 이사벨라 사령관님도 일단 잘 데리고 있으라고 했으니까."

존이 손에 들고 있던 앰풀을 폐기함에 던지더니 약 보관함에서 알약 통을 꺼냈다.

"입에 손을 가져다 대면 물 수도 있어. 그냥 손에 쥐여준 다음 얼른 먹게 해."

존은 데클런에게 알약 세 개를 건넨 뒤 의무실 밖으로 나섰다.

"예, 알겠습니다."

손에 알약을 쥔 데클런과 그것을 갈구하는 민준 사이에 미묘한 분위기가 흘렀다. 의무실 안에도 경계를 서는 군인들이 있었지만 데클런은 쉬이 안심하지 않았다.

"얼른 주세요, 제발……."

이미 지칠 대로 지친 민준은 데클런의 오른손만을 바라보고 있었다. 데클런이 조심스럽게 민준으로 다가간 다음, 오른 손목을 묶고 있던 억제대를 조심스럽게 풀었다. 그리고 민준의 손에 알약을 세 알 쥐여줬다.

"입에 털어 넣고 그대로 손을 내리세요."

행여나 민준이 또 난동을 부릴까 우려한 데클런은 뒷걸음으로 몇 발자국 떨어졌다.

"엣취!"

손에 약을 전달받은 민준이 갑자기 크게 기침을 하자 데클런이 불쾌한 표정을 지으며 팔로 얼굴을 가렸다. 그 사이 민준은 약을 입에 넣는 척하며 우주복 안쪽으로 떨어트렸다.

"물 좀! 물!"

민준은 마치 약을 입에 물고 있는 것처럼 연기했다. 그러자 데클런이 인상을 찌푸리며 물컵을 가져왔다.

"입 벌려봐요. 약 제대로 들어간 거 맞죠?"

데클런이 물컵을 건네며 민준의 입 안을 주시했다. 하지만 민준이 사레가 들린 것처럼 계속 약한 기침을 내뱉는 통에 차마 확인할 수 없었다.

"하여튼, 제대로 된 놈이 하나도 없다니까. 우주에 온 녀석 치고."

데클런이 고개를 가로저으며 민준에게 컵을 전달하고는 다시 뒤로 물러섰다. 물을 꿀꺽 삼킨 민준은 그제야 안정이 된다는 듯 눈을 감으며 자리에 누웠다.

* * *

"일주일 내에 무조건 발사를 해야만 해요."

나로우주센터 대회의실에서 마이크를 든 성재윤 비행감독관이 단호하게 말했다. 재윤 옆에는 김세준 센터장이 다리를 꼰 채 앉아 있었다. 그 외에도 20여 명의 엔지니어와 관제실 직원들이 모여 있었다.

"예, 누리 15호 로켓은 현재 조립이 완료된 상태입니다. 탱크

기밀 상태 확인 후, 추진제 충전을 하면 일주일 내에 발사는 가능합니다. 하지만 이는 모든 절차를 무시하는 것을 가정한 경우여서 실패 확률이 다섯 배 이상 높아질 수······."

"상관없어요. 어차피 무인으로 보내는 구조선이니까."

세준이 재윤의 마이크를 빼앗아 작업복을 입고 발언하던 발사체 개발사업 본부장의 말을 끊었다.

"자꾸 공학적인 관점에서 된다, 안 된다를 강조하시는데, 지금 그럴 상황이 아니에요."

핀잔을 늘어놓던 그가 답답하다는 얼굴로 자리에서 일어섰다.

"설령 로켓이 발사 직후에 폭발하더라도 우리는 일주일 후에 누리 15호 로켓을 저 발사대에 세워야만 합니다."

그가 버추얼 윈도 밖으로 드리워진 로켓발사대를 가리켰다.

"지금 VIP께서는 어떻게든 우리가 행동하기를 원하고 계세요. 갈수록 커져가는 언론의 의심과 국민의 동요를 잠재우기 위해서는 액션이 필요하다, 이 말입니다!"

이어 목소리를 높이더니 맨손으로 연단을 세게 두드렸다.

"벌써 두 시간째 똑같은 이야기만 반복하고 있잖아요. 기술적으로 불가능하다, 유례가 없다, 인력이 없다. 나는 지금 당신네들 편의 봐주려고 여기 나와 있는 게 아니라고요. 어떻게든 저 로켓에 달 착륙선과 사령선을 싣고, 나흘 안으로 발사대에 직립시키세요! 그리고 일주일 안에 발사하는 것으로 하겠습니다."

그가 단언할 때마다 회의실 곳곳에서 탄성이 쏟아져 나왔다.

"지금은 국가적 위기 상황이고, 여러분은 중대한 임무를 수행하고 있어요. 아직 언론과 국민은 한울 우주선에 달에 착륙했는지, 폭발했는지조차 모르고 있습니다. 관심이 더 달아오르기 전에 조치를 취해야만 합니다!"

그는 개의치 않고 목소리를 더 높였다.

"안전을 담보로 무모한 발사를 감행할 수는 없습니다!"

그러자 회의실 뒤편에서 한 젊은 남성이 손을 번쩍 들고 소리쳤다.

"맞습니다!"

연이어 동조한다는 박수 소리가 여기저기서 간헐적으로 터져 나왔다.

그때, '끼이익' 하는 기분 나쁜 소리가 회의실을 가득 메웠다. 반응을 못마땅해하던 세준이 마이크를 스피커에 바짝 붙여 하울링을 일으킨 것이었다.

"아직 상황 파악이 제대로 되지 않은 것 같은데."

세준이 마이크를 입에 바짝 붙이고 다시 주위를 둘러봤다.

"따르지 않겠다면, 그저 조용히 옷을 벗고 이곳을 나가면 돼요. 아까도 말했죠. 이건 VIP의 뜻이라고. 당신들이 나가는 것은 자유지만 머릿속에 있는 기밀들은 모두 내어놓고 가야 할 거예요. 자의로 하지 못하겠다면 타의로라도.”

그의 섬뜩한 눈초리에 회의실 안이 순간 조용해졌다.

“이 시간 이후로 이와 같은 쓸모없는 회의는 다시 소집하지 않습니다. 각자 소그룹으로 대책을 찾아서 진행하세요. 이상.”

그가 신경질적으로 마이크를 내려놓고 단상에서 내려왔다.

뒤도 돌아보지 않고 문밖으로 나서는 그의 바지 호주머니에서 핸드폰이 울렸다. 화면에 떠오른 최윤중 대통령의 이름을 본 그가 순간 그 자리에서 얼어붙었다.

*   *   *

민준이 잠든 지 네 시간이 흘렀다. 주원과 서윤은 좁은 방 안에서 한동안 침묵을 지켰다.

우주로 향하는 이들은 누구나 심한 불안을 경험한다. 금방이라도 터질 듯이 으르렁대는 로켓 소음과 발 디딜 곳 하나 없는 무중력 공간은 맨정신으로 버티기에는 너무나 가혹한 환경이었다. 대중은 우주인들을 정신력이 누구보다 강한 사람들이라 칭송하지만, 두 사람은 우주인들이 그저 불안을 공식적으로 드러내지 않을 뿐이라는 걸 잘 알고 있었다.

그럼에도 주원은 민준이 보여준 발작에 혼란스러웠다. 우주인에게는 금지 약물인 항불안제를 남몰래 복용하고 있었다는 것도 충격적이었다. 하늘과도 같은 존재였던 민준이 이성을 완전히 잃어버리고 불안에 떠는 모습은 삽시간에 주원에게 트라우마를 남겼다.

"난 알고 있었어."

서윤이 혼잣말을 하듯 주원에게 말을 걸었다. 짧지 않은 기간 민준과 함께한 그녀는 오래전부터 짐작하고 있었다. 하지만 마치 기밀인 것처럼 누구도 민준의 상태를 지적하거나 의심하지 않았고, 그는 매번 메디컬 테스트를 무난히 통과했다. 그래서 민준의 상태가 나아졌다고 생각했다. 그리고 발사하기 직전까지 매 순간, 모든 과정에서 보란 듯이 흔들림 없는 모습을 보였기에 더 이상 의심할 수 없었다.

"대장님은 어떤 일이 있어도 무너질 분이 아니니까, 이겨냈으리라 믿었어."

"알아요. 착륙하기 전에도 봤잖아요. 이미 충분히 암담한 상황이었으니까 일부러 묻지 않았어요."

반쯤 체념한 주원이 눈을 내리깔고서 조곤조곤 답했다.

"미리 말하지 못해서 미안해."

서윤이 착잡한 표정으로 고개를 숙였다.

"앞으로도 묻지 않을 거예요. 나도 믿을게요. 이겨내실 거라고."

주원의 담담한 반응에 마음이 더 복잡해졌지만, 서윤은 이내 고개를 들고 끄덕였다. 그녀 또한 지금은 뒤를 돌아볼 때가 아니라는 것을 여실히 알고 있었다.

그때, 복도를 따라 여러 명의 발걸음 소리가 들려왔다. 구석에 웅크리고 있던 두 사람은 바로 자리에서 일어나 문 앞으로 나섰다. 긴 잠을 마친 민준이 들것에 실려 돌아오고 있었다.

"대장님!"

"선배님, 괜찮으세요?"

아직 채 식지 않은 땀이 민준의 이마에 송골송골 맺혀 있었다.

"이런 모습 보여서 괜히 미안하네……."

열리지 않은 회의실 문 너머로 민준이 기어들어가는 목소리로 말했다.

"백 오프(back off)!

올리비아가 앙칼진 목소리로 소리치며 문을 열었다.

"뒤로 물러서세요!"

곧이어 회의실 벽에 걸린 자동번역기에서 올리비아의 말이 한글로 바뀌어 울렸다. 간단한 잠금장치만 설치된 회의실 문이 열리자 통로의 불빛이 안으로 새어 들어왔다. 이윽고 올리비아와 군인들이 민준을 들것에서 내려 바닥에 옮겼다.

"공황발작은 좋아졌어요. 우리도 가끔 불안을 느끼기는 하는데…… 당신들 대장은 가히 최고라 할 수 있군요."

올리비아가 비꼬듯 엄지손가락을 치켜들며 말했다.

"아, 그리고 오늘 저녁은 제공하지 못할 것 같아요. 미안합니다."

세 사람의 초라한 외형이 측은했는지 올리비아가 혀를 끌끌차며 돌아섰다.

"대장님, 괜찮으세요?"

서윤이 올리비아를 한번 노려보고는 민준에게로 다가갔다.

"이렇게 심하면서……."

주원은 절망스러운 기색을 숨기려 꾹 참았다. 민준의 질병은 우주인으로서 도무지 용납할 수 없는 것이었지만 이제는 받아들이는 수밖에 없었다.

민준은 걱정하는 두 사람을 보면서 아무런 대꾸도 하지 않았다. 대신 회의실 문에 난 작은 창을 올려다보더니, 천천히 우주복 안쪽에 손을 집어넣었다.

"또 뭐 하려고 하지 말고 좀 쉬세요. 저녁도 안 나온다던데."

서윤이 민준을 타박했다. 하지만 민준은 개의치 않고 계속해서 우주복 안에서 무언가를 찾았다.

"뭐 하세요?"

서윤이 가슴팍 안에서 움직이는 민준의 손을 물끄러미 바라보며 물었다.

"쉿!"

민준이 다른 손을 입에 가져다 대더니 서윤과 주원을 날카롭게 쳐다보았다.

"자동번역기가 작동 중인가?"

그리고는 벽에 걸린 손바닥만 한 기계를 보며 물었다.

"아, 저거요. 경계 서는 애들 중에 우리 영어 발음을 못 알아듣는 친구가 있어서 가져다 놓았어요. 꺼도 신경 쓰지 않을 거예요."

서윤이 손을 뻗더니 자동번역기의 전원 스위치를 눌러서 껐다. 그제야 민준은 무언가를 꼭 쥔 손을 가슴팍에서 꺼냈다.

"뭐죠?"

아직 눈치채지 못한 서윤이 묻자 민준이 미간을 찌푸렸다. 그리고는 천천히 몸을 일으켜 서윤과 주원을 가까이 불러 모았다.

"의무실에서 챙긴 약이야. 로라제팜 1밀리그램 세 알."

얼굴을 붙인 세 사람만 겨우 알아들을 수 있을 만큼 작은 소리였다.

"그걸 어떻게……."

"그건 중요하지 않고. 서윤이가 챙겨. 이따 밤에……."

민준이 계속해서 회의실 문밖 동태를 살피며 말을 이었다.

"뭘 어떡하라고요?"

"오늘 당직은 올리비아야. 아까 들것으로 실려 오면서 다 들었어. 통로 건너편 테이블에 늘 텀블러를 열어놓고 커피를 마

신다는 것까지. 커피가 뜨거울 때, 네가 화장실에 가겠다고 문을 두드려. 그다음…….'

민준이 무슨 계획을 세웠지 알아차린 서윤이 그제야 결연한 표정으로 고개를 끄덕였다.

* * *

"다들 주목!"

대회의실 밖에서 누군가의 전화를 받고 들어온 세준이 이목을 집중시켰다. 그의 표정은 전보다 더 굳어 있었다. 회의를 마무리하고 해산하려던 직원들의 시선이 세준에게 모였다.

"이 시간 이후로 나로우주센터의 보안등급을 기존의 '가'급에서 '가A'급으로 상향합니다."

가라앉아 있던 대회의실의 분위기가 어수선해졌다.

"조용히들 하세요."

세준이 짜증이 가득 섞인 투로 사람들을 진정시켰다.

"가A급은 다들 처음 들으실 텐데, 제가 방금 윗선과 논의를 마쳤습니다. 이 시각 이후로 여기 계신 모든 분의 개인 통신 장비를 압수하고 외부 접속을 완전히 차단합니다."

"뭐라고요?"

"아니, 그게 무슨 말씀입니까!"

세준의 통보에 사람들이 더 크게 웅성댔다.

"기한은 오늘부터 2주 동안입니다. 어차피 일주일 안에 누리 15호 로켓을 발사하려면 준비에 매진해야 할 테니 오히려 잘 됐다고 생각하시고……."

몇 걸음 떨어져 있던 비행감독관 재윤이 서둘러 세준에게로 다가왔다.

"무슨 일입니까, 도대체? 지금도 통제가 심해서 직원들 반발이 심한데……."

재윤이 조심스레 세준에게 귓속말을 건넸다.

"어쩔 수 없어. 청와대에서 내려온 지시야."

세준이 재윤과 눈도 마주치지 않고 단호한 말투로 답했다.

"아무리 청와대 지시라고 해도 너무하지 않습니까? 최소한의 인권은 보장해야……."

"이봐! 성재윤 감독관!"

세준의 목소리가 쩌렁쩌렁 회의실 안을 울렸다. 동시에 웅성이던 사람들의 소리가 일순간 사그라졌다.

"그래요. 더는 돌려 말하지 않겠습니다. 잘 들으세요. 지금 우리가 여기서 실시간으로 논의하고 있는 모든 정보가 외부로 새어 나가고 있다는 첩보가 들어왔습니다. 우리가 달 근처에서 일어난 폭발 화염을 분석한 결과도 미국의 관계자들이 속속들이 알고 있었어요!"

"그럴 리가……."

재윤이 믿을 수 없다는 표정으로 얼어붙었다.

나로우주센터의 모든 직원은 철저한 신원 조회를 거쳐 선발된 사명감 넘치는 자원들이었다. 비록 우주개발 선진국보다는 뒤처졌지만, 대한민국의 우주개발을 스스로 이룬다는 자부심으로 열악한 근무 환경을 버티는 이들이었다. 그러니 기밀이 유출된 사례는 수십 년 동안 단 한 차례도 없었다. 하필 가장 중요한 때에 센터장의 입에서 기밀이 유출되었다는 말이 나온 것은 그만큼 이례적이고도 충격적인 일이었다.

"굳이 이 중요한 시기에 유출자를 색출하지는 않겠습니다. 혹여나 지금 이곳에 국가의 기밀을 누설하는 중대 범죄를 저지른 이가 있다면, 당장 배신행위를 멈추고 구조 로켓 발사에 최선을 다해주기를 바랍니다."

세준이 굳어버린 분위기 가운데 차분히 발언을 끝마쳤다. 그리고 차갑게 등을 돌려 회의실 밖으로 나섰다. 얼어 있던 재윤은 정신을 차리고 빠른 걸음으로 그를 따라붙었다.

"지금 하신 말씀, 사실입니까?"

"사실이니까 나한테 전화하셨겠지."

"누가 말입니까?"

재윤의 계속된 물음에 세준이 짜증을 참지 못하고 발걸음을 멈췄다.

"누구긴 누구야. 이 사태를 일으킨 장본인이지."

그리고 재윤을 쏘아보고는 회의실 밖으로 성큼 걸어 나갔다.

"설마……."

"그래, 대통령께서 직접 전화 주셨어. 관련자를 엄벌하지 않을 테니 자수를 유도하라는 말과 함께."

* * *

[속보] 한울 우주선 우주인들 달 뒷면 진입 후 실종

KBN 뉴스 화면에 속보 소식을 알리는 문구와 함께 채민서 앵커의 긴장된 얼굴이 떠올랐다.

"KBN 뉴스 속보를 전해드리겠습니다. 정부 관계자에 의하면, 지난 21일 마지막 교신을 끝으로 한울 우주선과의 연락이 두절된 것으로……."

비행기의 일등석 침실 안에서 위성 텔레비전을 보고 있던 윤중이 더 보지 않고 화면을 꺼버렸다.

"말씀하신 대로 대본을 적어 보냈습니다. 추가적인 내용은 없을 것으로……."

노타이 차림에 셔츠 윗단추를 푼 하진이 윤중의 눈치를 살폈다.

"잘했어. 국민들도 어느 정도 눈치를 챘을 거야. 더 이상 감추는 것은 좋지 않지."

목욕 가운을 입고 있던 윤중이 침대에 몸을 누이며 말했다.

"예, 더 이상 통신이상을 이유로 한울 우주선의 소식을 숨기기는 어려울 것 같습니다."

하진이 가볍게 고개를 숙였다.

"김리아인가? 그 당돌한 기자는?"

"채민서 앵커랑 상의해서 잘 묶어두었습니다. 당분간은 설치지 않을 겁니다."

"묶어두다니?"

"아, 예. 추후 한울 우주선 관련해서 오픈 가능한 내용이 나오면 김리아 기자에게 독점으로 제공하기로 했습니다. 만약 기자회견 자리가 생기면 첫 질문 기회도……."

"그럼 묶어둔 게 아니라 우리 편으로 만든 거구먼."

윤중이 이불을 덮으며 눈을 감았다. 하진은 흡족한 표정으로 고개를 끄덕였다.

"도착까지는 얼마나 남았지?"

"아직 10시간 정도 더 가셔야 합니다."

하진이 침실 벽면에 걸린 디스플레이를 확인하며 답했다.

"좋아. 그동안은 나를 깨우지 말게."

"예, 알겠습니다."

하진이 몇 차례 더 고개를 숙이고는 침실 문을 닫고 나왔다. 침실 옆의 좁은 통로에는 강주호 외교부 장관이 넥타이를 꽉 조여 맨 채 서 있었다.

"국가정보원에도 연락을 해야 할까요?"

강 장관은 아직도 첩자가 있다는 사실에서 벗어나지 못하고 있었다. 미국과의 관계 악화를 우려해 조마조마한 듯했다.

"아니요. 그럴 필요 없습니다."

"그래도 이리 쉽게 국가기밀이 우방국으로 유출되었다는 것이 참……."

"대통령님께서 직접 조치를 내리셨고, 장관님은 더 이상 신경 쓰지 않는 것이 좋을 것 같습니다만."

"비공식적이기는 하지만 정상회담 과정에서 그런 불미스러운 내용이 나왔다는 것이 난감하기도 하고 또……."

"또 뭐요?"

가만히 듣던 하진이 강 장관의 팔을 잡고는 비행기의 앞쪽으로 걸어가며 압박하듯 물었다. 두 사람 사이의 냉랭한 분위기를 감지한 승무원들이 서둘러 자리를 피했다.

"다크사이드 기지와 관련된 내용은 미국이 최우방국인 5개국과만 공유하는 내용이라고 전달받았습니다. 이번 일을 계기로 미국의 파이브 아이스(Five Eyes)에 편입되는 것은 아닌지……."

"하하하!"

강 장관의 말을 들은 하진이 웃음을 뻥 터트렸다. 그리고는 금세 윤중이 자고 있는 것을 의식하듯 입을 가리며 웃음을 멈췄다.

"지금 농담하시는 거죠?"

"아닙니다. 전혀."

하진의 물음에 강 장관이 양손을 저었다.

"오웬 장관이 그깟 오래된 군사기지 정보 하나 알려줬다고, 우리가 최우방국으로 승격할 거라고 기대하시는 건가요? 대가리부터 이 모양이니 우리나라 외교가 이 꼴이지."

하진의 눈빛엔 광기가 가득했다.

"이봐요, 강 장관님. 우리는 지금 최강대국으로부터 협박 아닌 협박을 받고 있어요. 오웬이 왜 거리낌 없이 그 사실을 알려주었을 것 같아요? 우연히 기밀을 알게 된 것을 축하한다는 의미에서?"

하진이 강 장관을 몰아세우며 얼굴 가까이 코를 들이댔다. 강 장관은 차마 눈을 마주치지 못하고 고개를 숙이고 있었다.

"천만에요! 오웬은 우리를 아주 우습게 보고 있는 거예요. 자칫하면 최윤중 정부를 펑 날려버릴 생각으로!"

"그게 무슨 말씀……."

강 장관은 하진이 도를 넘고 있다고 생각하면서도, 그의 위세에 눌려 말을 제대로 잇지 못했다.

"잘 들으세요, 강주호 외교부 장관님. 우리는 지금 비상사태입니다. 우주인들을 우리 손으로 구하지 못하면 아무도 도와주지 않을 거예요. 미국이든 유럽연합이든, 기껏해야 전화 몇 통 돌리면서 문제를 해결하려고 하지 마세요!"

14

믿도록 만드는 것
2031년 07월 23일

다크사이드 원 기지에는 어둠이 내리 앉아 있었다. 달의 시계로 자정을 넘긴 시각이었다. 기지의 소등 시간인 저녁 10시가 한참 지난 탓에 붉은 조명만이 은은하게 통로와 회의실 밖을 밝혔다.

한참 동안 밖에서 움직임이 없는 것을 확인한 민준이 조심스럽게 몸을 일으켰다. 그러자 자지 않고 있던 서윤과 주원도 몸을 돌려 민준의 행동을 주시했다.

민준은 회의실 문에 난 창을 통해 바깥을 내다봤다. 오늘 당직인 올리비아가 건너편 의자에 앉아 꾸벅꾸벅 졸고 있는 것이 보였다.

"지금이야."

민준이 들릴 듯 말 듯 한 목소리로 신호를 보내자, 서윤이 의도적으로 부스럭 소리를 내며 회의실 문 앞으로 다가갔다. 그리고 조심스럽게 문을 세 번 두드렸다.

"올리비아 중위님."

작은 목소리로 소곤거린 탓인지 올리비아는 미동도 하지 않았다.

"올리비아 중위님!"

다시 한번 목소리를 높여 부르자 그녀가 깜짝 놀라며 눈을 떴다.

"무슨 일이지?"

갑자기 잠에서 깬 그녀가 반사적으로 랜턴을 비추었다. 눈이 부신 서윤이 손을 들어 얼굴을 가렸다.

"죄송해요. 화장실 좀……."

"음…… 지금은 어렵겠는데."

"잘 알고 있어요. 하지만 점심부터 속이 안 좋았는데……."

서윤이 난감하다는 얼굴로 회의실 안쪽으로 고개를 돌렸다. 그리곤 초조한 기색을 내비치며 기척 없이 누워 있는 두 사람과 올리비아를 번갈아 보았다.

"중위님도 이해하시잖아요. 이 상황에서 어떻게 해요……."

"얼른 다녀와."

올리비아가 서윤의 간절한 눈빛을 외면하지 못하고 회의실의 잠금장치를 해제했다. 그러자 서윤이 아랫배를 움켜쥐고는 빠른 걸음으로 통로를 내달렸다.

'하나, 둘, 셋…….'

벽을 마주 보고 누운 민준은 속으로 숫자를 셌다.

올리비아는 테이블 위에 놓인 텀블러를 슬쩍 내려다보더니 다시 서윤이 들어간 화장실 입구를 쳐다보았다. 텀블러에는 잠을 쫓기 위해 내려둔 뜨거운 커피가 김을 내고 있었다.

잠시 후, 서윤이 다시 화장실에서 나오는 소리가 들리자 민준이 큰 소리로 작위적인 신음을 냈다.

"으윽……."

한 번 소동을 피운 전력이 있는지라, 올리비아는 즉각 자리에서 일어나 문 앞으로 다가섰다.

"왜요? 또 발작이 올 것 같아요?"

민준은 아랫배를 움켜쥔 채 바닥을 구르고 있었다.

"아니요. 그냥 저도 속이……."

"또 말썽이군."

올리비아가 회의실 창을 통해 안을 살피는 사이, 통로를 한 걸음에 내달려 온 서윤이 손에 쥐고 있던 알약 조각들을 텀블러에 넣었다. 아직 충분히 따뜻한 덕에 조각난 알약들은 순식간에 녹아버렸다.

"이서윤 대원 들어가고, 정민준 대원 나오세요."

올리비아가 회의실 문을 반쯤 연 채 말했다.

"저는 괜찮아요. 여기서 쉴게요. 번거롭게 해서 죄송합니다."

순간적으로 서윤과 눈을 마주친 민준은 일단 미션이 성공했음을 알아차렸다.

"아직 기상 시간까지는 5시간 넘게 남았어요. 제발 오늘 밤은 소동 없이 편히 보냅시다."

올리비아가 짜증 섞인 말투로 이야기하더니 건너편에 놓인 의자에 털썩 주저앉았다.

"오늘도 잠들기는 다 글렀네."

그리고 텀블러를 집어 들고는 커피를 벌컥벌컥 마시기 시작했다.

* * *

"그게 가능하겠습니까?"

비즈니스석에서 의자를 뒤로 바싹 젖힌 채 위성 전화를 쥐고 있던 하진이 갑자기 상체를 벌떡 일으켰다. 대통령의 침실로 사용되는 일등석 칸 뒤로는 비서진들이 사용하는 비즈니스석이 이어져 있었다. 그는 전화기를 들고서 자리에서 일어나 비행기의 앞쪽 휴게 구역으로 걸었다.

"실패 가능성은요?"

"이미 조립을 마친 상황이라 로켓 발사 과정에서의 실패 가능성은 거의 없습니다. 다만 달 착륙선과 사령선을 매뉴얼과 다른 방식으로 실어야 하기 때문에, 달 궤도에 성공적으로 진입할 수 있을지는 미지수입니다."

김세준 센터장으로부터 누리 15호 로켓을 이용한 구조 계획을 들은 하진은 선뜻 승인을 내리지 못했다. '내부자'의 외부 연락을 차단하라고 지시한 지 얼마 되지 않은 터라, 세준이 벌써 이 정도 계획을 세웠으리라고는 상상치도 못했다.

"일단 대통령께 보고를 드리겠습니다."

"예, 가능한 한 빨리 승인을 내려주셔야 합니다. 저희 기술진들도 동력이 있어야 더 일에 몰두를……."

"그건 센터장님이 할 소리는 아닌 것 같군요. 언제까지 결정하면 되겠습니까?"

"적어도 오늘 아침에는 최종 승인을 해주셔야 관련 기관과의 협조를 원활히……."

"알겠습니다. 대통령께서 곧 일어나실 테니 서울공항에 도착하기 전에 전화를 드리지요."

하진이 서둘러 전화를 끊었다. 하진은 세준이 책임을 회피하기 위해 자신에게 연락한 것임을 누구보다 잘 알고 있었다.

달 뒷면에서 조난된 우주인들을 직접 구하러 가는 계획은 정치적으로는 아주 획기적인 발상이었다. 위기 상황에서 대한민국의 우주 기술을 대내외적으로 뽐낼 수 있을 뿐 아니라, '실종

사건'에 집중된 언론과 대중의 관심을 다른 곳으로 이끌 수 있기 때문이었다. 하지만 구조 계획이 실패로 돌아갈 경우 후폭풍을 감당해내는 것은 오롯이 정치인의 몫이었다.

'망할 자식. 영악하기는…….'

하진이 통로를 성큼성큼 내려가더니 대통령 침실이 있는 일등석 차단막 앞에서 잠시 멈췄다. 선 자리에서 숨을 크게 내쉬고는 커튼을 걷고 안으로 들어섰다.

* * *

이따금씩 코 고는 소리가 들려왔지만 잠든 사람은 아무도 없었다. 민준은 의도적으로 코골이를 하며 바깥 동태를 살폈다.

긴장된 표정으로 경계를 서던 올리비아는 20분 전부터 완전히 곯아떨어졌다. 그녀는 앞으로 고꾸라질 듯 흔들리며 의자에 앉아 있었다.

"약 효과는 1시간 정도 지나면 최대로 나타나. 이제 시작해야만 해."

민준이 목소리를 조금 높였지만 올리비아는 조금도 반응하지 않았다.

"과연 다시 잠이 들까요?"

주원이 작은 창 너머로 불안하다는 듯 올리비아를 바라봤다.

"그건 운명에 맡겨야지."

민준이 가볍게 대답하며 벽시계를 올려다봤다. 그리고 곧 문을 거세게 두드렸다.

"중위님! 올리비아 중위님!"

갑작스러운 소란에도 올리비아는 가까스로 눈을 뜰 뿐 정신을 차리지 못했다.

"올리비아 중위님! 죄송합니다! 급해요!"

민준의 목소리가 더 커지자 서윤이 그의 우주복을 아래로 잡아당겼다.

"다른 인원들이 듣겠어요!"

"밤중에 이 근처를 지나는 군인들은 없어. 그동안 확인했잖아."

민준이 연신 문을 세게 두드리며 소곤거렸다.

"올리비아 중위님!"

다시 한번 소리치고 나서야 올리비아가 비몽사몽 한 얼굴로 자리에서 일어났다. 하지만 곧 다시 쓰러질 듯 비틀거리며 벽을 짚었다.

"죄송해요. 저도 화장실이 급해서요!"

그제야 민준의 애처로운 눈빛을 확인한 올리비아가 문 앞을 향해 위태롭게 걸어왔다.

"뭐……라……고……요?"

올리비아가 마치 만취한 사람처럼 꼬인 발음으로 물었다. 아무리 애써도 정신을 차리기 어려운 듯했다.

"급합니다. 얼른 화장실만 다녀올게요. 부탁이에요."

식은땀까지 흘리는 민준의 연기에 올리비아가 잠시 망설였다. 그리고는 어깨에 매달린 무전기에 대고 뭐라고 교신을 보냈다.

"젠장……."

야밤중에 교신을 할 것이라 미처 예상치 못한 민준이 살짝 욕설을 내뱉었다.

"다크……사이드……원……지원……병……력을……."

하지만 무전기에서는 어떤 신호음도 들리지 않았다. 올리비아가 무전기의 교신 버튼을 누르지 않았다는 것을 확인한 민준은 다시 격하게 문을 두드렸다.

"제발요!"

"알……았……어……."

교신을 보낸 것으로 착각한 올리비아가 버벅거리며 겨우 잠금장치를 열었다. 민준이 다급하게 통로를 향해 뛰쳐나오더니 화장실이 있는 구석을 향해 달려갔다.

올리비아는 정신을 잃지 않기 위해 애를 쓰며 회의실 문을 닫고는 건너편 의자에 털썩 주저앉았다. 그리고는 남은 커피를 다시 한번 벌컥 들이켰다. 커피를 마신 뒤 정신이 조금 든 것처럼 이쪽저쪽을 살피던 그녀는 여지없이 약 기운을 이겨내지 못하고 다시 고꾸라졌다.

5분쯤 시간이 흐를 동안 민준은 화장실 입구에서 통로 쪽을 살폈다. 그리고 그녀가 한참 움직이지 않는 것을 확인한 뒤에야 조심스레 발걸음을 내디뎠다.

회의실 창에서는 서윤과 주원이 얼굴을 절반씩 붙인 채 통로의 동태를 살피고 있었다.

"살짝 움직였어요!"

이내 민준이 시야에 들어오자 서윤이 눈을 크게 뜨며 조심하라는 제스처를 보냈다. 민준은 서윤의 신호를 알아차리고 까치걸음으로 조심스레 올리비아의 앞을 지나쳤다.

이곳은 다크사이드 기지의 가장 외진 곳이었지만, 다행히 회의실 건너편에는 기지의 상태를 확인할 수 있는 콘솔이 놓여 있었다. 민준은 낮이면 경계 병력들이 콘솔을 통해 무언가 작업을 하는 것을 눈여겨보고 있었다.

민준이 빠트린 것이 있음을 떠올리고는 다시 뒷걸음질을 쳐 올리비아에게 다가갔다. 그리고는 그녀의 군복 상의 포켓에서 아이디카드를 조심스럽게 떼어냈다.

그 순간, 올리비아가 움찔하며 몸을 일으켰다. 민준은 서둘러 그녀의 뒤편으로 숨었다.

"정⋯⋯민⋯⋯준⋯⋯대⋯⋯."

올리비아가 화장실이 있는 쪽을 바라보며 민준의 이름을 불렀다. 아무런 답이 없자 자리에서 몸을 일으키려 했고, 곧 다시 의자에 털썩 주저앉았다. 두 번째로 마신 커피의 약 기운이 더해지면서 그녀는 더 이상 몸을 가눌 수 없을 만큼 약에 취해 있었다.

잔뜩 몸을 웅크리고 있던 민준이 그제야 통로 쪽으로 나왔다. 그는 조심스럽게 콘솔을 향해 기어갔다. 콘솔 앞에 이른 뒤 키보드를 조작해 전원을 넣자, 화면에 다크사이드 기지의 로고가 떠올랐다. 이어 터치스크린에 올리비아의 아이디카드를 올려놓았다. 이윽고 내부 통신망에 접속할 수 있는 창이 떠올랐다.

'그래, 우리가 여기 있다는 것을 만천하에 알려주지!'

민준이 속으로 쾌재를 부르며 빠르게 타이핑했다.

통신: 외부 통신망

주변 스폿 리스트

그가 화면에 떠오른 영문들을 일일이 읽으며 통신과 관련 있는 것들을 뒤지기 시작했다.

HMD 001: 활성화

HDC 040: 점검 중

이윽고 다크사이드의 통신 활동 상태가 실시간으로 떠올랐다.

ART 001: 차단 중

ART 042: 단방향 통신

리스트의 맨 아랫단에서 아르테미스 기지의 약어 'ART'를 확인한 민준의 눈빛이 번뜩였다.

'드디어 찾았군.'

민준이 떨리는 마음을 진정시키며 'ART 042'를 클릭했다.

이 통신 채널은 송신만 가능합니다.

진행하시겠습니까?

그러자 확인 메시지와 함께 텍스트 입력을 알리는 커서가 깜박였다. 민준이 숨을 크게 들이쉬고는 창에 메시지를 입력했다.

한울 우주선 조난. 한국인 승무원 3명 다크사이드 원 기지에 억류 중.

그리고 주저 없이 엔터를 누르자, 이번에는 짧은 경보음과 함께 경고 문구가 떠올랐다.

이 채널은 비상구조 신호 발신 전용입니다.
데이터 전송량은 80byte로 제한됩니다.

"망할!"

민준이 순간 신경질적으로 콘솔을 두드렸다. 낌새를 챈 올리비아가 몸을 움찔했다. 당황한 민준이 동작을 멈추고는 그녀를 넌지시 바라보았다. 올리비아는 몸을 움직이려 애를 쓰고 있었지만, 여전히 뜻대로 되지 않는 것 같았다.

"시간이 없어요!"

멀찍이서 민준의 동태를 살피고 있던 서윤이 최대한 입을 크게 벌리며 조심스럽게 말했다.

"알겠어, 알겠다고."

민준이 호흡을 가다듬으며, 다시 한번 키보드 위에 손을 올렸다.

한울 승무원 3명 다크사이드 기지에 억류 중.

단어 수를 줄인 뒤 엔터 키를 눌렀다. 그런데 화면에선 아무런 반응이 없었다.

"뭐야, 이거 왜 이래."

당황한 민준이 재차 엔터 키를 눌렀지만 메시지 전송 완료를 알리는 아이콘은 여전히 활성화되지 않았다. 민준이 초조하게 화면을 터치하며 다른 통신 채널을 찾으려고 할 무렵, 누군가가 민준의 어깨에 손을 덥석 올렸다.

"밖으로 나오면 어떡해?"

마음이 급한 민준은 그것이 서윤 또는 주원의 손이라 생각하며 반응하지 않고 작업에 몰두했다. 하지만 이내 어깨를 쥔 손아귀의 힘이 세지며 민준의 팔이 비틀리기 시작했다.

"아, 아, 뭐야? 이런……."

그제야 고개를 돌려 상대를 확인한 민준이 인상을 찌푸리며 탄식했다.

* * *

"자, 여러분. 승인이 떨어졌습니다. 지금부터는 실행을 목표로 진행합니다!"

나로우주센터 발사관제실, 센터장 세준의 목소리가 스피커를 통해 울려 퍼졌다. 하지만 세준의 지시에도 관제실 직원들은 크게 동요하지 않았다. 이미 모두가 누리 15호 로켓의 구체적인 발사 시기와 궤도를 산정하기 위해 분주하게 움직이고 있었다.

"페어링이 온전하지 않기 때문에 사령선과 착륙선의 온도가 급격히 하락할 가능성이 있어요."

EECOM 매니저 선민의 콘솔 주위로 직원들이 여럿 모였다.

"그럼, 발사 직후부터 사령선과 착륙선을 대기 상태로 하면 어떨까요? 배터리 열을 이용해서 온도를 높이는 것도 괜찮고요."

TELMU 지선이 콘솔 화면에 떠 있는 한울 2호 우주선의 설계도를 확인하며 말했다.

"배터리 용량이 버텨줄까요? 달까지 4일은 가야 하는데."

"승무원들을 구조하고 돌아오는 것도 생각해야죠. 적어도 2주는 버텨야만 해요."

"사령선에는 120킬로와트(kW)급 배터리 두 팩뿐이에요. 이번 발사에는 페이로드(payload: 탑재 수화물)가 없기 때문에 추가 배터리를 탑재하는 것이 가능할 것 같습니다."

설계도를 살피던 사령선 엔지니어가 의견을 냈다.

"배터리팩 무게가 얼마죠?"

"한 개당 350킬로그램이요."

"그걸 휴대전화 보조배터리처럼 추가하는 게 가능한가요?"

"그럼요. 설계 당시부터 여유 전력이 200퍼센트였습니다."

"좋습니다. 발사 직후부터 공조 장치 가동해서 사령선과 착륙선의 온도를 섭씨 20도 이상으로 맞추는 것으로 하죠."

선민이 작업 목록에 '배터리 용량 증설'을 추가하고는 화면을 전환했다.

"이제 달 예상 착륙 지점을 논의하죠. GUIDO팀!"

* * *

나로우주센터 로켓조립동에는 100미터가 넘는 누리 15호 로켓이 우뚝 서 있었다. 방진복을 갖추어 입은 엔지니어들이 로켓 주위에서 하나같이 분주하게 움직였다.

"자, 여러분. 승인이 떨어졌습니다. 지금부터는 실행을 목표로 진행합니다!"

세준의 음성이 조립동에 울려 퍼졌다. 이곳에서도 마찬가지로 직원들은 이미 누리 15호 로켓의 상단부 조립에 몰두하고 있었다. 골격이 그대로 드러나 있는 누리 15호 로켓 상단부에는 한울 우주선의 것과 동일한 형태의 사령선과 착륙선이 탑재됐다.

"페어링 조립 시작합니다!"

누리 15호 로켓은 원래 세 기의 대형 상업 위성을 지구 저궤도에 수송하기 위한 용도로 만들어졌다. 지름이 2미터가량인 위성을 탑재하기 위해 로켓 상단부가 한껏 부풀어 있었지만, 사령선과 착륙선을 싣기 위해서는 그보다 더 큰 페어링이 필요했다. 그런데 탄소섬유 복합체로 된 페어링은 여분이 없었다. 그래서 누리 14호 로켓 발사 당시 제작된 시제품을 바탕으로 제작에 돌입했고, 10여 시간 만에 임시 제품을 만들어내는 데 성공했다.

"카피, 페어링 상승시켜주세요."

엔지니어들의 교신에 맞춰, 조립동 천장에 달린 크레인을 따라 두 개로 갈라진 페어링이 천천히 상승했다.

* * *

"정민준 대장님."

군용 방독면을 쓰고 있었지만 민준은 그가 존 타일러 소령임을 단번에 알아차렸다.

"이런 젠장."

민준이 미련을 버리지 못하고 중얼거리며 키보드를 계속 두드렸다. 이상하게도 존은 그런 그를 전혀 제지하지 않았다.

"쇼는 다 끝나셨습니까?"

뒤이어 존이 이끌고 온 군인들이 축 처진 올리비아를 둘러업고는 어디론가 데려갔다.

"클리어. 인원 이상 없습니다!"

한 군인이 회의실 창 너머로 서윤과 주원의 상태를 확인하고 는 큰 목소리로 외쳤다.

민준이 도리어 당당한 척하며 자리에서 일어나려 했으나 존의 강화 슈트가 누르는 힘을 이기지 못하고 다시 털썩 앉았다.

"어디까지 하나 지켜보고 있었는데, 결국 컴퓨터 하나 조작 하려고 연기를 한 겁니까?"

존이 다른 손을 콘솔 뒤편으로 뻗더니 전원 선을 거침없이 뽑아버렸다.

"계획은 나쁘지 않았지만, 지능이 조금 부족한 것 같군요."

존이 방독면을 벗어 바닥에 내려놓았다.

"공황발작을 연기했으리라고는 미처 생각 못 했어요. 미국 우주인 후보들 중에도 비슷한 증상을 보이는 이들이 간혹 있 었는데 모두 스크리닝 과정에서 걸러졌거든요. 한국의 원시적 인 시스템 탓인지 아니면 정치 때문인지는 모르겠지만……."

"이 새끼가."

민준이 몸을 재빨리 돌리며 존의 손을 떨쳐냈다.

"덕분에 최정예만 모여 있다고 자부하던 우리에게도 오점이 남게 되었어요. 하긴, 누군가 여기에 침입한다는 것 자체가 예 상치 못한 일이었으니까."

존이 뒤로 돌아서며 눈짓을 했다. 주변에 있던 군인들이 일 제히 민준에게 달려들었다.

"이거 놔! 개새끼들아!"

민준이 있는 힘껏 저항했지만 역부족이었다. 전선처럼 가느다란 포승줄이 이내 그의 몸에 칭칭 감겼다.

"그동안은 약발로 버티셨는지 모르겠지만 이젠 그럴 수 없을 겁니다. 잠시 주무시죠."

존이 민준의 몸에 묶인 줄과 연결된 버튼을 눌렀다. 400볼트에 달하는 전압이 포승줄을 따라 흘렀다. 민준은 몸을 덜덜 떨며 그 자리에서 기절했다.

"뭐 하는 거야!"

회의실 안에서 상황을 지켜보고 있던 서윤이 창을 강하게 두드리며 소리쳤다.

"두 사람도 끌어내."

존의 지시에 따라 아직 방독면을 쓰고 있는 군인들이 분주히 움직였다. 그들은 순식간에 회의실 문을 덜컥 열고는 서윤과 주원을 밖으로 끌어냈다.

"그래도 정 대장은 목숨을 걸고 탈출을 감행하기라도 했지, 안에서 지켜만 보고 있는 당신들은 참 비겁하네요."

존이 쓸쓸한 웃음을 지으며 무릎을 꿇고 있는 서윤과 주원을 내려다보았다.

"덕분에 기지 개설 이래 처음으로 5분 대기조가 출동했어요. 이 답답한 공간에서 방독면이라니 참 어이가 없군요."

군인들이 서윤과 주원을 같은 고전압 포승줄로 묶었다.

"이런 반인권적인 행위를 반드시 지구에 알릴 거예요. 당신들은 곧 대중과 여론의 심판을!"

서윤이 거세게 저항했지만 이내 강해지는 포승줄의 압박에서 벗어날 수는 없었다.

"일개 우주인 주제에 그렇게 큰 뜻을 품고 계시면 어떡합니까."

존이 비아냥대며 서윤을 발로 밀었다. 그녀가 힘없이 옆으로 고꾸라졌다. 그는 손에 쥔 버튼을 아직 누르지 않고 만지작거리고 있었다.

"죄송하지만, 당신들의 운명은 여기까지인 것 같습니다."

존의 말을 들은 서윤이 씩씩대며 그를 째려보았다.

"사령관께서 크게 분노하셨어요. 그분은 자신이 베푼 선의에 이런 식으로 보답하는 것을 견디지 못하시죠."

"개돼지 취급을 해놓고는, 선의라니. 당신들 수준을 알 것 같군요."

군인들에 의해 고개를 강제로 숙인 주원이 이를 갈며 말했다.

"'선의'의 기준은 상황에 따라 달라지기 마련이죠. 이곳이 얼마나 열악한 곳인지는 굳이 말하지 않아도 알고 있겠죠? 숨 쉴 공기도, 안락한 대지도 없는 곳에서 물과 음식을 제공한 것만 해도 얼마나 큰 호의였는지 꼭 기억해주세요."

15

중력이 힘을 쓰지 못하는 공간

2031년 07월 23일

"놀랍군요. 놀라워."

민준과 서윤 그리고 주원이 정신을 차린 곳은 이사벨라의 개인 집무실이었다. 다크사이드 기지 맨 위층에 자리한 이사벨라의 집무실은 다른 공간들과 달리 반듯한 벽면과 천장으로 둘러싸여 있었다. 깔끔한 그녀의 성격을 반영한 듯 집무실에는 널찍한 책상과 골조 형태의 의자 이외에 아무런 기기도 놓여 있지 않았다.

"우리가 너무 방심하기도 했지. 안 그래?"

이사벨라가 존과 데클런을 번갈아 보며 웃었다. 하지만 두 사람은 고개를 숙여 땅을 보고 있을 뿐, 아무런 대답도 하지 않았다.

"도대체 무슨 짓을 하는 겁니까?"

바닥에 무릎 꿇린 민준이 아직 근육통이 가시지 않은 듯 인상을 찌푸리며 물었다.

"정 대장님께 제가 묻고 싶군요. 달 뒷면까지 와서 도대체 무슨 짓을 하는 겁니까?"

그녀가 놀리는 말투로 경어를 쓰며 말했다.

"통신은 전달이 되었나요?"

"다행히 발신 직전에 저희 시스템이 이상 상황을 발견하고 차단한 것으로 보입니다. 올리비아의 아이디카드는 외부 통신 권한이 없는 레벨 D라……."

"그렇군요. 그녀는 지금 어떻죠?"

존의 대답을 듣고 이사벨라가 흡족한 듯 미소를 지으며 물었다.

"예, 의무실에서 아직 깨어나지 못하고 있는 것으로……."

"정신질환 병력을 용케도 이용했군."

이내 이사벨라가 천천히 민준의 앞으로 다가서더니 무릎으로 그의 얼굴을 툭툭 쳤다. 그녀의 우주복에 장착된 보행보조 장치에서 기분 나쁜 모터 구동 소리가 흘러나왔다.

"아티반(Ativan: 로라제팜 계열 약물의 상품명)은 나도 애용하는 약물이야. 뻔한 수작은 통하지 않아. 대단한 기지를 발휘한 양 으스대지 말라고."

그녀가 상체를 숙여 민준의 귀에 대고 속삭였다. 차오르는 분을 어쩌지 못한 민준은 몸을 꿈틀대며 저항했다.

"오랫동안 평화롭던 우리 기지에 말썽쟁이들이 들어왔군요. 조용히 보내줄 방법이 없을까 생각하고 있던 차에, 오히려 잘되었어요."

그녀가 몸을 일으켰다. 집무실 한편에 서 있던 군인들이 자세를 고쳐 잡았다.

"여러분들도 잘 알다시피, 우리 기지는 기밀 유지가 생명이에요. 일부 최우방국에서 우리의 존재를 알고 있지만, 그들은 향후 100년 동안 우리에게 총칼을 겨눌 가능성이 제로인 나라들이죠."

뒷짐을 진 그녀가 집무실 안을 천천히 걸었다.

"안 그래도 오웬 대통령이 이들을 인도적인 차원에서 복귀시켜주라고 요청했어요. 그런데 내가 안 된다고 했어요. 우리 기지 창설 이래 최초의 침입자들이니까. 기지 내부를 속속들이 본 자들을 멀쩡히 돌려보낼 수는 없잖아요?"

그녀의 목소리는 점점 높아졌다.

"그런데도 오웬은 포기하지 않고 또 부탁하더라고요. 정치적 부담이 있다, 한국 대통령이 자신을 직접 찾아왔고 다크사이드 기지의 존재도 공유했다, 뭐 이런 쓰잘머리 없는 소리였죠. 하여튼 애국심이라고는 눈곱만큼도 없는 4년짜리 선출직들이란……."

그녀가 혀를 끌끌 차며 다시 세 사람 앞에 멈추어 섰다.

"끝까지 그러더군요. 그냥 없었던 일로 하자. 우리가 이 사람들과 아예 접촉이 없었던 걸로 하면 어떻겠냐? 그래서 내가 물었죠. 있었던 일을 어떻게 없었던 것으로 하느냐?"

그녀가 홀로 웃음을 터트리고는 존을 바라보았다. 억지웃음을 짓고 있던 존이 차마 그녀의 눈을 보지 못하고 고개를 다시 숙였다.

"그랬더니 오웬이 묘안을 내었죠. 저들이 착륙한 지점에 그대로 데려다놓아라. 거기서 죽이 되든 밥이 되든 알아서 살아남게 두자. 단, 다크사이드 기지가 있는 쪽과 반대 방향으로만 움직이는 조건으로."

그녀의 말을 들은 민준이 움찔했다. 달의 앞면으로 갈 수 있으리라는 기대감에 내심 반색한 것이었다. 이곳에서 아르테미스 기지로 직행하는 것이 가장 바람직한 안이었지만, 착륙 지점으로 돌아가 착륙선에 남아 있는 물자들을 이용한다면 그나마 희망이 있었다.

"그래서 내가 오케이를 하려던 찰나, 이런 일이 터지고 말았군요."

그녀가 민준의 반응을 알아차리고는 발로 바닥을 한 번 굴렀다.

"자, 이제 어떻게 하면 좋을까요? 지금까지는 그저 우연히 검거한 침입자였지만, 이제는 우리 전산 시스템을 해킹한 범죄자가 되어버렸죠. 안 그래요, 존?"

"예, 맞습니다."

존이 그녀의 말에 맞장구를 치며 고개를 끄덕였다.

"다크사이드 기지 규율에 의하면, 기지에 유무형으로 손해를 끼친 경우 즉결심판이 가능합니다. 이곳에서 즉결심판이란 곧 추방을 의미하죠. 헬멧에 우주복만 입힌 채로 말이죠."

"맞습니다. 규율 제3항 2조에 명확히 언급되어 있습니다."

존이 개인 태블릿을 통해 문서를 확인하며 말했다.

"존, 그걸 지금 굳이 확인할 필요는 없잖아요."

자꾸만 자신의 비위를 맞추려는 것이 못마땅했는지 그녀가 미간을 찌푸렸다.

"죄송합니다."

존은 한국 우주인들을 제대로 관리하지 못한 책임이 자신에게 전가될까 전전긍긍하고 있었다.

"바로 결론을 말씀드리죠. 나는 결정했어요. 오웬의 체면도 살려주고, 우리 규율도 지키기로."

그녀의 말에 민준과 서윤 그리고 주원이 고개를 번쩍 들었다.

"한 시간 후에 이 세 명의 우주인을 다크사이드 기지에서 추방합니다. 들어올 때와 같은 복장으로, 산소도 충전하지 않고 잔량을 보존한 채로. 이상."

"예, 알겠습니다."

자신에게 불똥이 튀지 않은 것에 만족한 존이 서둘러 세 사람 앞으로 다가왔다. 그리고는 손을 뻗어 민준을 일으켜 세웠다.

민준의 얼굴에는 희색이 돌았지만, 서윤과 주원은 서로 마주 보며 긴장된 표정을 짓고 있었다.

"갑시다. 운이 좋은 줄 아세요."

먼저 일어선 민준을 따라 포승줄로 연결된 서윤과 주원이 자연스레 이끌렸다.

"잠깐만요, 존 소령!"

이사벨라가 세 사람을 데리고 집무실 밖으로 나가려는 존을 불러 세웠다.

"예, 사령관님."

"침입자들 인솔은 데클런이 맡고, 존은 잠시 나랑 이야기 좀 하죠."

"아, 예. 알겠습니다."

데클런과 시선을 교환하는 존의 얼굴에 불길함이 감돌았다. 그는 무거운 표정으로 데클런에게 다가갔다.

"데클런, 저들이 어떤 짓을 할지 모르니 남은 한 시간 동안 폐쇄된 장소 말고 개방된 공간에서 감시하세요. 누구든 저들을 볼 수 있게."

　　　　　*　　*　　*

　달 뒷면 근처에서 폭발을 감지한 직후, 한동안 떠들썩하던 보현산 천문대는 다시 고요를 찾았다. 당직 근무자조차 어떤 인기척도 내지 않아 모처럼 한산했다.

　3일 전부터 연달아 당직을 서고 있는 선규는 소란스러웠던 광학망원경 관측실 옆 당직실을 버려두고 '외계신호 관측실'로 자리를 옮겼다. 보현산 천문대에서도 가장 외진 곳에 있는 세 평 남짓한 이곳은 전파망원경들이 심우주(deep space: 달 너머의 우주)에서 수집한 신호들을 자동으로 분류하고 처리하는 곳이었다. 여타 우주 선진국들에 비하면 보잘것없었지만, 가장 할 일이 없는 시설인 덕에 조용한 것을 좋아하는 이들이 늘 선호하는 곳이기도 했다.

　며칠 동안 보현산 천문대의 모든 장비는 달의 경계면을 향하고 있었다. 그래서 이곳에서 관리하는 지름 13.7미터의 전파망원경도 달을 정조준하고 있었다. 이제 막 동이 틀 무렵의 동쪽 하늘 반대편으로 달이 지평선을 향해 지고 있었다.

　새벽 5시 34분, 달의 궤적을 따라 움직이는 전파망원경을 제자리로 돌려놓으려는 무렵, 화면에서 깜박이는 무언가가 선규의 시선을 끌었다.

텍스트 메시지: 53byte

우주의 배경 노이즈에서 의미가 있는 것들을 자동으로 분류하도록 코딩된 프로그램이 무언가를 발견하고는 메시지를 띄웠다.

'왜 하필 내가 근무할 때마다……'

귀찮은 일을 싫어하는 선규는 자신이 또 다른 판도라의 상자를 여는 것은 아닌지 두려움이 앞섰다. 수년 동안 아무 일도 없이 고요하던 이곳에 연달아 비정상적인 일들이 생기는 것이 그는 영 못마땅했다.

이곳의 근무자가 출근하기까지는 3시간이 남은 상황. 그는 못 본 체하고 자리에 누울까 고민하다가, 호기심을 이기지 못하고 메시지를 클릭했다.

신호 분석 중…….

이윽고 외계 신호 분류기가 탐지해낸 신호가 번역 과정을 거치더니 자신이 해석한 메시지를 떠올렸다.

한울 우◑▤ 조난. 한국○ 승무원 3= 다크ˑ˙ øœ 원 기지β 억ǂ 으

곳곳에 깨진 문자들이 끼어 있었지만, 그것이 무엇을 의미하는지 알아차리는 것은 어렵지 않았다.

"미쳤군."

선규가 화면에 떠오른 메시지를 차마 믿지 못하고는 전파망원경 조종 콘솔로 뛰어갔다. 콘솔 화면에는 전파망원경이 조준하고 있는 지점의 하늘이 명확하게 나타났다. 햇빛을 반사하며 희미하게 흐려진 달의 모습이 보였다.

"도대체 달에서 무슨 짓들을 하고 있는 거야."

선규가 떨리는 손으로 통신용 수화기를 들었다 놓기를 반복했다. 광학망원경 관측 건으로 수십 명의 정부 요원이 들이닥치는 것을 경험했기에, 다시금 비슷한 소동이 일어날까 선규는 전전긍긍했다.

"에라이, 모르겠다."

수화기를 손에 쥔 선규가 눈을 질끈 감더니, 그대로 '호출' 버튼을 눌렀다. 휴대전화에서 확인한 연락처를 입력하자 이내 신호음이 울렸다. 그러나 상대측에서는 아무런 응답이 없었다.

'그냥 덮을까. 내 임무도 아닌데……'

선규가 한 손에 여전히 수화기를 든 채 당직실에서 가져온 이불과 베개를 주섬주섬 챙겼다. 그리고 수화기를 내려놓으려 할 때쯤, 건너편에서 젊은 여성의 목소리가 들려왔다.

"나로우주센터 발사관제실 김지선입니다. 무슨 일이시죠?"

* * *

"이렇게 인사하게 되어 유감입니다."

다크사이드 기지의 정문 출입구 앞, 무광으로 도색된 로버 주위로 존 소령과 중위 계급장을 단 두 명의 군인이 나란히 섰다. 아무런 빛도 반사하지 않는 반타블랙(Vantablack) 소재의 우주복을 입은 이들 중 선바이저를 내리지 않은 것은 존이 유일했다.

"소령님은 소령님의 역할을 다했을 뿐이죠. 저희가 불편을 끼쳐드린 것 같아 유감입니다."

들어올 때와 동일한 복장으로, 서윤과 민준 그리고 주원은 군인들 앞에 일렬로 섰다. 기지로 연행될 때와 마찬가지로 세 사람은 나일론 포승줄에 손목이 묶인 채 서로 연결돼 있었다.

"이별 인사치고는 너무 험악하군요."

서윤이 손목을 들어 보이며 존과 눈을 마주쳤다.

"죄송합니다. 착륙선이 있는 곳까지 이동하는 동안은 포승줄을 풀어드릴 수 없습니다."

이제 막 떠오른 태양이 눈을 강하게 비추는 시간대였다. 그럼에도 존은 여전히 선바이저를 내리지 않은 채 로버 위에 먼저 올랐다.

"5분이면 도착하니까 조금만 참으시지요."

존이 손짓을 하자 나머지 두 명의 군인이 세 사람을 로버의 뒤쪽 화물칸에 태웠다.

"말만 번지르르하지, 사람을 짐짝 취급하는 건 여전하군."

마지막으로 로버에 오른 민준이 불만 가득한 목소리로 구시렁거렸다. 헬멧 유리 바깥에 부착된 자동번역 교신기가 LED 등을 깜박이며 눈치 없이 그의 말을 전달했다.

"곱게 내보내준 것은 아니지만, 원래의 상태로 되돌려주는 것만으로도 감사하시지요."

민준은 존의 응수에 반응하지 않고 고개를 숙였다.

세 사람은 각자 고심에 빠졌다. 착륙 지점으로 돌아간다 해도 막막한 건 마찬가지였다. 절망에 빠지지 않으려면 차분하게 계획을 세워야만 했다.

먼저 서윤이 왼팔 디스플레이를 클릭했다. 눈앞에 산소 잔량 그래프가 나타났다.

"저는 67퍼센트 남았어요. 기껏해야 3시간 정도 버틸 수 있겠네요."

"나도 비슷해, 71퍼센트."

"저도 69퍼센트 남았습니다."

민준과 주원이 서윤을 따라 남은 산소량을 확인했다.

"착륙선에 도착해서 충전한 다음, 아르테미스 기지가 있는 방향으로 탐사를 진행해보자고. 운이 좋으면 그쪽 사람들을 만날 수 있을 거야."

이윽고 로버가 엘리베이터를 벗어나 움직이기 시작했다. 세 사람의 몸이 위아래로 들썩였다. 지구의 6분의 1밖에 되지 않는 중력 탓에 로버는 작은 충격에도 탱탱볼처럼 위로 튀어 올랐다.

"여기로 올 때는 이러지 않았던 것 같은데."

민준이 연행되던 때를 떠올리며 로버의 승차감에 불만을 토로했다.

"예, 그때는 이렇게 난리 법석은 아니었죠."

주원이 맞장구를 치며 바깥을 둘러보았다. 깊은 크레이터를 빠져나온 로버는 어느새 지상을 향해 언덕을 오르고 있었다. 높이 솟은 크레이터 가장자리의 산맥이 태양 빛을 가리며 긴 그림자를 드리웠다.

"생각보다 더 거대하고 예상보다 더 고요하네요."

서윤은 벌써 감상에 빠진 듯 창에 헬멧을 붙인 채 주변을 둘러봤다.

"그러게. 달은 지구의 4분의 1 크기지만, 그렇다고 결코 작은 천체는 아니지. 지구에서 너무 얕보았어, 이 녀석을."

민준이 서윤의 시선을 따라 지평선 너머를 바라보며 말했다. 달 하늘 어디에서도 지구의 흔적을 찾을 수 없다는 사실이 낯설면서도 새롭게 다가왔다.

"다들 좋은 경험 한 셈 치고, 이제부터 생존할 방법을 마련해보자고."

"예, 알겠습니다."

서윤이 고개를 숙이며 성의 없이 대답했다. 주원은 무언가 의아하다는 표정으로 주위를 두리번대고 있었다.

"잠깐만요!"

그러다 문득 자리에서 몸을 일으켜 로버의 앞, 뒤, 옆 창문까지 훑어댔다.

"왜 그래?"

당황한 민준이 포승줄을 끌어당겼지만, 주원은 그의 힘에 저항하며 계속 주변을 살폈다.

"이 방향이 아닌 것 같아요."

"뭐라고?"

"우리 착륙선이 있는 방향이 아닌 것 같다고요."

"그게 무슨……."

당황한 민준이 재빠르게 창밖으로 고개를 돌렸다.

달의 지형은 익숙해지기 어려울 정도로 똑같은 패턴이었다. 하지만 유심히 지켜보면 큰 차이 정도는 구분할 수 있었다. 로버는 크레이터 밖으로 나서지 않은 채, 가장자리를 따라 돌아가고 있었다.

"잠깐만. 올 때는 이렇게 길게 돌아오지 않았던 것 같은데요?"

그제야 이상함을 느낀 서윤이 몸을 일으키며 주원을 거들었다.

"존! 우리를 지금 어디로 데려가는 거죠? 설마 달 관광을 시켜주려는 것은 아니겠죠?"

민준은 다크사이드의 군인들이 그저 다른 길로 가고 있는 것이라 생각했다. 그의 자동번역 교신기가 초록색 LED를 깜박였지만, 조종석에 앉은 존은 묵묵부답이었다.

"존, 우리는 우주복의 산소도 충분하지 않다고요. 어서 착륙선으로 데려다줘요. 그 이후에는 비참하게 당신들한테 구조 요청 따위는 하지 않을 테니."

민준이 조종석과 화물칸을 가르는 간이 벽에 붙어 섰다.

"물러서세요."

그러자 존의 옆자리에 앉은 군인이 총신이 극도로 짧은 M4 소총을 겨누었다.

"지금 뭐 하는 거죠?"

상대의 이름을 확인하기 위해 어깨를 살폈지만 명찰은 진즉에 떨어져 있었다. 로버 안의 여압 장치를 가동해놓지 않은 탓에 상대 군인의 목소리는 오직 자동번역 교신기의 기계음을 통해서만 전달됐다.

"자리에 앉아 계세요."

"이 방향이 아니잖아요. 우리가 착륙선에서 내려올 때는 이렇게 돌아가지 않았어요."

"그러니까 그냥 계세요. 곧 도착합니다."

위협적이었지만 차분한 말투였다. 서윤이 마지못해 다시 자리에 앉았다.

"우리를 착륙선이 있는 곳으로 데려가고 있는 게 맞나요?"

몇 초 동안의 침묵이 흐르는 동안, 로버는 크고 작은 암석들을 밟으며 위아래로 점프하듯 요동쳤다.

"예, 맞습니다. 달에도 도로가 있어요. 내려갈 때와 올라갈 때의 루트가 다르죠."

이윽고 존이 목소리를 한껏 높여 말했다. 그제야 민준이 긴장된 자세를 풀었다.

"괜한 오해를 했군."

완전히 의심을 거둔 것은 아니었지만, 지금은 로버를 통제하고 있는 이들의 말을 믿는 수밖에 없었다. 민준은 그대로 뒷걸음쳐 화물칸 벽에 털썩 주저앉았다. 그의 보행보조 장치가 과격한 움직임을 제대로 감지하지 못하고 덜컹이며 엇박자로 기계음을 내었다.

"이래서 국산 제품은!"

민준이 타박하듯 보행보조 장치를 두드리자 서윤이 헛웃음을 지었다.

"국산 제품에 대한 불신이 여전하시네요. 하지만 그건 쟤네들이 만든 거예요. 보스턴다이나믹스."

서윤이 존이 앉아 있는 조종석을 가리키며 말했다.

"그래, 나중에 지구로 돌아가면 꼭 클레임해야겠군. 달에서 제대로 작동한 게 하나도 없었다고 말이야."

민준이 농담조로 투덜댔지만, 로버 안의 누구도 맞장구를 치지 않았다.

* * *

"일주일도 늦어. 내일이라도 당장 발사를 시작하게!"

"하지만 다크사이드 기지에 억류되어 있다는 것이 사실이라면……."

대통령 윤중의 호통에도 강주호 외교부 장관은 적극적으로 자신의 의견을 피력했다.

"오웬이 말했잖아. 우리 우주인들이 자기네들 기지에 침입했다고. 그러니까 좋게 말하면 '보호', 나쁘게 말하면 '억류'되어 있는 것이 맞겠지."

윤중은 방탄 리무진 안에서 벌겋게 상기된 얼굴로 다리를 꼰 채 앉아 있었다.

"예, 그 정도는 예상했지만, 이렇게 직접 구조 메시지를 보내리라고는……."

나로우주센터장 김세준으로부터 직접 전화를 받은 윤중은 아직도 흥분을 가라앉히지 못했다. 그는 자신이 직접 앞마당까지 찾아가서 미국 대통령을 면담하고 돌아온 직후에 그런 메시지가 수신됐다는 것에 수치심을 느꼈다. 더욱이 보현산 천문대에서 수신한 텍스트 메시지는 진위를 확인할 방법조차 없었다.

　"그러니까 얼른 우리가 구조대를 보내서 상황을 확인해야지. 언제까지 이렇게 자리에 앉아서 기다리기만 할 텐가."

　"예, 그래서 나로우주센터에서도 최대한 발사 시기를 앞당기기 위해서 노력하고 있는 것으로……."

　"노력은 누구나 하지. 대통령도, 일개 초등학생들도 다 노력을 해. 이미 다 만들어져 있는 로켓에 기성 제품을 실어서 발사하는 것뿐인데 왜 그리들 호들갑이야? 노력한다는 말로 시간 끌려고 하지 말고, 당장 내일이라도 발사하세요!"

　윤중이 정면에 앉은 오태민 과기부 장관을 노려보며 언성을 높였다.

　"로켓 발사가 그렇게 아무 때나 할 수 있는 것이……."

　태민이 반박하려 하자 옆자리에 앉은 하진이 팔꿈치로 그의 옆구리를 찔렀다. 태민은 잠시 주춤하더니 반항하듯 허겁지겁 말을 이었다.

　"이전에 지시를 내려주신 시점부터 나로우주센터의 전 직원이 24시간 매달리고 있지만, 하루 이틀 내에 누리 15호 로켓을 발사하는 것은 또 다른 실패를 일으킬 수도…….”

“이봐요, 오태민 장관!”

먼저 성을 낸 것은 윤중이 아닌 하진이었다. 비좁은 리무진 안에서 하진이 몸을 일으키자 차량 전체가 좌우로 들썩였다.

“아직 상황 파악이 잘 안되시나 본데, 제가 요약해드리죠.”

윤중은 그런 하진을 못 본 체하며 창밖을 내다봤다.

“지금 당신이 관할하는 나로우주센터에는 주요 진행 상황을 실시간으로 내빼는 첩자가 있어요. 이게 첫 번째 팩트입니다. 게다가 대한민국 최초의 달 탐사 우주인 세 명이 달 뒷면 어딘가에 감금되어 있어요. 자, 어떻게 하시겠습니까?”

“말씀해주신 사항은 이미 잘 숙지하고 있습니다.”

태민은 이번만큼은 하진에게 지지 않으리라 다짐했다.

“그럼 다행이군요. 하지만 머리로는 이해했어도 아직 가슴까지 내려오진 않은 것 같은데.”

하진이 오른손으로 태민의 가슴팍을 툭툭 두드렸다.

“이게 무슨 짓입니까?”

불쾌함을 감추지 못한 태민이 하진의 손을 뿌리쳤다.

“오 장관님, 잘 들으세요. 제가 말씀드린 것 중에서 첫 번째 팩트가 장관님께 중요한 사안입니다. 당신이 최종 책임자로 있는 보안시설에서 상당 기간 국가기밀이 유출되고 있었어요. 설마 그걸 모르시지는 않았을 테고…….”

하진의 비아냥거리는 말투에 태민의 얼굴에 불길함이 스쳐 지나갔다.

"우리는 치사하게 꼬리 자르기 같은 것 하지 않습니다. 큰 사건일수록 큰 거물이 등장하는 게 더 그럴듯하지 않겠습니까?"

하진이 오른손 검지로 자신의 머리를 가리키며 말했다.

"지금 저를 의심하시는 겁니까?"

"그럴 리가요. 대통령님과 외교부 장관님도 듣고 계시는데 함부로 단정할 수 없죠. 저는 다만 과기부 장관님의 안위를 걱정해서 말씀드린 것뿐입니다."

하진이 조용히 자리에 앉는 동안 강주호 외교부 장관은 바닥을, 최윤중 대통령은 턱을 고인 채 여전히 창밖을 바라보고 있었다.

"대통령님 말씀은, 그러니까 최대한 빨리 누리 15호 로켓을 달로 보내란 뜻입니다. 일주일은 너무 늦어요. 상대가 알아차리기 전에 먼저 선수를 쳐야만 합니다."

하진의 말을 들은 윤중이 시선을 밖을 향해 둔 채 그제야 고개를 천천히 끄덕였다.

* * *

돌아가는 경로임을 고려해도 여정이 너무 길었다. 기지 정문에서 출발한 지 1시간이 다 되었지만 세 명의 한국 우주인을 태운 로버는 아직도 빠른 속도로 달 표면을 질주하고 있었다. 중간에 두세 번 같은 질문을 던졌으나 존은 냉랭한 표정으로 오토파일럿이 제공한 경로를 따라 이동 중이라는 말만 반복했다.

"이건 확실히 우리가 온 길이 아니에요."

주원이 창밖을 물끄러미 보며 되뇌었다. 서윤도 착륙선에서 연행되던 때의 기억을 곱씹으며 고개를 천천히 가로저었다.

"조금만 더 기다려보자. 크레이터를 반대로 돌아 나가는 것 같으니."

민준은 중립적인 태도를 유지하려 애썼지만 속마음은 그렇지 않았다. 자신들의 대화가 자동으로 번역되어 저들에게 전달되고 있다는 것을 알고 있었기에, 그저 위언을 할 뿐이었다.

"오래 기다리셨습니다. 다 도착했습니다."

긴 침묵을 깨고, 존이 해맑은 얼굴로 뒤를 돌아보았다.

"여기라고요?"

갑작스레 로버가 속도를 줄였다. 세 사람의 몸이 속절없이 앞으로 쏠렸다.

"예, 착륙선과 조금 떨어진 지점에 멈추었습니다. 아무리 달 뒷면이라 하더라도 공중에 보는 눈들이 많아서요."

존이 로버 천장을 가리키더니 먼저 운전석 문을 열었다. 그가 바닥을 향해 점프하자 우주복 하의에 붙은 보행보조 장치가 즉각적으로 반응하며 반동을 억제했다. 사뿐하게 달 표면에 내려선 그는 다른 군인에게 손을 뻗어 M4 소총을 건네받았다. 이윽고 로버를 돌아 화물칸 앞으로 와 거침없이 문을 열었다.

"내리시죠. 착륙선까지 안내해드리겠습니다."

"보는 눈이 많다면서요?"

로버 밖으로 고개를 빼꼼히 내민 서윤이 주위를 둘러보며 물었다. 널찍한 평야 위로 군데군데 분지와 낮은 산맥이 펼쳐진 달의 표면은 도무지 어디가 어디인지 알 수 없을 만큼 단조로웠다.

"그렇죠. 하지만 우리 우주복은 당신네들 수준의 정찰위성으로 포착할 수 없어요."

"영 말이 안 맞는군요."

서윤이 불편한 기색을 감추지 않으며 먼저 땅으로 내려갔다. 그녀가 바닥에 발을 딛자 옅은 먼지가 공중으로 흩날렸다.

"안이나 밖이나 적응이 되지 않네요. 달의 중력은."

서윤이 양발을 땅에 부딪으며 가볍게 점프했다. 하지만 중력이 약해진 만큼 높이 떠오르진 못했다. 보행보조 장치가 작동하면서 마치 지구에서 점프를 한 것처럼 금세 내려앉았다.

"우리 착륙선이 어디 있다는 거죠?"

두 번째로 로버를 나온 민준이 포승줄을 흔들며 물었다.

"여기서 1킬로미터 정도 걸어가야 합니다. 크레이터 굴곡에 가려 보이지 않을 수 있어요."

존이 총구를 아래로 향한 채 동쪽 너머를 가리켰다. 로버에서는 잘 보이지 않던 깊은 크레이터의 음영이 달의 지평선을 따라 드리워져 있었다.

"다 내리셨나요?"

주원이 마저 로버에서 내리자 존의 옆에 바짝 붙어 서 있던 군인이 성큼 다가와 포승줄의 상태를 점검했다.

"이건 언제 풀어주죠?"

"목적지에 도착하면요."

"이런……."

서윤이 실망스러운 표정으로 상대를 바라보았지만, 검은 헬멧 안으로는 아무것도 보이지 않았다.

"이제 가시죠."

존이 총구를 가볍게 흔들며 먼저 앞장서라는 제스처를 취했다.

"뭔가 이상한데……."

지금 달에 발을 디딘 세 명의 한국인 중, 존의 말을 곧이곧대로 믿는 사람은 아무도 없었다. 하지만 절대적으로 불리한 상황이었으니 그들은 섣불리 저항하지 않았다.

"1킬로미터라고요?"

"예, 맞습니다. 앞장서세요. 이쪽입니다."

존의 단호한 지시에 민준이 먼저 큰 걸음을 내디뎠다. 그가 보폭을 넓혀 걸을 때마다 검은 암석 먼지가 안개처럼 떠올랐다. 그의 뒤를 서윤과 주원이 바짝 따라붙었다.

"대장님, 아무리 생각해도……."

"나도 알아."

서윤이 헬멧 밖에 붙은 자동번역 교신기를 떼어내려 했지만 강한 흡착력으로 인해 좀처럼 떨어지지 않았다.

"일단 가보자고. 달리 방법이 없으니."

민준은 자신들이 달 뒷면의 외딴곳에 버려졌다는 사실을 이미 알고 있었다. 하지만 눈과 귀 그리고 입이 모두 노출된 지금은 저들의 지시를 따르는 것이 유일한 대책이었다.

"전부 멈추세요!"

말없이 3분 정도를 걸었을 즈음, 십여 미터 뒤에서 따라오던 존이 외쳤다.

"이게 무슨……."

이윽고 눈앞에 거대한 분지가 펼쳐진 것을 본 서윤이 어지 럼을 느끼며 눈을 감았다. 낮게 깔린 태양 탓에 제대로 보이지 않던 크레이터 계곡이 점차 음영을 드리우며 그 깊이를 드러낸 것이었다. 그 절벽과 불과 수 미터 떨어진 곳에 민준과 서윤 그리고 주원이 바짝 붙어 멈춰 섰다.

"착륙선은요?"

서윤이 양팔을 들어 보이며 몸을 돌렸다. 존과 나머지 두 명의 군인은 이미 소총을 견착한 채 세 사람을 정조준하고 있었다.

"그런 게 여기 있을 리 없다는 걸, 당신들은 이미 알고 있었을 테죠."

선바이저를 내리지 않은 존이 비열한 웃음을 지으며 세 사람을 쳐다봤다.

"그럼요, 존. 당신들이 로버에 태울 때부터 알고 있었지요."

이미 짐작한 상황이라는 듯 민준의 대답에는 여유가 담겨 있었다.

"그래서 당신들의 그 잘난 이사벨라 사령관이 어떤 지시를 내리던가요? 우리를 가능한 한 기지에서 멀리 데려간 다음, 그 총으로 살해하고 구덩이에 묻으라던가요?"

민준이 포승줄에 묶인 양팔을 들자 서윤과 주원이 줄에 딸려와 가까이 붙었다.

"말이 너무 많군요. 우리는 순식간에 수억 명을 죽이는 것에는 각오가 되어 있지만, 한두 명을 죽이는 방법은 미처 훈련받지 못했어요."

존이 씁쓸한 웃음을 지으며 옆에 선 군인들을 쳐다보았다.

"이사벨라 사령관님이 베푸는 마지막 자비라고 생각해주세요. 기밀 유출을 시도한 당신네들 머리에 총알을 박아야 한다는 의견도 있었지만, 그녀가 잘 조율했으니까."

"참 고마운 일이네요."

서윤이 고개를 크게 끄덕였다. 그녀는 내내 이 상황을 타개할 방안을 모색하고 있었다.

'거리 15미터. M4 소총 세 기…….'

머릿속으로 끊임없이 눈앞의 적들을 제압할 궁리를 했지만, 포승줄로 꽁꽁 묶인 상황이라 마땅한 방안이 떠오르지 않았다.

"이곳은 다크사이드 기지가 자리 잡은 '폭풍의 대양(Oceanus Procellarum)'과 북쪽에 위치한 '비의 바다(Imbrium Maria)' 사이에 있는 크레이터입니다. 거리로 치면 기지에서 100킬로미터 넘게 떨어져 있죠."

"멀리도 왔군."

민준이 존의 말에 바로 반응했다.

"여러분들은 지금 이 순간부터 자유입니다. 우리끼리 잠깐 논의를 해보았는데……."

존이 옆 사람과 시선을 마주하더니 웃기 시작했다.

"여기를 따라 내려가면 다크사이드의 오리지널 기지가 있다는 전설이 있더군요. 1950년에 소련이 지었다던가……."

시답지 않은 농담이었지만 양옆의 군인들은 우스운 듯 웃음소리를 높였다.

"미친 자식들……."

민준은 유일하게 선바이저를 내리지 않고 있는 존을 강렬한 눈빛으로 노려보고 있었다.

"사령관님께서 확실한 것을 중요시하셔서, 부득이하게 한 가지 더 부탁을 드리겠습니다."

존이 소총을 그대로 겨눈 채 두세 걸음을 더 다가왔다.

"신신당부하시더군요. 당신들이 저 깊은 계곡으로 떨어지는 것을 확인하고 오라고. 행여나 걸어서 돌아올까 걱정하시는 것 같아요."

존의 총구가 곧 민준의 헬멧에 바짝 붙었다.

"달은 지구에 비하면 중력이 미미하기 때문에, 높이가 50미터 정도 되는 절벽은 그냥 뛰어내리셔도 괜찮습니다. 게다가 그 훌륭한 보행보조 장치가 있으니 추락사하지는 않을 테고요."

그가 민준의 다리에 장착된 장치를 흘낏 보며 말했다.

"당신들은 완전히 미쳤어."

세 사람은 점점 절벽 끝으로 몰렸다. 차가운 총구에 밀린 민준은 마지못해 뒷걸음질을 쳤다. 그 뒤에 서 있던 서윤과 주원역시 차례로 뒤로 밀리기 시작했다.

"미친 것의 정의 또한 인류 역사상 늘 변화해왔죠."

존이 기분 나쁜 미소를 지으며 서윤을 쳐다보았다.

"제가 오랫동안 이 영광스러운 곳에 근무하면서 느낀 건데,

세상의 모든 인간은 각자 무언가에 미쳐 있어요. 다만 그렇지 않은 척 포장하는 데 시간을 보낼 뿐이죠. 당신들처럼 극한 상황에 몰리면 꼭 본성을 드러내더라고요."

"본성은 우리가 아니라 당신이 보이고 있는 것 같은데."

민준은 절벽 끝을 흘낏 보며 무언가를 계산하고 있었다. 그림자에 가려 잘 보이지는 않지만, 90도에 가까운 경사면 중간에 승강장처럼 튀어나온 암석 덩이가 눈에 띄었다.

다시 헬멧에 닿은 총구의 압력이 느껴지자 민준이 고개를 돌렸다. 총을 겨누고 있는 존의 머리 위로 이제 막 떠오른 태양이 눈이 부실 정도로 밝게 빛나고 있었다. 잠시 망설이던 민준이 헬멧에 붙어 있던 자동번역 교신기를 있는 힘을 다해 꼭 쥐었다.

"마지막에는 제 목소리가 듣고 싶지 않을 수도 있겠군요."

온 힘을 다해 교신기를 떼어내려 했지만 역시나 쉽게 떨어지지 않았다.

"이해합니다. 당신들만의 시간이 필요하겠죠. 천천히 떨어지면서 시간을 보내세요."

존이 민준을 내몰며 압박했다. 그사이, 이윽고 민준의 손아귀 힘에 반으로 쪼개진 교신기가 바닥에 내동댕이쳐졌다.

"대장님!"

민준과 등을 바짝 붙인 서윤은 그저 절벽 밑을 내려다보고 있었다.

"잠시 후에 내가 뛰어내리면, 무조건 자리에 주저앉아!"

"예? 그게 무슨……."

"묻지 말고 시키는 대로만 해. 내가 뛰어내리면 자리에 털썩 주저앉으라고."

더 이상 민준의 목소리가 전달되지 않았지만, 존은 그가 마지막 발악을 하는 것이라 생각하고는 여유로운 얼굴로 비웃었다.

"알겠어?"

두 사람이 아무런 답이 없자 민준이 재차 목소리를 높였다.

"알겠어요."

"알겠습니다."

서윤과 주원은 그의 계획이 무엇인지 도무지 알 수 없었지만 그를 믿었기에 일단 순응했다.

"크레이터 바닥에 떨어지면 연락 한번 주세요. 그럼 이만."

존이 총구를 들이댄 채 앞으로 큰 걸음을 내딛는 순간, 민준이 몸을 돌린 다음 절벽을 향해 내달렸다. 그리고는 마치 번지점프를 하듯 묶인 양손을 앞으로 쭉 뻗고는 크레이터 바닥을 향해 뛰어내렸다.

"대장님, 안 돼요!"

민준이 절벽으로 뛰어내리자 서윤은 울부짖으며 절벽 아래를 내려다보았다. 아직 포승줄의 장력이 전해지지 않았기에 그녀는 줄에 딸려 가지 않고 서 있을 수 있었다.

"서윤 선배! 그냥 주저앉아요!"

민준의 마지막 유언을 떠올린 주원은 보행보조 장치를 '대기' 모드로 바꾸고는 그대로 자리에 주저앉았다. 그것을 본 서윤이 곧 주원을 따라 바닥에 엎드리듯 몸을 숙였다.

더 놀란 것은 다크사이드의 군인들이었다. 금방이라도 방아쇠를 당길 듯 남은 두 사람을 조준하고 있었지만 아직 사태를 파악하지 못해 당황한 기색이 역력했다. 그들은 민준이 자신들의 명령대로 크레이터로 뛰어내린 것인지, 홀로 도망을 친 것인지 아직 가늠하지 못하고 있었다.

* * *

모든 것이 슬로모션처럼 지나갔지만 그것은 실제와 같았다. 지구보다 6분의 1 느린 속도로 자유낙하하고 있는 민준에게는 생각보다 주변을 살필 여유가 있었다.

몸을 던진 지 채 5초도 되지 않았지만, 민준은 그사이 몸을 굽혀 오른쪽 허벅지에 장착된 보행보조 장치의 조작 버튼을 '강화' 모드로 바꾸었다. 달에서 300킬로그램이 넘는 무거운 암석 등을 옮길 때 사용되는 이 모드는 전기유압모터의 출력을 높여 일시적으로 다리의 근력을 증가시켰다.

금세 몸을 180도 돌린 민준이 아까 눈여겨보았던 암석 덩이에 두 발을 내디뎠다. 그는 착지하는 순간 보행보조 장치에 출력을 더해 두 다리에 있는 힘껏 힘을 주었다. 그에 끊어질 듯 팽팽해진 포승줄의 장력이 더해지자, 민준은 아주 빠른 속도로 공중으로 솟구쳐 올랐다.

*　*　*

바닥에 주저앉은 서윤과 주원이 더 버티지 못하고 장력에 의해 절벽 아래로 끌려가려 할 무렵, 갑자기 팽팽하던 포승줄이 느슨해졌다. 이상함을 느낀 서윤이 절벽 끝으로 가 아래로 고개를 내밀었다. 그 순간, 날다람쥐처럼 몸을 활짝 펼친 민준이 두 사람의 머리 위로 떠올랐다.

제일 먼저 반응한 것은 존 타일러 소령이었다. 민준이 뛰어내린 방향을 주시하고 있던 존은 그가 다시 튕겨져 나오는 것을 확인하고는 곧장 소총을 겨눴다. 하지만 빠른 속도로 솟아오르는 민준을 정확히 조준하기는 쉽지 않았다.

점점 치솟던 민준의 고도는 태양을 등질 만큼 높아졌다. 민준을 따라 시선을 옮기던 존은 갑작스레 들이닥친 태양 빛에 눈이 부셔 조준점을 놓쳤다. 마지막까지 선바이저를 내리지 않고 있던 탓에 그는 일시적으로 시력을 상실하고 말았다.

민준은 그 틈을 놓치지 않고 존의 머리 위로 덮치듯 떨어졌다. 처음부터 민준의 목표는 존이었다. 무자비하게 빛을 내뿜는 태양이 존의 헐벗은 시야를 가릴 것이라 예상하고 낙하를 감행한 것이었다.

"소령님, 비키세요!"

옆에서 민준을 조준하고 있던 군인이 다급하게 신호를 보냈다. 하지만 민준의 몸이 조금 더 빨랐다. 민준이 가까워지는 순간 존이 반사적으로 방아쇠를 당겼지만 화약 폭발의 강한 진동만이 그의 손에 전해졌을 뿐, 대지를 뒤흔드는 폭음 따위는 들리지도 않았다.

"이런 개자식!"

민준이 그대로 존을 덮쳐 끌어안았다. 뒤엉킨 두 사람이 달바닥을 구르자 옅은 먼지가 공중으로 떠오르다 천천히 낙하했다.

"서윤 선배, 지금이에요!"

다른 군인들의 시선이 존과 민준에게 쏠려 있는 사이, 주원이 재빠르게 몸을 일으켰다. 그리고 힘껏 내달려 두 군인에게 달려들었다. 보행보조 장치를 '대기' 모드로 설정해둔 덕에 주원은 마치 탄력을 받은 스프링처럼 재빠르게 튀어 나갈 수 있었다. 키가 더 큰 군인을 들이받은 주원은 황급히 그가 들고 있던 소총을 빼앗아 들었다. 그리고 동시에 소총의 개머리판으로 다른 군인의 헬멧을 때리며 제압했다.

잠시 후, 바닥에 내동댕이쳐진 두 명의 군인을 뒤로하고 주원이 소총을 든 채 존에게 다가갔다.

"포기하세요."

민준과 몸싸움을 하던 존이 바닥에 떨어진 자신의 소총을 주우러 손을 뻗었지만, 이미 주원이 총의 몸통을 왼발로 밟고 있었다. 당황한 존이 옆을 두리번댔다. 그의 동료들은 이미 총을 든 서윤 앞에서 양손을 들고 항복 의사를 표시하고 있었다.

서윤은 서둘러 군인들의 우주복 상의 포켓에서 케이블타이 커터(cutter)를 꺼내 자신과 주원의 손목을 옭아매고 있던 포승줄을 끊어버렸다.

"이게 우리를 살렸군요."

그리고 아직 뒤엉켜 있는 존과 민준에게로 다가갔다.

"존, 이제 다 끝났어요."

서윤이 민준의 포승줄을 마저 끊어내고는 그의 손을 잡아 일으켰다. 민준은 일어서며 바닥에 나뒹구는 존의 총을 주워 들었다. 불과 몇십 초 사이에 대결 구도가 완전히 뒤바뀌고 말았다.

"이거 완전 무늬만 군인이지, 애송이만도 못한 수준이군."

민준이 자리를 털고 일어나며 존에게 총을 겨누었다.

"하긴, 자신들이 절대적인 힘을 가지고 있다고 떵떵거리며 지냈을 테니까. 실력이 퇴화하는 것은 어쩌면 당연한 수순이지."

방금까지의 당당함은 온데간데없이, 존은 엉거주춤한 자세로 제자리에 누워 있었다. 서윤과 주원이 다른 두 군인을 존이 있는 곳으로 몰아세웠다.

"대장님, 시간이 별로 없어요. 이들을 얼른 처리해야 해요."

서윤이 왼팔 디스플레이를 확인하며 말했다. 남은 산소 잔량이 45퍼센트를 가리키고 있었다.

"그래. 우리는 녀석들처럼 시간을 끄는 실수를 하지 말아야지."

민준이 자신들을 옭아매었던 포승줄을 쥐더니 세 사람에게로 터벅터벅 걸어갔다.

* * *

높이가 150미터에 이르는 세 개의 낙뢰방지탑이 서 있는 나로우주센터 발사장 옆으로 운반 장치에 실린 누리 15호 로켓이 천천히 이동했다. 저녁 8시가 지난 시각, 공허한 하늘에는 옅은 반달이 빛을 내며 제 존재를 알리고 있었다.

"발사패드 정리 완료했습니다."

"연료공급 시스템에 추진제 로딩 시작합니다."

발사관제센터에서는 각 콘솔 담당자들이 분주하게 교신을

주고받았다.

"좋습니다. 발사까지 27시간 남았습니다."

무선헤드셋을 목에 걸고 있는 비행감독관 성재윤은 관제실 중앙 계단에 서 있었다. 평소 같으면 발사 이틀 전에는 로켓을 발사대에 직립시켜야 했지만, 모든 것이 급속히 진행되는 지금은 발사 준비와 연료 충전 그리고 궤도 조정 등의 절차가 동시에 이루어지고 있었다.

"사령선과 착륙선 상태는 어떤가요?"

"현재 대기전력으로 점검 절차를 수행하고 있으며……."

"아니, 하드웨어 말고 소프트웨어."

재윤이 EECOM 선민의 말을 끊으며 재차 물었다.

"아, 한울 1호에서 마지막에 전송된 텔레메트리 데이터를 바탕으로 목표 지점을 최종 확인 중입니다."

"아직 준비가 덜 되었다는 말이군."

TELMU 지선의 보고를 들은 재윤이 중얼거렸다.

"잘 알겠습니다. 모든 것이 동시다발적으로 이루어지고 있으니 긴장을 늦추면 안 됩니다. 우주인들이 타지 않는다고 해서 쉽게 생각하지 마세요."

재윤이 힘을 주어 이야기했다. 발사관제센터의 직원들은 듣는 둥 마는 둥 하며 자신의 업무에 열중할 뿐이었다.

"그렇게 말하면 직원들이 부담되지."

어느새 다가온 센터장 세준이 재윤의 어깨에 손을 올리며 말했다.

"예?"

"27시간 후에는 발사가 가능한가?"

재윤이 돌아보자 세준이 딴청을 피우며 말을 돌렸다.

"예, 도중에 카운트다운이 멈추는 상황을 고려할 때 30시간 후에 발사하는 것이 가장 현실적일 것 같습니다."

"30시간이라……."

"30시간을 넘기면 달이 지기 때문에 다시 12시간을 더 기다려야만 합니다. 그러지 않으려면 지구 저궤도에서 반 바퀴를 추가로 선회해야 하는데, 현재 상황으로는 그런 옵션을 고려하기가……."

"그렇지. 무조건 30시간 안에는 로켓을 발사해야만 해."

"잘 알겠습니다."

세준은 그간 불안함을 감추지 못하고 있었다. 그런데 예상외로 발사가 일사천리로 진행되자 그제야 한시름 놓았다. 일주일도 빠듯할 것이라 생각했던 구조 로켓 발사가 누구도 예상치 못할 만큼 빠르게, 단 3일 만에 가능해진 덕이었다.

"발사 진행 상황은 1시간 단위로 시스템에 올려주고. 나도 수시로 관제실에 올 테니까."

"예."

재윤은 군더더기 없이 대답해야만 세준의 간섭을 최소화할 수 있다는 것을 잘 알고 있었다.

"조금이라도 지연되거나 이상이 생기면 바로 연락해. 혼자서 해결하려 하지 말고."

"그럴 리가요. 들어가 계십시오."

재윤이 가볍게 목례를 건네자, 세준이 그를 흘깃 쳐다보며 관제실 계단을 올랐다.

이내 관제실 밖으로 나온 세준은 텅 빈 복도를 따라 빠른 걸음으로 걸었다. 누구보다 나로우주센터의 구조를 잘 알고 있는 그는 복도의 외진 곳에 있는 작은 테라스를 향해 걸어갔다. 그리고 복도의 마지막 CCTV가 설치된 지점 앞에서 의도적으로 휴대전화를 꺼낸 다음, 어디론가 전화를 걸기 시작했다. 신호음이 끊김 없이 이어졌지만 응답하는 이는 아무도 없었다.

이윽고 복도의 코너를 돌아 나온 세준은 더 이상 CCTV가 없는 곳에 들어서자마자 기다렸다는 듯 휴대전화를 바지 주머니에 넣었다. 주머니의 천 너머로 아직 화면이 꺼지지 않은 휴대전화가 계속해서 빛을 내고 있었다.

그가 다다른 곳은 흡연실로 이용되던 간이 테라스였다. 테라스 문을 열자 저 멀리 발사대로 향하고 있는 누리 15호 로켓이 실루엣이 눈에 들어왔다.

"다 부질없는 짓이지."

세준이 냉소적인 말투로 혼잣말을 하더니 목에 걸고 있던 아이디카드의 뒷면에서 플라스틱 카드를 꺼냈다. 신분증처럼 생긴 플라스틱 카드의 옆면을 터치하자, 세준의 개인정보가 인쇄되어 있던 앞면이 투명하게 변하며 일련의 글자들을 띄웠다.

Satellite searching…….
Connected: DSP–01423

카드에 비친 화면에 영문으로 된 문구들이 연달아 떠올랐다. 세준은 그저 골똘히 화면을 바라봤다.

Send recent voice files?
YES/NO

곧 최근 녹음된 음성파일을 전송할 것인지 묻는 창이 떠올랐다. 세준은 지체 없이 'YES'를 클릭했다. 몇 초 지나지 않아 전송되었음을 알리는 초록색 아이콘이 나타나며 미 중앙정보국(CIA)의 로고가 흐릿하게 비쳤다. 이내 화면이 꺼지며 카드의 앞면이 세준의 증명사진으로 바뀌었다.

세준이 씁쓸한 표정으로 천천히 이동 중인 누리 15호 로켓을 둘러보고는 다시 건물 안으로 향하는 테라스 문에 손을 뻗었다. 그런데 세준이 문을 열기도 전에 안쪽에서 먼저 덜컥 문이 열렸다.

"어, 센터장님. 여긴 웬일이세요?"

세준의 예상에는 없던 일이었다.

"아, 이시찬 매니저님. 지금 근무 중 아닌가요?"

"승무원들 통신이 끊긴 이후로 저는 그냥저냥 일을 돕고 있습니다. 그런데 여긴 무슨 일로?"

"매니저님은 무슨 일로?"

세준은 당황한 것을 들키지 않기 위해 자꾸 반문했다.

"누리 15호 로켓 이동 광경 좀 찍으려고요. 여기가 예전엔 핫스폿이었죠."

시찬이 어색한 웃음을 지으며 문을 완전히 열어젖혔다.

"그러게요. 곧 발사가 시작될 테니 잘 준비해주세요."

세준이 가볍게 목례를 하고는 서둘러 문으로 들어갔다. 무언가 이상함을 느낀 시찬은 그런 세준의 뒷모습을 물끄러미 바라보다가 가만히 문을 닫았다.

* * *

"대장님, 이럴 시간이 없어요."

절벽 가장자리에 일렬로 서 있는 군인들 뒤로 민준이 소총을 쥔 채 서성이고 있었다.

"전달해줘. 스스로 내려가라고."

존과 나머지 두 명의 군인을 결박한 민준은 한동안 그들을 노려보며 분노를 쏟아냈다. 하지만 자동번역 교신기를 스스로 떼어냈기에, 민준의 목소리는 그들에게 한 마디도 전달되지 않았다. 민준이 분을 다 토해내는 것을 기다린 후에야 서윤은 그에게 다가가 통역을 자처했다.

"그럴 수 없습니다. 당신들은 곧 후발대에게 검거되고 말 거예요."

존이 단호한 표정으로 저항했다. 검은색 선바이저를 모두 올린 지금 세 군인의 얼굴은 고스란히 드러나 있었다.

"대장님, 존 말이 맞아요. 이미 다크사이드 기지에서 이 상황을 알아차렸을 거예요. 시간이 없어요!"

서윤이 또 한 번 왼팔 디스플레이를 클릭했다. 남은 산소 잔량은 41퍼센트였다.

"불가역적인 방법으로 처리해야 해. 그러지 않으면⋯⋯."

민준이 세 군인에게 총구를 들이민 채 머뭇거리더니 갑자기 개머리판을 들어 존을 밀쳤다.

"대장님! 미쳤어요?"

손이 뒤로 묶인 존이 비틀거리며 절벽 아래로 사라지자, 연달아 나머지 두 명의 군인도 뒤따라 떨어졌다.

"지금 무슨……."

민준의 돌발 행동에 주원이 눈을 동그랗게 떠 보였다.

"이 정도 높이에서는 절대 죽지 않아. 내가 아까 뛰어봤잖아."

세 군인은 마치 지구에서 낙하산을 펼친 것처럼 아주 느린 속도로 떨어지고 있었다.

"달의 중력은 생각보다 훨씬 약해. 게다가 저들은 우리보다 월등한 보행보조 장치가 있으니 다리가 부러지지도 않을 거야. 다섯, 여섯, 일곱."

민준이 속으로 숫자를 세더니 '일곱'이 되는 때에 다시 크레이터 바닥을 내려다보았다.

"거봐. 잘 도착했잖아."

민준이 그들이 떨어진 곳에 총 끝을 겨누며 말했다. 세 군인이 착지하며 일으킨 먼지가 요란하게 비산하고 있었다.

"그럼 다시 올라오는 것도 쉽다는 의미군요."

그제야 서윤이 한숨을 내쉬며 아래를 내려다보았다.

"그래. 잠시 시간을 번 것뿐이지. 얼른 출발하자고."

민준이 소총의 어깨끈을 걸쳐 메고는 십여 미터 떨어진 곳에 서 있는 로버를 향해 걸어갔다. 그의 뒤를 서윤과 주원이 바짝 쫓았다. 사방에서 반사된 빛을 모두 흡수하는 로버는 가까이 가지 않으면 도무지 그 정체를 알아차리기 힘들 정도로 검었다.

먼저 도착한 민준이 로버의 운전석 문을 열고는 곧장 자리에 올랐다. 조수석 문으로는 서윤과 주원이 성큼 올라탔다.

"어디로 가야 하죠?"

"글쎄. 고민이 좀 되는군."

"아르테미스 기지로 가는 수밖에 없어요."

"거기도 결국 같은 편일 거야. 미국인이 절반이 넘으니까."

주원의 제안에 민준이 고민스러운 표정을 지었다.

"이건 국가나 인종 차원의 문제가 아니에요. 빛과 어둠, 지킬과 하이드와 같은 본성의 문제라고요."

"서윤이는 늘 상황을 심각하게 해석하는 게 문제야."

민준이 가볍게 미소를 짓고는 로버의 조이스틱을 앞으로 밀었다. 그러자 여섯 개의 커다란 바퀴가 스핀을 일으키며 전진했다.

"이놈들, 달에서 아주 자동차 경주를 하려고 했군."

위아래로 통통 튀며 나아가는 로버의 승차감은 여느 때보다 더 가혹했다.

"잠시만요."

센터디스플레이에서 무언가를 발견한 주원이 한 아이콘을 클릭했다. 이내 로버의 높이가 낮아지며 땅에 바싹 붙어 주행하기 시작했다.

"어떻게 한 거야?"

"아, 이 녀석도 우리처럼 지구 중력을 재현하는 보조 서스펜션이 있어요. 인공적으로 반동을 줘서 땅에서 튀어 오르지 않게 하는 거죠."

"그걸 어떻게 알아?"

"우리가 착륙선에서 연행될 때부터 눈여겨봤죠. 놈들이 그때는 이 기능을 키고 있었는데, 지금은 꺼놓았더군요."

"눈썰미 하나는……."

민준이 한결 부드러워진 로버의 승차감에 조이스틱을 더 깊게 밀었다. 그러자 속도계의 수치가 시속 90킬로미터까지 상승하며 로버의 속도가 빨라졌다.

"그래서 어디로 가신다고요?"

"서윤이 말이 맞아. 같은 편이더라도 공개된 장소와 비밀스러운 장소에서는 다른 면모를 보이기 마련이지."

민준이 전면 윈드실드 너머를 주시하며 답했다. 어느덧 중천으로 떠오른 태양이 달의 지표면을 밝게 비추고 있었다.

"그럼 지도에 한번 찍어보죠. 이 녀석의 시스템에는 모든 달 좌표가 오픈되어 있을 테니……."

주원이 센터디스플레이를 위아래로 훑더니 '맵' 설정에서 '목적지'를 클릭했다. 이어 나타난 창에 'ARTEMIS'를 입력했지만 리스트에는 아무것도 떠오르지 않았다.

"군용 로버라 그렇게 검색해서는 안 나올 거야. 'ART-001'

이라고 쳐봐. 그게 아르테미스 기지의 공식 호출부호니까."

민준이 정면과 센터디스플레이를 번갈아 보며 말했다.

"아, 예."

주원이 민준의 말대로 'ART-001'를 입력했다. 이윽고 지도 화면이 축소되며 달의 온전한 모습이 떠올랐다. 그리고 3D 모형의 달 지도가 반 바퀴 회전하며 익숙한 앞면의 지형도를 드러냈다.

"나타났습니다!"

달의 앞면이 천천히 확대됐다. 지도 가운데에 아르테미스 유인 기지의 아이콘이 떠올랐다.

"거리가 얼마나 되지?"

달에 도착한 지 4일이 지났지만 세 사람은 아직 자신들이 어느 곳에 착륙했는지, 어디로 이동했는지조차 제대로 모르고 있었다.

"이럴 수가……."

목적지까지의 거리와 예상 경로를 확인한 주원이 눈을 질끈 감았다.

"왜 또 놀라고 그래?"

민준이 힐끗 화면을 넘겨다보았지만 거리가 한눈에 읽히지 않았다.

"5,900킬로미터요."

"뭐라고?"

"맙소사."

"여기서 아르테미스 기지까지는 달을 반 바퀴 돌아서 가야 해요. 게다가 이건 직선거리이고……."

주원이 화면을 확대했다. 달 곳곳에 산재한 크레이터와 산맥을 삥 둘러 가는 경로가 나타났다.

"8,200킬로미터……."

실제 주행거리를 확인한 서윤이 얼굴에 절망감을 한껏 띄웠다.

"이 로버의 주행 가능 거리는 어떻게 되지?"

"오른쪽 상단에 나오네요. 배터리는 85퍼센트. 지금 속도로 주행할 경우 고작 2,100킬로미터밖에 갈 수 없어요."

오직 전기배터리로만 움직이는 군용 로버로는 도저히 한 번에 갈 수 없는 거리였다. 주원이 초조한 듯 답했지만 민준은 로버를 멈춰 세우지 않았다.

"다크사이드 기지는?"

"예?"

"다크사이드 기지는 얼마나 떨어져 있지?"

"대장님, 설마……."

"일단 찾아봐. 얼른!"

민준이 머뭇거리는 주원을 다그쳤다. 주원이 서둘러 검색

창에 여러 단어를 입력했지만 다크사이드 기지의 위치는 나타나지 않았다.

"최근 경로가 기록되어 있을 거야. 그걸 확인해봐."

민준의 지시에 주원이 센터디스플레이를 바쁘게 조작했다.

"예, 여기 있어요!"

주원이 화면을 전환하자 로버가 1시간 동안 자신들을 태우고 달려온 경로가 나타났다. 로버는 이곳에 오기까지 다크사이드 기지 주변을 몇 바퀴나 맴돌았다.

"완전 뺑뺑이를 돌렸군요."

지도를 본 민준이 아랫입술을 깨물었다.

"그래서, 거리는?"

"12킬로미터요."

"망할."

민준이 그제야 조이스틱을 놓았다. 로버의 속도가 갑작스럽게 느려지자, 안전벨트를 하지 않은 세 사람의 몸이 앞으로 쏠렸다.

"코앞이군요."

주원이 다크사이드 기지의 위치를 추정하기 위해 사방 창문을 둘러보았다. 하지만 이리저리 살펴도 쉽사리 구분할 수 없었다. 달에서 한 번 지나친 곳을 다시 찾는다는 것은 불가능에 가까웠다.

"완전히 속았어."

"곧 들이닥칠 거예요."

서윤이 불안한 눈빛으로 어깨에 메고 있던 소총 끈을 당겼다.

민준은 초조한 듯 대시보드를 두드리며 고민에 빠졌다. 달 한복판에 멈추어 선 로버 안은 극도로 고요했다. 이따금씩 들리는 공조 장치의 모터 소리 외에는 그 흔한 바람 소리조차 들려오지 않았다.

"다시 돌아갈 수는 없어요. 절대로."

"당연하지. 그럴 수는 없어. 우리 착륙선과는 얼마나 떨어져 있지?"

"예, 여기 주행 기록이 남아 있네요. 확실하지는 않지만 3일 전 자료인 걸로 봐서……."

주원이 리스트를 스크롤하자 이내 며칠 전의 기록이 나타났다.

"직선거리로 31킬로미터입니다. 목적지로 설정할까요?"

"하지 않는 게 좋겠어."

민준은 자신들이 결코 자유로운 몸이 아니라는 것을 깨닫고 있었다.

"우리가 잊지 말아야 하는 것은…… 이 로버가 다크사이드 기지의 전유물이라는 거야."

민준이 무언가를 결심한 듯 다시 조이스틱을 꽉 쥐었다.

"그러니까 우리가 목적지를 찍는 순간, 녀석들이 벌떼같이 그곳으로 몰려들 것이라는 뜻이지."

"그럼 어떻게 하죠?"

서윤이 걱정스러운 눈빛으로 민준을 바라보았다. 민준의 시선은 전면 윈드실드를 넘어 달의 지평선을 향하고 있었다.

"빛을 향해 나아가야지. 어둠이 들어서지 못하도록."

"예? 그게 무슨……."

난데없는 민준의 말에 서윤이 미간을 찌푸렸다.

"목적지 따위는 없어. 그저 달의 앞면을 향해 나아가야 해. 그것만이……."

민준이 말을 하다 말고 다시 조이스틱을 당겼다. 로버가 급가속하며 속도를 높였다. 멍하니 민준을 보던 서윤의 고개가 뒤로 꺾이며 헬멧이 헤드레스트에 부딪쳤다.

"우리의 존재를 알릴 방법이야."

16

빛과 어둠의 경계선

2031년 07월 24일

제31회 국무회의 개최 30분 전

정부서울청사 19층 대회의실

"방금 들어온 소식입니다. 미국 재무부가 우리나라를 기존의 환율관찰대상국에서 환율조작국으로 지정했습니다. 시장의 예상을 뛰어넘는 갑작스러운 발표에 국내 증시가 요동치며 한때 사이드카가 발동되기도……."

국무회의가 시작되기 직전, KBN 뉴스에서 미국의 환율조작국 지정에 대한 속보가 방송됐다. 아직 최윤중 대통령이 들어오지 않은 대회의실에서 각 부처 장관들과 비서진들이 자리에 앉지 못하고 서성이고 있었다.

"이걸 우리가 모르고 있었다는 게 말이 됩니까?"

"죄송합니다. 저도 이런 경우는 처음이라……."

대회의실 한쪽 구석에서는 갑작스러운 미국의 환율조작국 지정에 당황한 비서실장 하진이 강 장관을 조용히 꾸짖고 있었다.

"그럼 어떻게 이런 중요한 일이 뉴스 속보를 통해서 먼저 들려온단 말입니까? 외교 소식통들은 다 어디 갔어요? 강 장관님이 제일 중요시하는 게 대미 외교 아닙니까?"

여러 보는 눈이 있었음에도 하진은 참지 않고 발언 수위를 점점 높였다.

"죄송합니다. 제가 다시 한번 확인을……."

그때, 윤중이 앞문을 열고 성큼 걸어 들어왔다. 산만하던 회의실은 이내 조용해졌다.

"다들 앉으세요."

자리에 다다른 윤중이 착석하며 정부 각료들을 앉혔다. 하진은 강 장관을 쏘아보며 손가락질하고는 자기 자리로 조용히 걸어갔다.

"국무총리 모두 발언은 생략하고 제가 먼저 말하겠습니다."

윤중이 디귿 자로 앉은 각료들을 하나씩 둘러봤다.

"아마, 방금 뉴스 속보를 보고 다들 당황하셨을 걸로 압니다. 우리나라가 다시 환율조작국에 이름을 올린 것은 유례가 없는 일입니다. 객관적인 판정 기준인 경상수지 흑자와 무역 흑자는 기준치를 넘어섰지만, 외환 순매수 지표는 미국 재무부의 기준에 못 미치는 것으로 알고 있습니다."

각 부처 장관들이 윤중의 발언을 잠자코 들으며 고개를 끄덕였다.

"그럼에도 불구하고 이례적으로 환율조작국이 된 것입니다. 분명 다른 요인이 있을 것으로 생각되며, 미국의 메시지를 잘 파악해서 대응해야 합니다."

원론적이지만 유념해야 하는 이야기였다. 국무회의장의 분위기는 무겁게 가라앉았다. 특히 기획재정부 장관뿐 아니라 외교부 장관까지 이번 일을 전혀 눈치채지 못하고 있었다는 점에서, 대미 외교력에 대한 강한 의구심이 드는 상황이었다.

"자, 그럼 제31회 국무회의 시작하겠습니다. 오늘 회의에서 제일 중요한 안건은 누리 15호 로켓의 조기 발사 및 구조 작업 진행 관련 사항입니다. 김세준 센터장님?"

이번 사안을 보고하기 위해 참가한 김세준 나로우주센터장은 회의 테이블의 가장 끝에 앉아 있었다.

"진행 상황 보고해주시죠."

국무총리를 건너뛴 윤중의 파격적인 진행에 당황한 세준은 어리둥절하다 허겁지겁 자리에서 일어났다. 그는 급히 윤중에게 목례를 건넨 뒤 마이크를 입 가까이 가져다 댔다.

"보고드립니다. 현재 나로우주센터에서는 전 인력이 24시간 비상대응 체제로 근무하고 있습니다. 다행히 정부와 유관 기관에서 적극적으로 협조해주셔서 앞으로 16시간 안에 누리 15호 로켓을 발사할 수 있을 것으로 생각됩니다."

세준의 브리핑에 윤중이 모처럼 흡족한 표정을 지었다.

"좋습니다. 이번 구조 임무는 세계적으로도 유례가 없는 일입니다. 1970년, 미국이 아폴로 13호 우주인들을 성공적으로 구조한 적이 있습니다. 비록 우리 우주인들은 더 먼 곳에서 조난을 당했지만 우리에겐 그때보다 더 뛰어난 기술과 인력이 있습니다. 우리는 반드시 그들을 구조할 것입니다."

윤중의 말투엔 자신감이 가득 담겨 있었다.

"3개월 후 발사를 위해 준비했던 로켓을 단 3일 만에 발사대에 세운 것은 분명 기적과도 같은 일입니다. 김세준 센터장과 관계 부처 장관님들은 이 발사 임무가 한 치의 오차도 없이 잘 진행될 수 있도록 많은 지원을 부탁드립니다."

윤중이 빠르게 발언을 끝맺자마자, 세준이 손을 들어 발언 기회를 요청했다.

"말씀하시죠. 센터장님."

"예, 추가로 제안드릴 사항이 있습니다."

세준은 국무회의 분위기가 익숙하지 않은 듯 주위를 두리번거리며 시간을 끌었다.

"방금 말씀드린 것처럼 누리 15호 로켓 발사는 차질 없이 진행할 수 있을 것으로 보입니다. 다만 발사 이후의 프로세스에 대해서는 다시 한번 긴밀한 논의가 필요할 것으로 생각됩니다."

"뭐야, 저거."

세준이 예상 밖의 발언을 하자 하진이 무의식중에 혼잣말을 내뱉었다.

로켓 발사를 앞두고 정신없을 세준을 굳이 국무회의장까지 부른 것은 윤중의 뜻이었다. 이번 구조 작전에 대한 회의적인 목소리가 컸던 만큼, 세준을 통해 반대론자들의 우려를 불식시키려는 계획이었다.

"무슨 말씀이죠? 센터장님."

"곧 우리는 무인으로 누리 15호 로켓을 발사합니다. 21일 달에 착륙한 한울 우주선의 것과 동일한 사령선과 착륙선이 탑재되어 있지만 아무도 탑승하지 않습니다. 이는 하드웨어는 단시간에 준비할 수 있었지만, 그에 맞는 휴먼웨어가 미비했기 때문입니다."

사전에 약속되지 않은 발언이었다. 하진은 더욱 세게 인상을 구겼다.

"저거 누가 짜줬어요?"

하진이 몸을 기울이며 옆자리에 앉은 오태민 과기부 장관에게 속삭였다. 하지만 오 장관도 사전에 전해 들은 바가 없는 듯 고개를 설레설레 저었다.

"물론 무인으로 운영되는 사령선과 착륙선만으로도 충분히 달 뒷면에 도달할 수 있습니다. 저희는 이미 두 차례의 경험과 데이터를 갖고 있습니다. 하지만 어떠한 돌발 상황이 있을지 모르고, 또 통신이 원활하지 않은 달 뒷면에 오직 기계 장치의 도움만으로 간다는 것은 모험에 가까운 일입니다."

점점 거세지는 발언 수위에 윤중 또한 고개를 갸웃거리며 표정을 일그러뜨렸다.

"센터장님, 핵심만 말씀해주세요."

윤중의 눈치를 살피던 하진이 직접 마이크를 집어 끼어들었다.

"예, 그래서 제가 제안드리는 바는……."

세준이 침을 삼키며 잠시 뜸을 들였다.

"누리 15호 로켓이 지구 저궤도에 진입하고 나면, 국제우주정거장에 있는 외국 우주인들을 탑승시킨 다음 달로 향했으면 합니다."

폭탄선언과도 같은 세준의 발언에 국무회의장이 술렁이기 시작했다.

"아니, 저게 무슨 말도 안 되는 소리야?"

평소 좀처럼 감정을 드러내지 않던 오 장관이 눈을 동그랗게 뜬 채 탄식했다.

"오 장관님, 이거 사전에 논의된 거 아닙니까?"

"아니요, 전혀요. 저런 보고는 받은 적도 없어요."

하진의 질문에 오 장관이 손을 내저으며 정색했다.

"자자, 다들 진정하세요. 김세준 센터장님, 여기는 국무회의 장입니다. 국가의 최고 의결 기구이고요. 방금 말씀하신 사항은 의제로도 올라오지 않았을 뿐 아니라, 어떠한 토의도 거치지 않은 원시적인 의견으로 보입니다. 혹시 이 자리에서 그렇게 말씀하시는 이유가 있습니까?"

윤중에게 세준은 지금 누구보다 중요한 인적 자원이었다. 하진이 추천한 인사였지만, '낙하산 인사'라는 오명을 무릅쓰고 세준을 센터장 자리에 앉히겠다고 결정한 것도 바로 자기 자신이었다. 윤중은 그런 세준이 자신의 통제에서 벗어나려는 것을 용납할 수 없었다.

"당황하셨다면 죄송합니다. 미리 토의를 거치기에는 너무 시간이 촉박해서 부득이하게 이 자리에서 말씀드렸습니다."

세준은 혼란스러운 시선에도 개의치 않고 당당한 태도를 유지했다.

"외국 우주인들이라면 누구를 말하는 겁니까? 그들은 달에 갈 훈련이 되어 있단 말인가요?"

윤중이 세준의 단어를 하나도 놓치지 않고 질문했다.

"예, 현재 국제우주정거장에는 일곱 명의 미국 우주인과 다섯 명의 유럽연합 우주인 그리고 두 명의 중국 우주인이 있습니다. 이들 중 유인 달 탐사 경험이 있는 미국 우주인이 두 명 있습니다. 이들에게 도움을 요청해서 구조 작업을 진행하는 것이 훨씬 더 효율적일 것으로 생각됩니다."

"그건 절대 안 됩니다!"

반기를 든 것은 다름 아닌 오 장관이었다.

"우리 우주인들이 위험에 처한 것을 우주 강대국들은 모두 알고 있습니다. 특히 실종 우주인들과 가장 가까운 곳에 있는 아르테미스 기지조차도 위험하다는 이유로 구조 요청을 거부한 상황이고요. 우리가 독자적으로 구조대를 파견할 수밖에 없는 이유가 분명 있는데, 갑자기 다른 나라의 도움을 받자고요? 앞뒤가 맞지 않는 의견입니다."

"일리가 있는 말씀입니다. 미국 우주인들이 우리 우주선에 탑승할 수 있다는 것은 센터장님의 개인 의견입니까? 아니면 사전에 조율된 바가 있습니까?"

윤중이 더는 참지 못한다는 듯 세준을 매섭게 노려봤다.

"아, 제 개인적인 의견일 뿐입니다. 제 제안이 괜찮다고 생각하시면 여기 계신 분들이 충분히 일을 진행해주실 수 있을 것으로 생각했습니다만……."

자신에게 호의적이지 않은 분위기임을 직감한 세준이 말꼬리를 흐렸다.

"센터장님, 좋은 의견 감사합니다. 하지만 오 장관님이 말씀해주신 대로 우리가 이토록 서둘러서 구조 작업을 진행하는 것은 역설적으로 어느 나라의 도움도 받지 못했기 때문입니다. 구체적으로 말씀드리기는 어렵지만 저희도 나름대로 유형, 무형의 자원을 모두 동원해서 노력해봤습니다. 다만 다들 시큰둥합니다. 아시다시피 미국은 화성 탐사에 혈안이 되어 있고, 유럽연합이나 중국은 예산만 까먹는 달 탐사에 큰 관심이 없습니다. 아르테미스 기지에서 구조대를 파견하지 못하는 것도 수천 킬로미터를 이동할 장비가 없기 때문이고요. 이런 상황에서 우리 우주선에 탑승해서 달까지 가줄 나라는 없을 것으로 생각됩니다. 좋은 아이디어이지만, 그냥 해프닝으로 여기고 넘어가겠습니다."

"대통령님, 말씀 감사합니다. 하지만 가능성이 있다고 판단되시면 서둘러 외교적 접촉을 고려해주십시오."

"이 사람, 선을 넘는군."

세준의 발언을 지켜보고 있던 강주호 외교부 장관이 숨을 크게 들이켜며 중얼거렸다. 그가 발언을 하려 마이크의 버튼을 누르고는 오른손을 살짝 들었다.

"예, 강 장관님."

"감사합니다. 방금 김세준 센터장님께서 '외교적 접촉'이란 용어를 써주셔서 담당 부서의 수장으로서 한 말씀 드립니다."

강 장관의 표정은 한껏 어두워져 있었다.

"김 센터장님께서는 굳이 콕 집어서 미국 우주인을 언급하셨는데, 마치 그들과 미리 상의를 하신 양 당당하시더군요. 미국은 자국 우주인들을 극심히 아끼기로 소문이 자자합니다. 듣도 보도 못한 우주선을 타고 달로 가달라는 요구를 단 이틀 만에 승인할 거라는 게⋯⋯."

흥분해 말하던 강 장관이 한심하다는 듯이 세준을 쳐다보았다.

"한 국가기관의 수장 머리에서 나올 수 있는 생각입니까?"

예상외로 강도 높은 발언에 국무회의장이 다시 술렁였다.

"강 장관님, 말씀 조심해주세요."

윤중이 차분함을 유지하며 강 장관을 진정시켰다.

"죄송합니다. 아무튼 이 중요한 자리에서, 또 가장 중요한 업무를 하고 계신 분의 입에서 나올 소리는 아닙니다."

"불쾌했다면 죄송합니다만, 저는 가능할 것이라 생각합니다."

"예?"

해프닝이 일단락되는 것처럼 보였지만, 세준은 허리를 꼿꼿이 세운 채 발언을 멈추지 않았다.

"저도 여기까지 와서 말씀드리려면 좀 알아보고 오지 않았겠습니까? 그렇게 단정적으로 무시하는 발언은 삼가셨으면 좋겠습니다."

강 장관을 내려다보는 세준의 눈빛에는 이유 모를 자신감이 가득했다.

*　*　*

로버의 맨 앞 조종석에 나란히 앉은 세 사람은 한동안 아무 말이 없었다. 아무리 가도 바깥 지형은 반복되는 것만 같았다. 그들은 속절없이 제자리를 맴도는 듯한 착각에 빠져 있었다.

"속도가 너무 빨라요."

"아직 조이스틱을 절반밖에 안 밀었어."

서윤의 말에 민준이 센터디스플레이를 보며 답했다. 로버의 속력은 시속 110킬로미터를 가리키고 있었다.

"빨리 가는 것도 중요하지만 멀리 가는 게 더 나을 것 같아서요."

지금까지 달려온 거리는 50킬로미터에 불과했다. 그럼에도 로버의 주행 가능 거리는 1,900킬로미터로 크게 떨어져 있었다.

"일단 다크사이드 기지에서 좀 벗어난 다음 속도를 줄이자고. 어디가 어디인진 모르겠지만."

센터디스플레이의 지도에서 다크사이드 기지로 추정되는 지역은 블러(blur) 처리가 되어 있었다. 지도에서 가려진 지역이 줄어드는 비율을 통해 간접적으로 다크사이드와 멀어지고 있음을 추정할 뿐이었다.

"아직 아무도 쫓아오지 않는 것이 신기하네요."

주원이 오른쪽 창문에 달린 전자식 사이드미러를 보며 말했다.

"그건 모르지."

민준은 그들이 은밀한 방법으로 추격해 올 것이라 예상했다. 그들이 가진 기술력은 마치 외계인의 것처럼 정교하고 또 압도적이었다.

"로버의 운행을 왜 중단시키지 않는 걸까요? 어쩌면 눈치채지 못했을 수 있어요."

"그럴 리가. 이 정도 시간이 지났으면……."

서윤에게 답하던 민준이 뇌리에 무언가가 스친 듯 말을 멈췄다.

"주원아! 이 로버의 스펙에 대해 아는 것이 있어?"

"예? 그게 무슨 말씀……."

"군사용 로버라고 했잖아. 혹시 지구에서 비슷한 제품을 본 적이 있냐고."

"아니요. 저도 이런 기술을 가진 제품은 처음이에요."

"대장님, 왜요?"

"서윤이 말마따나 녀석들은 이 로버의 움직임과 상태를 실시간으로 파악하고 있을 거야. 분명 무선 통신을 이용할 테고……."

"그렇다면……."

"달 궤도를 도는 위성을 활용할 거고, 안테나는 외부에 눈에 띄는 곳에 장착되어 있겠지. 바로 찾아야 해."

민준이 정면과 주원을 번갈아 보며 말했다. 서윤과 주원은 선뜻 의아한 표정을 거두지 못했다.

"그걸 떼어낸다고 녀석들의 추적을 피할 수 있을까요?"

"일단 해봐야지. 어서!"

민준이 주원의 어깨를 슬쩍 밀며 재촉했다.

"작업을 하려면 로버를 세워야만 해요."

"아니, 그럴 필요 없어. 달에는 공기가 없잖아. 바람 따위가 방해하는 일은 없을 거야."

"하지만 땅에서 전해지는 충격이 있잖아요. 잘못하다 로버에서 떨어지기라도 하면……."

"그렇다고 로버를 세울 수는 없어. 서윤이하고 구명줄로 연결한 다음, 뒷문으로 나가서 확인해봐. 돌출된 구조물이나 안테나가 있으면 어떻게든 망가트려."

민준의 거듭된 지시에 서윤이 마지못해 우주복 상의 포켓에서 가느다란 나일론 구명줄을 꺼냈다. 서윤은 구명줄의 다른 끝을 주원의 허리춤에 연결하고는 줄 타래를 풀었다.

"예, 알겠습니다."

주원이 마지못해 로버의 뒷자리로 옮기더니 곧장 뒷문을 열었다. 민준의 말대로 바람 한 점 있을 리 없는 달의 외부는 놀라울 만큼 고요했다. 게다가 커다란 바퀴와 주행보조 장비가 충격을 흡수한 까닭에 로버의 속도감은 전혀 느껴지지 않았다. 이내 주원이 로버의 바깥 패널에 난 손잡이를 잡고서 천장 위로 몸을 옮겼다.

"뭐가 좀 있어?"

버스 천장처럼 드넓은 로버의 천장은 여전히 모든 빛을 흡수하며 암흑을 이루고 있었다.

"너무 검어서 도무지 찾을 수가 없어요. 일일이 손으로 만져가면서 확인해야 할 것 같아요."

주원이 로버 천장에 바짝 엎드린 채 천천히 손을 더듬기 시작했다.

"분명 위성 안테나가 있을 거야. 아무리 기술력이 좋아도 엄한 곳에 숨길 이유는 없을 테니까."

민준은 살며시 입술을 깨물었다. 어떻게 해도 추적을 피하긴 어렵다는 것을 알고 있었지만 손 놓고 있을 순 없는 상황이었다. 어떻게든 방법을 찾아야만 했다.

"아, 찾은 것 같아요!"

머지않아 주원의 외침이 들려왔다.

"비활성화시킬 수 있겠어?"

주원은 로버 천장의 중간 지점에서 발견한 무언가를 만지작

거리고 있었다. 작은 책 크기의 물체는 천장 한가운데에 분명
불쑥 솟아 있었다.

"글쎄요. 이게 안테나인지는 확실하지 않은데……."

꽉 잡은 물체를 자세히 살피려 몸을 옮길 무렵, 주원은 머리
뒤에서 소름이 돋는 것을 느꼈다. 의식적으로 고개를 돌린 그
는 차마 입을 다물지 못했다.

"아, 대장님……."

얼마 떨어지지 않은 상공에서, 농구공만 한 크기의 드론 한
기가 주기적으로 질소추진제를 뿜어대며 따라오고 있었다.

*　　*　　*

"성재윤 비행감독관님, 국무회의에서 관련 안건이 부결되었
습니다. 우선 궤도 진입 고도를 110킬로미터로 조정해주세요."

전남 고흥으로 향하는 KTX 열차에서 세준은 아무런 동석자
없이 홀로 일등석에 앉아 있었다. 국무회의에서 미국 우주인을
탑승시키자는 발언을 소신껏 던졌지만, 결과는 스물다섯 명 전
원의 반대로 끝이 났다.

만약 안건이 통과될 경우, 누리 15호 로켓은 국제우주정거
장이 있는 고도 400킬로미터까지 상승해야 했다. 그래서 세준
은 국무회의에 참석하기 전 재윤에게 플랜 B를 위한 궤도 및

탑재량 계산을 지시해두었다.

"그럼, 예정대로 사람을 태우지 않고 달로 직행한다고 알고 있으면 되겠습니까?"

재윤이 되묻자 세준은 곧바로 답하지 않고 착잡한 듯 마른 세수를 했다.

"그래야죠. 결정이 번복될 시간이 없으니."

"예, 알겠습니다. 관제팀에 그렇게 전달하겠습니다."

재윤의 답을 들은 세준이 전화를 끊었다. 곧이어 '발신번호 표시제한'으로 전화가 걸려왔다.

세준은 탑승칸 내부를 다시 한번 둘러보았다. 한창 붐빌 시간이었지만, 자신이 타고 있는 특실의 탑승권을 모두 예약해놓은 덕에 좌석에는 아무도 없었다.

"예, 김세준입니다."

상대방의 목소리를 확인한 세준의 표정이 한껏 굳었다.

"알겠습니다. 지시하신 대로 했을 뿐입니다. 감사합니다."

세준이 짧게 대답했다. 그는 전화기를 내려놓지 못하고 상대방이 전화를 끊길 기다리며 입술을 물어뜯었다.

* * *

"뭐야, 뭔데 그래?"

민준이 재차 주원을 호출했지만 주원은 한동안 아무런 답이 없었다.

"이거…… 뭐라 말을 못 하겠는데요. 직접 보여드릴게요."

엉거주춤한 자세로 드론을 올려다보고 있던 주원이 헬멧 옆의 버튼을 눌러 화면 공유 기능을 켰다. 그러자 민준과 서윤의 헬멧 HUD(Head-Up Display: 전방에 그래픽 이미지를 투영하는 장치)에 주원의 시야가 생생하게 나타났다.

"왜, 뭐 때문에 그러는 거야?"

태양이 중천에 떠 있었지만 공기가 없는 달의 하늘은 여전히 검은빛이었다. 로버와 같은 반타블랙 재질의 드론을 어두운 하늘에서 구별해내는 것은 쉬운 일이 아니었다.

"잠시만 기다리세요. 곧 보일 거예요."

몇 초 후, 드론이 고도를 유지하기 위해 질소추진제를 내뿜자 윤곽이 희미하게 드러났다.

"이런……."

그제야 무언가가 자신들을 따라오고 있었다는 사실을 확인한 민준이 눈을 살짝 감았다.

"농락당하고 있었군."

"도대체 언제부터 미행을……."

"글쎄. 미행이라고 하기도 참 뭣하군."

민준이 잠시 망설이더니 조이스틱을 힘껏 끝까지 밀었다. 순

간 로버의 속도가 높아지면서 속도계의 수치가 시속 140킬로
미터를 넘어갔다.

"대장님, 너무 빨라요."

눈앞으로 빠르게 사라지는 달 표면의 암석들을 보며 서윤이
좌석 손잡이를 꽉 쥐었다.

"소용없어요. 녀석은 비행하는 것이 아니라 그저 포물선 운
동을 하고 있을 뿐이라고요."

로버의 속도를 높인 것이 무색하게 드론은 같은 간격을 유지
하며 로버를 쫓아오고 있었다.

"서윤아, 잠깐 조이스틱 좀 잡고 있어."

"왜요? 뭐 하시게요."

민준이 조이스틱에서 손을 놓고 왼쪽 도어 사이에 끼워놓았
던 M4 소총의 몸통을 쥐었다.

"귀찮은 것들은 날려버려야지."

"잠깐만요!"

다급히 조이스틱을 쥔 서윤이 다른 손으로 민준을 제지했다.

"왜? 그럼 우리를 따라오도록 내버려둬?"

"다크사이드 기지에서 드론을 보낸 건 다른 신호일 수 있
어요."

"무슨 신호?"

"생각해보세요. 우리는 지금 녀석들과 교신이 불가능한 상

황이에요. 자동번역 교신기도 다 떼어버렸고, 우리 우주복의 통신기는 아예 접속이 안 되잖아요."

"그렇지."

"게다가 로버 안의 여압 장치도 꺼놓았기 때문에 로버를 통해 교신을 시도하는 것도 불가능했을 거예요."

"물론이지."

서윤의 차분한 설명에 민준이 맞장구를 치며 고개를 끄덕였다.

"어쩌면 우리와 통신을 하기 위해서 보낸 걸지도 몰라요. 진작 따라오고 있었으면서 선제공격도 하지 않았잖아요. 그렇다면……."

"이야기를 좀 들어보자, 이 말인가?"

"예, 이사벨라 사령관이 대화를 원할 수도 있어요."

서윤이 민준을 진정시키기 위해 결연히 눈을 마주쳤다.

"맞아. 그럴 수 있지. 그런데 서윤아."

잠시 멈칫하던 민준이 M4 소총을 어깨에 메고 운전석 문을 열어젖혔다.

"대화는 문제가 발생하기 전에 해야 하는 거야. 이 정도 감정의 골이 깊어진 상태에서 대화는……."

그리고는 구명줄도 연결하지 않은 채 로버의 천장으로 올랐다.

"그저 강한 자들의 시간 벌기 수단일 뿐이야."

민준이 보행보조 장치의 모드를 '강화'로 바꾼 다음 다리를 굽혀 앉았다. 그리고는 M4 소총을 들어 드론을 향해 겨눴다. 아주 가까운 거리였지만 이따금씩 덜컹이는 로버의 충격 탓에 정확히 조준하기는 쉽지 않았다.

"대장님, 잠깐만요! 우리가 먼저 발포하면 전쟁을 선언하는 거나 다름이 없다고요!"

서윤이 그를 말리려 소리쳤다. 그러나 조이스틱을 놓을 수는 없었다. 로버를 갑자기 멈춰 세우면 천장에 올라간 민준과 주원이 떨어질 것이 분명했다.

"주원아, 비켜. 파편 튄다."

이윽고 드론이 시야에 들어오자, 민준이 나지막한 목소리로 말했다.

"전쟁은 선언하는 게 아냐. 행동하는 거지."

그는 지체 없이 방아쇠를 당겼다. 소리 없는 탄환이 반동만을 남기며 하늘로 발사되었다. 동시에 10여 미터 앞에서 날던 드론이 그대로 폭발하더니, 작은 화염을 만들며 사라졌다.

* * *

"완전히 파괴된 건가?"

다크사이드 상황실에서 실시간으로 전달되는 화면을 보고 있던 이사벨라는 의외로 차분하게 반응했다. 이사벨라의 뒤에 반걸음쯤 떨어져 서 있던 데클런은 어쩔 줄을 몰라 하며 발을 동동 굴렀다.

"예, 신호가 모두 끊겼습니다. 아무래도 공중에서 폭발한 것으로……."

데클런이 헤드셋을 꼭 쥐며 답했다.

"생각보다 당돌하군."

이사벨라가 헛웃음을 지으며 스크린을 응시했다.

"우리 군인들 구조 작업은 어떻게 되고 있나요?"

"구조요청 지점에 로버가 곧 도착합니다. 세 명 모두 생체 신호는 양호합니다."

뒤쪽 콘솔에 앉아 있던 올리비아가 구조대와 교신을 주고받으며 답했다.

"아직 누군가를 죽일 깜냥은 못 되는가 보군."

이사벨라는 한국 우주인들이 다크사이드 군인들을 살려두었다는 사실이 더 신경 쓰이는 듯했다.

"구조 작업이 끝나면, 세 사람에게 바로 저들을 추격하라고 하세요."

"예?"

황당한 지시에 올리비아가 자신도 모르게 되물었다.

"존 타일러 소령에게 전하세요. 곧바로 한국 우주인들을 추격하라고. 시간이 없어."

이사벨라가 스크린에서 시시각각으로 변하는 로버의 위치를 확인하며 담담하게 말했다.

"사령관님, 하지만 세 명 모두 50미터 높이에서 추락했기 때문에 혹시 모를 부상에 대한 평가를……."

"살아남은 것만 해도 감사해야지. 무슨 평가를."

이사벨라가 고개를 돌려 올리비아를 노려봤다. 올리비아는 차마 눈을 마주치지 못하고 고개를 숙였다.

"예, 그렇게 전달하겠습니다."

"우리에게 여분의 로버가 없다는 게 참 안타깝네요."

고작 열다섯 명의 직원만이 상주하는 다크사이드 기지에는 고성능 로버가 두 대뿐이었다. 기지의 특성상 외부 활동을 하는 일이 거의 없었기에 주기적으로 공급되는 물자와 인력들을 수송할 정도의 로버만이 배치되어 있었다.

한국 우주인들이 첫 번째 로버를 탈취한 것을 알게 된 직후, 이사벨라는 그들을 곧바로 추격할 것인지 잠시 망설였다. 존 타일러 소령을 포함한 세 명의 우주인들이 아직 살아있다는 신호를 보내고 있었기에 남은 로버 한 기를 어떻게 사용할지 고민한 것이었다.

결국 이사벨라는 '응징'보다는 '인도'를 선택했다. 남은 로버로 자신들의 부하를 구조하고 한국 우주인들에게는 정찰용 드론을 보내 접선을 시도하는 것이 그녀의 안이었다.

"로버 셧다운 작업은 어떻게 되고 있죠?"

"죄송합니다. 로버 네트워크의 방화벽을 뚫는 데 조금 더 시간이 필요할 것 같습니다."

각종 첨단 기술로 가득한 다크사이드 기지에서 '인간의 결정'은 의외로 모든 것의 우위에 있었다. 사소한 오류가 지구를 종말로 이끌 수도 있었기에 모든 시스템은 인간의 통제와 입력에 따르도록 설계되어 있었다. 민준과 서윤 그리고 주원이 타고 있는 로버 역시 다크사이드 기지에서 원격 조종을 할 수 있었으나, 인간이 조이스틱을 움직이는 한 그것을 거스를 수는 없었다.

"존 타일러 소령 연결되었습니다."

이윽고 깊은 크레이터의 통신 사각지대에 있던 존과 두 명의 군인이 다크사이드 통신망에 연결되었다.

"존, 이사벨라입니다. 어떤 상황인가요?"

"죄송합니다. 사령관님."

"그건 말로 표현할 수 없을 테고. 지금 상황이 어떤지부터 말씀하세요."

이사벨라는 의외로 온화한 목소리였다.

"예, 저희 모두 갑작스럽게 추락했지만, 보행보조 장치가 충격을 흡수한 덕에 모두 거동엔 이상이 없는 상태입니다. 다만 절벽을 오를 방법이 없어서 루트를 찾는 중입니다."

"그럴 필요 없어요."

"예?"

"우리 구조 로버가 거의 다 도착했어요. 윈치를 통해 로프를 내려줄 테니 조금만 기다리세요."

"아, 알겠습니다. 정말 감사합니다."

거센 질책 대신 따뜻한 목소리를 들은 존이 연거푸 감사를 표했다.

"로버에 오르면 즉시 놈들을 추격하세요."

"한국 우주인들 말입니까?"

"그럼, 내가 지금 누굴 말하겠어요?"

하지만 이사벨라의 호의는 오래가지 않을 것처럼 보였다.

"죄송합니다. 잘 알겠습니다."

"원격 조종으로 보냈으니 구조 로버에는 아무도 타고 있지 않아요. 대신 화물칸에 중화기들이 실려 있어요."

"그럼 교전 수칙은……."

"없습니다."

"저희 판단에 맡기신다는 말씀……."

"아니요. 달 뒷면에서는 교전 수칙이 없습니다. 사살을 하든 폭파를 시키든 알아서 하세요."

"확인했습니다. 그런데 혹시 녀석들이 달의 앞면 쪽으로 넘어간다면……. 아, 죄송합니다."

존은 곧바로 자신이 말실수했다는 것을 알아차렸지만 이미 한발 늦은 뒤였다.

"지금 그걸 질문이라고 하는 겁니까?"

"죄송합니다."

이미 이사벨라의 얼굴은 붉게 상기되어 있었다.

"음지에서 일하는 걸 자랑스럽게 여기는 군인이, 그딴 질문을 해? 지구에서 수백 개의 망원경이 달 앞면을 향하고 있는데 거기서 라이브로 총질을 해댈 셈이야, 지금?"

"죄송합니다. 달 앞면에 도달하기 전에 반드시 생포, 아니 사살하겠습니다."

그 무렵, 상황실의 스크린에는 구조 로버의 탐색 등이 존과 두 명의 군인이 있는 크레이터 아래를 비추는 것이 보였다.

"다시 한번 말합니다. 달 뒷면에서는 무슨 짓을 하든 우리가 다 통제할 수 있어요. 하지만 그들이 양지로 넘어가는 순간, 존 타일러 당신은 더 이상 달에 존재하지 않는 사람이 될 겁니다. 꼭 명심하세요."

* * *

누리 15호 구조 로켓 발사 12시간 전

"기상 브리핑 시작해주세요."

나로우주센터 발사관제실 정면에 위치한 대형 스크린에는 발사대에 직립한 누리 15호 로켓의 모습이 생중계되고 있었다.

"발사 시점인 7월 25일 새벽 2시 14분 중요 기상 예보입니다. 고고도의 시야는 맑음, 바람은 서쪽에서 시속 2미터로 비교적 약하게 불 것으로 예상되며……."

재윤의 지시에 담당 직원이 기상 브리핑을 시작했다. 하지만 재윤은 헤드셋을 반쯤만 걸친 채 건성으로 내용을 듣고 있었다.

"잘 알겠습니다. 그대로 진행합니다."

짧은 브리핑이 끝나자 재윤이 다시 헤드셋을 올려 쓰며 말했다.

"사령선과 착륙선의 연료전지는 작동 시작했나요?"

"예, 30분 전부터 전원 온(on) 상태입니다."

EECOM 콘솔 앞에 앉은 선민이 답했다.

"좋습니다. 이번 발사는 평소와 다릅니다. 어느 정도 변수가 있어도 발사를 중단할 수는 없습니다. 이번 기회를 놓치면 달로 가는 최적 경로가 오기까지 다시 12시간을 기다려야 합니다. 잘 아시다시피 우리에게는 그 정도 여유가 없습니다."

재윤의 단호한 목소리가 관제실 안에 울려 퍼졌다.

"따라서 안전을 이유로 발사 시퀀스 중단을 요청하기 전에,

각자의 경험과 판단으로 다시 한번 생각하고 보고하기 바랍니다. 이상."

재윤이 서둘러 말을 마치더니 자리를 박차고 일어났다. 늘 정확성과 완벽함을 추구하던 그에게 이번 누리 15호 로켓의 무리한 발사는 너무나 큰 부담이었다. 세준을 비롯한 윗선의 압박 때문이기도 했지만, 무엇보다 이미 늦은 것이 아닐까 하는 걱정이 재윤의 마음을 짓누르고 있었다.

* * *

"얼마나 남았지?"

드론을 격추한 지 30분이 지났지만 아직 별다른 이상 반응이 없었다.

"아르테미스 기지까지는 6,900킬로미터 남았습니다."

"거기는 어차피 못 가. 달 경계 지점 말이야."

민준은 여전히 정면만을 응시하고 있었다.

"예, 지도에 달의 앞면과 뒷면 경계가 정확하게 나와 있지는 않은데……."

주원이 얼버무리듯 답하고는 센터디스플레이의 지도 화면을 이리저리 확대했다.

사실 달의 '앞면'과 '뒷면'은 사실 지구에서나 통용되는 용어였다. 지구의 자전주기와 달의 공전주기가 일치하는 탓에 지구에서는 달의 한쪽 면만 볼 수 있었지만, 그렇다고 달 표면에 어떤 선이 그어져 있는 것은 아니었다. 게다가 달에서는 끊임없이 해가 지고 떠올랐기에 그 두 면을 나누는 지점을 명확히 눈으로 확인하기는 어려웠다.

"우선 좌표로 보자면 서경 90도 지점을 지나면 달의 앞면에 진입하는 것이 맞습니다. 하지만 이 로버에는 그런 동서남북 방위 자체를 알 수 없어요. 지형으로 유추하는 수밖에 없을 것 같습니다."

주원이 난감하다는 표정을 지었다.

"보기와 다르게 아주 구식이군."

민준이 씩 웃어 보였다.

"거리로 치면 100킬로미터 정도 더 가야 할 것 같습니다. 저희가 처음 달에 내렸을 때의 좌표가 제 기억으로는······."

"100도 14분 21초, 북위 17도 44분 20초."

서윤이 마치 생생하게 기억한다는 듯이 답했다.

"역시 대단해. 그걸 정확히 기억하고 있다니."

"숫자는 원래 제 전문이잖아요."

서윤이 담담한 얼굴로 말했다.

"그럼 서경 100도 지점에서 대략 300킬로미터 떨어져 있었다는 건데, 우리가 다크사이드 기지 주변에서 여기저기로 끌려다녔으니까…….”

민준이 머리로 계산해보려 했지만 쉽게 답을 찾지 못했다.

“대략 50에서 100킬로미터 정도 남았을 거예요. 운이 좋으면 30분 정도 걸리겠네요.”

서윤이 아무렇지 않게 창밖을 내다보며 답했다.

“그랬으면 좋겠군.”

경고! 탐사제한 구역에 진입하고 있습니다.

즉시 속도를 줄이고 방향을 전환하세요.

그때, 센터디스플레이에 붉은색 경고 문구가 떠올랐다.

“이게 뭐지?”

주원이 메시지를 클릭했지만 문구는 사라지지 않고 계속해서 깜박였다. 곧 로버의 속도가 갑작스럽게 줄어들더니 시속 50킬로미터에 고정되었다.

“로버가 고장 난 건가요?”

“아니야. 조이스틱은 잘 작동하고 있어. 속도만 자동으로 줄어들었다고.”

민준이 조이스틱을 좌우로 흔들어 보이자 로버가 그에 따라 휘청였다.

“탐사제한 구역이라…….”

이윽고 그것이 무엇을 의미하는지 알아차린 민준이 의미심장한 미소를 지었다.

"이 로버는 오직 달의 뒷면에서만 운용하도록 설계되었을 거야. 혹여나 지구 관측 장비에 노출되면 곤란하니까. 탐사제한 구역이라면 이 로버가 결코 가서는 안 될 구역을 의미하는 거겠지."

"그게 무슨 소리예요?"

"거의 다 온 것 같아."

"설마……."

"우리가 가선 안 될, 달의 앞면에."

17

복수를 부르는 것들
2031년 07월 24일

"자네들은 걸어서 기지에 복귀하게."

"예?"

로버 윈치의 도움으로 가까스로 크레이터 밖으로 나온 존이 태연하게 말했다.

"시간이 얼마 없어. 무게를 최대한 줄여야 따라잡을 수 있어."

이어 그는 로버의 화물칸을 열더니 개인용 전동 이동 장비와 여분의 산소 탱크를 꺼내어 바닥에 내려놓았다. 두 명의 군인은 상황을 파악하지 못하고 우물쭈물하고 있었다.

"무기류도 꼭 필요한 것만 챙길 거야. M60 중기관총과 탄약만 남기고 모조리 내려놓도록. 어서!"

존이 머뭇거리는 두 명의 군인들을 다그치며 지시했다. 그리고 서둘러 로버의 운전석에 올라타 센터디스플레이의 지도를 확인했다. 붉은 점선으로 그어진 가상의 경계선과 불과 30여 킬로미터 떨어진 지점에서 로버를 가리키는 아이콘 하나가 깜박이고 있었다.

"다크사이드 원, 로버 최대 속도 제한 오버라이드(override: 무효화)하겠습니다."

그가 전자식 사이드미러로 뒤쪽을 살피고서 센터디스플레이를 조작했다. 이어 스크린에 '속도 제한' 탭이 떠오르자 PIN 코드를 입력해 제한을 해제했다.

"해제 확인했습니다. 시속 180킬로미터 이상에서 로버의 안정성은 확인된 바 없습니다. 조종에 유의하세요."

교신기 너머로 올리비아의 목소리가 들려왔다.

"예, 알겠습니다."

그는 다시 한번 사이드미러를 바라봤다. 군인들이 내린 각종 무기류와 장비들이 땅에 널브러져 있었다.

"시간이 없어요. 출발하겠습니다."

그의 교신을 들은 군인들이 로버의 화물칸을 서둘러 닫았다. 이내 센터디스플레이에 녹색 불이 들어오자 그가 있는 힘껏 조이스틱을 앞으로 밀었다. 여섯 개의 바퀴가 회전하며 많은 먼지를 일으키더니 로버가 쏜살같이 앞으로 튀어 나갔다.

"존 소령, 우리 측 계산으로는 녀석들이 20분 안에 경계 지점을 통과합니다. 그 전에 포획하세요."

교신기를 통해 다시 차분해진 이사벨라의 목소리가 들렸다.

"알겠습니다. 재밍 장비는 언제부터 사용할 수 있을까요?"

그가 센터디스플레이 위쪽의 재밍 컨트롤러를 조작하며 물었다.

"두 로버 사이의 거리가 1킬로미터 이내여야 합니다. 놈들이 타고 있는 로버엔 전파방해 차단기가 있어서 확실히 작동할지는 미지수예요. 정 안되면 그냥 기관총으로 날려버리세요."

"예, 알겠습니다."

시속 180킬로미터로 내달리고 있는 존의 로버는 한국 우주인들이 타고 있는 것과 동일한 모델이었다. 가시광선뿐 아니라 모든 파장대의 전파를 그대로 흡수하는 반타블랙 도료로 코팅되어 있을 뿐 아니라 외부의 재밍에도 대응할 수 있는 '안티-재밍' 기능이 탑재되어 있었기에, 원격으로 정지시키는 것은 쉽지 않은 일이었다.

"일단 시야에 들어오면 다시 보고드리겠습니다."

그는 조이스틱의 아랫부분에 있는 버튼을 눌러 스틱을 고정한 다음 뒷좌석으로 옮겨 갔다. 그리고는 로버의 천장 해치를 열어 M60 중기관총을 장착했다. 중기관총에 연결된 기다란 탄약들이 로버의 움직임에 따라 천천히 출렁였다.

"다시 한번 강조합니다. 사격 및 추격은 보더라인(borderline: 경계선)까지만 가능합니다. 지도를 확인할 틈이 없을 텐데, 그냥 지구의 끄트머리라도 보이면 사격하지 마세요."

이사벨라의 목소리엔 걱정스러움이 묻어 있었다.

"잘 알겠습니다. 그 전에 반드시 잡겠습니다."

그는 굳게 답하며 조금 전 한국 우주인들에게 당한 상황을 되새겼다. 자신이 베푼 호의가 반격으로 돌아왔다는 생각에 그는 분노를 가라앉힐 수 없었다.

* * *

"점점 속도가 느려지는 것 같아요."

여전히 조이스틱을 끝까지 밀고 있었지만 로버의 속력은 시속 40킬로미터까지 떨어졌다.

"경계 지점이 더 가까워졌다는 뜻이겠지."

민준이 좌측 전자식 사이드미러를 확인하며 말했다.

"대장님 말씀이 맞는 것 같은데요."

조수석에 앉은 서윤은 고개를 전면 윈드실드에 얼굴을 바짝 붙이고 있었다. 선명하지는 않았지만 달의 지평선 너머로 지구의 푸르른 윤곽선이 보일 듯 말 듯 했다.

"지구가 보이면 앞면 가장자리에 도착한 거잖아요."

"그렇지. 달에는 공기가 없으니까."

지구에서와 달리 대기가 아예 없는 달에서는 햇무리 같은 굴

절 현상이 발생할 수 없었다. 다만 지구의 지름이 달보다 훨씬 크기 때문에 달의 앞면 경계선에 도달하기 직전에 지구의 끄트머리가 보일 수는 있었다.

"보여요!"

서윤이 본 것은 허상이 아니었다. 이윽고 짙은 구름층이 드리운 지구의 끝부분이 그믐달처럼 가늘게 나타났다.

"조금만 더!"

곧 어둠의 세계를 벗어나 빛의 영역으로 갈 수 있다는 생각에 민준의 얼굴이 한껏 밝아졌다.

조종 불가. 동력 장치를 확인하세요.

주행 불가. 전자 장치 이상. 즉시 로버를 정지시키세요!

기쁨을 만끽할 새도 없이 센터디스플레이 가장자리가 붉게 깜박이더니 각종 경고등이 난무했다.

"이게 뭐지?"

당황한 민준이 온갖 스위치들을 눌렀지만 로버는 아무런 반응도 하지 않았다. 조이스틱을 좌우로 흔들어봐도 로버는 방향을 바꾸지 않았다. 도리어 속도를 급격히 줄일 뿐이었다.

전원 장치 오류: B-151

통신 장치 이상: CC-2132

주행 불가: EB-100

생존유지 장치 차단! 즉시 헬멧을 착용하세요!

이윽고 로버가 완전히 멈추자, 센터디스플레이의 경고 메시지들이 스크롤바를 따라 끝없이 쏟아졌다. 메시지를 일일이 확인할 수도 없을 만큼 난리 법석이었다.

"젠장! 거의 다 왔는데……."

민준이 대시보드를 내리치며 분노했다.

"내려서 걷는 것은 어때요? 몇 킬로미터만 더 가면 될 거예요."

서윤이 서둘러 소총을 챙기며 말했다.

"주원아, 뒤에 남은 산소 탱크 있니?"

"예, 생존유지 장치로 보이는 것은 있는데 우리 우주복하고 호환이 되지 않는 것 같아요."

주원이 사각형의 산소 탱크들을 뒤적이며 답했다. 전부 우주복의 소켓들과는 전혀 다른 규격이었다.

"얼마나 남았지?"

"뭐가요?"

"산소."

"저는 31퍼센트요. 2시간 남짓 버틸 수 있어요."

"주원이는?"

"저는 33퍼센트요."

민준도 자신의 우주복 디스플레이를 확인했다. 산소 잔량이 28퍼센트를 가리키고 있었다.

"아직 아르테미스 기지까지는 5,000킬로미터도 넘게 남았어. 이대로 나가서는 아무것도 못 해."

"대장님이 그러셨잖아요! 아르테미스 기지가 아니라 달의 앞면이 목적지라고."

"그렇지만……."

"일단 통신이 가능한 지역에 이르면, 우주복의 비상구조 신호기를 이용해서 우리 위치를 알릴 수 있어요. 출력이 형편없기는 하지만, 지구든 아르테미스 기지든 우리 신호를 받기만 한다면……."

서윤이 절망적인 심정을 추스르지 못했는지 말끝을 흐렸다.

"좋아. 그럼 일단 나가서 생각해보자고."

민준이 고개를 끄덕이더니 로버의 운전석 문을 열었다. 뒤이어 서윤과 주원이 M4 소총만을 어깨에 멘 채 로버 밖으로 나섰다.

폭풍의 대양 서쪽 끝에 해당하는 이곳은 다른 곳과 달리 단단한 암석층으로 이루어져 있었다. 분진 한 톨 없는 바닥에 발을 딛고서, 민준이 고개를 들어 보일 듯 말 듯 한 지구를 바라보았다.

"더럽게 아름답군."

"지금 감상 따위에 젖을 여유가 없어요."

서윤이 민준을 지나치더니 지구가 보이는 곳을 향해 터벅터벅 걸어갔다.

"뭐 하세요? 안 따라오고?"

"너무 서두르지 마. 지금부터는 산소 소비량을 조절해야 해."

민준은 말로 소비되는 산소량마저 아끼려는 듯 조그만 목소리로 말했다.

"그럼, 이동하지 말고 여기서 구조 신호를 보내자는 말씀이세요?"

"완벽한 위치는 아니지만 그게 낫겠어. 일단 여기서 신호를 발신하고 나서 응답이 없으면 더 앞으로 나가보자고."

민준의 의견이 썩 마음에 드는 것은 아니었지만 서윤은 마지못해 고개를 끄덕이며 바닥에 한쪽 무릎을 꿇었다. 그리고는 우주복의 오른팔을 높이 들고는 왼팔에 장착된 디스플레이를 조작했다.

우주 공간에서 유영하다 조난될 때를 대비해 이들 우주복에는 비상통신기가 설치되어 있었다. 오른팔 가장자리를 따라 내장된 안테나를 바탕으로 여러 주파수에 걸쳐 관성항법 장치가 기록한 현재의 위치와 상태를 지속적으로 발신하는 시스템이었다. 최대 200와트 출력의 미약한 신호임에도 많은 전력을 소비하는 탓에 사용 횟수에는 제한이 있었다.

"신호 발신합니다."

서윤이 디스플레이 창을 확인하며 말했다.

"좋아."

민준과 눈을 마주친 서윤이 '비상구조' 버튼을 눌렀다. 화면이 오렌지색으로 깜박이며 신호 발신을 알렸다.

"지금부터 5분 동안 집중적으로 신호를 보낼 거예요. 부디 누군가 발견하기를."

거리를 두고 떨어져 있는 민준과 주원은 얼어붙은 것처럼 덩그러니 서 있었다.

"신호 발신 중. 별다른 특이 사항 없습니다."

서윤이 신호를 보내다 잠시 앞으로 고개를 들었다. 그 순간, 무언가 그녀의 주의를 끌었다.

'뭐지? 뭐가 움직였는데……'

서윤이 달의 끝없는 지평선을 둘러봤다. 저 멀리서 검은 물체 하나가 빠른 속도로 달려오고 있는 것이 눈에 띄었다. 미미하게 보일 뿐이었지만 서윤은 그것을 놓치지 않았다.

"대장님, 뒤를 좀 보세요."

서윤의 말을 들은 민준과 주원이 고개를 돌렸다. 그 물체의 움직임은 점차 더 격해지고 있었다.

"젠장! 녀석들이 오고 있어!"

그것이 다크사이드 기지에서 보낸 추격대임을 확신한 민준이 입술을 꽉 깨물었다.

"다들 엎드려! 어서!"

민준이 옆에 있는 주원의 어깨를 잡아 누르며 재빨리 몸을 숙였다. 뒤이어 오른팔을 높이 들고 있던 서윤이 바닥에 납작 엎드리며 자신들을 향해 달려오고 있는 물체를 주시했다.

* * *

"시야에 들어왔습니다."

여전히 선바이저를 내리지 않은 존이 날카로운 눈매로 전방을 주시하며 신호를 보냈다.

"확인했습니다. 진행하세요."

로버 전면 유리에 장착된 카메라를 통해 다크사이드 기지에서도 실시간으로 상황을 확인하고 있었다.

"재밍 최대 출력!"

존이 대시보드에 장착된 재밍 컨트롤 패널의 다이얼을 끝까지 돌렸다. 순간 배터리의 출력이 재밍 장비로 쏠리자 로버가 덜컹이며 급격히 속도를 줄였다.

"200킬로와트까지 출력이 증가했습니다. 현재 상태 유지하세요."

올리비아가 로버의 전력 상황을 모니터링하며 교신했다.

"효과가 있는 것 같습니다."

센터스크린 지도에 나타난 상대 로버의 궤적이 눈에 띄게 느려지고 있었다.

"존, 시간이 얼마 없어요. 녀석들이 경계 지점에 거의 도착했어요."

"예, 잘 알겠습니다."

이사벨라의 교신을 들은 존이 조이스틱을 다시 고정하고는 몸을 뒷좌석으로 옮겼다.

"지금부터 방향과 속도를 고정하고 정밀사격을 준비하겠습니다."

"좋습니다. 교전 승인합니다."

천장 해치를 통과한 존이 거치대에 걸린 M60 중기관총의 손잡이를 쥐었다. 기관총 상부에 달린 고배율 스코프가 자동으로 전면에 있는 목표를 조준했다.

"거리 530미터. 510, 490……."

존이 스코프의 스크린에 시야를 고정한 채 사격 시기를 가늠했다. 이내 스코프의 조준 장치에 녹색 LED 등이 들어오자 그는 가차 없이 방아쇠를 당겼다. 7.62밀리미터 탄환이 분당 600발의 속도로 총구에서 뿜어져 나오기 시작했다.

* * *

빛은 있지만 소리는 없었다.

번쩍이는 화염이 시야에 띄기도 전에, 세 사람이 타고 온 로버 근처에서 돌덩이들이 빠르게 튀어 올랐다.

"미친 자식! 다들 피해!"

그것이 총탄의 흔적임을 파악한 민준이 몸을 일으켜 사격 지점을 향해 직각으로 달려갔다.

"대장님, 조심하세요!"

로버에 맞고 튀어나온 유탄들이 땅에 부딪히면서 또 다른 불꽃을 만들어내고 있었다.

"완전히 돌았군!"

자신들을 몰살시키려는 의도를 확인한 이상, 다음 계획은 명확했다.

"이쪽으로! 얼른요!"

20여 미터 떨어진 지점에 소형차 크기의 암석을 발견한 서윤이 서둘러 몸을 숨겼다. 뒤이어 민준과 주원이 슬라이딩하며 암석 뒤편으로 뛰어들었다.

"상대방 위치는?"

민준이 차마 얼굴을 내밀지 못한 채 물었다.

"제가 첫 화염을 본 방향은 우리가 달려온 궤적과 일치했어요. 추격하다가 발사한 게 분명해요."

"무기 종류는?"

"소총탄은 아니에요. 화력이 더 센 것 같아요."

"단단히 미쳤군."

민준이 가슴팍에 끌어안은 M4 소총의 장전손잡이를 당겼다.

"그걸로 대응이 될까요?"

서윤도 서둘러 장전을 했지만 과연 싸움이 될 수 있을지는 불확실했다.

"그래도 가만히 있을 수는 없지."

민준이 기회를 엿보며 총구를 암석 옆으로 살짝 내밀었다.

"안 돼요! 조금만 기다리세요."

반대편으로 헬멧을 내민 채 동태를 살피던 주원이 단호하게 외쳤다.

"로버를 향해 쏘는 걸 보면 아직 우리를 발견하지 못한 것 같아요. 괜히 위치를 노출하지 않는 게 좋아요."

* * *

"목표물 9시 방향, 흰색 물체 세 개 확인!"

오직 로버를 향해 집중사격하고 있는 존의 교신기에 올리비아의 목소리가 들려왔다.

"카피(copy). 한국 녀석들이겠죠?"

"예, 목표물과 30여 미터 떨어진 암석 뒤편에 은폐하고 있습니다."

"용케도 도망쳤군."

벌써 500발 넘는 총탄을 퍼부었지만 타깃 로버는 아직 완전히 파괴되지 않은 상태였다. 케블라(Kevlar: 강철보다 다섯 배나 강도가 높은 고강력 섬유) 방탄장갑을 두른 다크사이드의 로버는 중기관총의 탄환 세례를 견뎌낸 듯했다.

"외관 손상은 적지만 우선 여섯 개 구동 바퀴 모두 파괴해 기동불능 상태로 만들었습니다. 새로운 목표 상태를 확인하고 다시 연락드리겠습니다."

조준경 스크린에서 털썩 주저앉은 로버의 상태를 확인한 존이 다시 몸을 숙여 운전석으로 이동했다. 그리고 고정되어 있던 조이스틱을 푼 다음, 속도를 줄여 천천히 목표물을 향해 다가갔다.

"확인했습니다. 서쪽에 은폐하고 있는 적을 유의하세요."

"예, 잘 알겠습니다."

존이 왼쪽 창 너머로 보이는 암석 덩이를 확인하고는 타깃 로버와 암석 사이에 자신의 로버를 세웠다.

"내부에 탑승자가 남아 있는지 먼저 확인하겠습니다."

존이 조심스럽게 조이스틱을 조작하며 파괴된 로버 주위를 서서히 맴돌았다. 방탄장갑을 두른 외피는 움푹 파였을 뿐이지만 뒤쪽의 폴리카보네이트 창문은 이미 너덜너덜해진 채로 떨어져 나가 있었다. LED 서치라이트를 켜자 파괴된 로버의 내부가 선명하게 드러났다.

"탑승자는 없는 것으로 보입니다. 말씀하신 대로 외부에 세 명 모두 은닉하고 있는 것으로 추정됩니다."

"확인했습니다. 외부 수색 및 교전을 허락합니다. 적군이 무기를 소유하고 있을 가능성이 매우 높으니, 레벨 V 슈트를 입고 나가기 바랍니다."

"알겠습니다."

존이 로버를 다시 중간 지점에 세우고는 서둘러 뒤쪽 화물 칸으로 이동했다.

* * *

"망할 자식!"

추격대 로버가 서치라이트를 비추자 자신들이 타고 온 로버 의 처참한 광경이 민준의 눈에 들어왔다.

"아주 벌집을 만들어놓았어요."

같은 모습을 본 서윤은 차마 입을 다물지 못했다.

"우리가 타고 있다고 생각하고 공격했을 텐데, 무법 지대가 따로 없군."

민준이 고개를 가로저으며 다시 암석 뒤편으로 몸을 숨겼다.

"이제 어떻게 할까요?"

서윤은 총 손잡이를 쥔 채 민준의 지시를 기다렸다.

"일단 기다려야지. 녀석들이 몇 명인지도 확인해야 하고. 만에 하나 로버에서 내린다면 그때 기습 공격을 감행해도……."

"그냥 가만히 있는 게 좋겠어요."

"그게 무슨 소리야?"

주원의 말에 민준이 당황한 듯 대꾸했다.

"화력에서 비교가 안 돼요. 우리는 기껏해야 단축형 소총 세 정뿐이고 여유 탄창도 없어요. 총격전이 시작되면 1분 안에 제압당하고 말 거예요."

"그럼 운에 맡기자고?"

"단언할 순 없지만, 녀석들은 여기가 어디쯤인지 잘 알고 있을 거예요. 어쩌면 우리가 달의 경계면을 넘어간다고 생각해서 공격을 퍼부은 것일 수도 있고요. 일단 목적을 달성했으니 돌아갈 수도……."

"지나친 낙관론이군."

민준이 쓴웃음을 지으며 고개를 저었다.

"절대 그냥 돌아갈 놈들이 아니야. 곧 우리 로버 내부 수색을 시작할 거고, 그러려면 반드시 로버에서 내려야 할 거야. 잠시 기다려보자고."

민준이 반복해서 동태를 살피며 소총을 꽉 쥐었다.

"대장님, 저는 우주인 훈련을 받은 것이지 전투를 하려고 온 게……."

"그건 군인으로서 할 소리가 아니지."

주원이 불만 섞인 말을 내뱉자 민준이 단번에 끊었다.

"먼저 공격해야 해. 저들은 가차 없이 우리를 조준할 거야. 예외는 없어. 이번엔 진짜야."

눈을 감은 채 민준의 말을 듣고 있던 서윤이 고개를 끄덕였다.

"방탄복을 두르고 있을 수도 있어. 고민하지 말고 헬멧을 쏴야 해. 혹시나 하는 고민 따위는 사치일 뿐이라고."

민준이 주원의 눈을 똑바로 쳐다보며 말했다. 그러나 인류의 발전과 우주개발이라는 이상적인 가치만을 추구하며 살아온 주원은 갑작스러운 살인 임무를 쉬이 받아들이지 못했다.

"나도 사람을 죽여본 적 없어. 하지만 이건 본능이야. 내가 죽이지 않으면, 나와 너희들이 죽는 거라고."

"대장님, 로버 화물칸이 열렸어요!"

민준과 주원이 대치하는 사이, 서윤이 로버의 움직임을 포착하고 상황을 전했다. 이제 더 이상 망설일 시간은 없었다.

"드디어 오는군."

민준이 몸을 살짝 옆으로 내민 다음, 엎드린 자세로 로버의 뒷문을 정조준했다.

"누가 내리든 상관없어. 움직임이 보이면 선제공격하는 거야!"

민준을 따라 결심한 서윤이 암석의 윗면과 오른쪽 면에 총구를 빼꼼히 내밀었다. 주원도 더 이상 물러설 곳이 없다는 것을 인정하고는 뒤따라 총을 겨눴다.

"예."

"알겠습니다."

이윽고 로버의 화물칸 문이 활짝 열렸다. 먼저 사람의 오른발로 추정되는 검은 물체가 모습을 드러냈다.

"아직! 대기!"

민준은 반격을 최소화하기 위해 상대의 머리통이 나타나기만을 기다리고 있었다.

"대장님, 저거 사람 맞아요?"

튀어나온 것은 오른 다리뿐이었지만 그것은 그동안 흔히 보던 우주복보다 조금 더 두껍고 기이한 형태였다.

"그럼 로봇이라도 있으려고?"

민준이 서윤의 물음에 개의치 않고 조준경을 노려보았다.

"잠깐만요, 아무래도……."

그리고 뒤이어 검은 물체가 실체를 드러내자, 세 사람은 충격을 받은 듯 말을 잇지 못했다. 인간보다 1.5배는 큰 크기의 검은 물체가 양손에 총으로 추정되는 무기를 든 채 사뿐히 내려왔다.

"저건 또 무슨……."

흡사 전투 로봇처럼 보이는 외형의 검은 물체가 세 사람이 숨은 암석 쪽을 빤히 바라봤다.

"지구에서 저런 거 본 적 있어?"

"아니요. 영화에서만 봤죠."

저항감을 무력화시킬 만큼 압도적인 외형이었다. 검은 물체의 헬멧을 포함한 모든 부위에는 장갑이 덧대어져 있었다.

"미친 자식들. 도대체 달에서 무슨 짓을 하고 있었던 거야?"

민준이 잠시 망설이며 떨리는 손을 가다듬었다. 그는 차분히 다시 조준경에 시선을 맞추고서 검은 물체의 머리통을 향해 방아쇠를 당겼다.

이번에도 총알은 소리 없이 나아갔다. 총구에선 빛이 발했지만 그 어떤 소리도 울리지 않았다.

"대장! 미쳤어요?"

서윤이 제지했지만 이미 총알은 발사된 뒤였다. 민준이 발사한 탄환은 녀석의 어깨에 명중하며 불꽃을 일으켰으나 그것이 전부였다.

"도대체……."

민준이 황급히 재차 방아쇠를 당기려는 순간, 아이언맨처럼 생긴 상대가 무기를 겨누었다.

"어서 피해야 해요!"

어디에서도 보지 못한 형태의 무기였다. 그럼에도 그것이 강력하리라는 것은 직감으로 알 수 있었다.

"다크사이드 원, 선제공격을 받았습니다. 교전 허락을 요청

합니다."

"존, 우리도 확인했어요. 교전을 허락합니다."

로봇과도 같은 슈트에 타 있던 존이 승인을 받자마자 폭발형
탄두가 장착된 유탄발사기를 살짝 높이 들어 암석을 향해 발사
했다. 수류탄 크기의 물체가 공중으로 날아가더니, 암석에 부
딪힌 다음 잠깐의 시차를 두고 폭발했다. 암석은 아무런 폭발
음도 없이 여러 조각으로 갈라지며 공중으로 비산했다.

수 미터를 달음박질해 피한 세 사람은 더 이상 저항이 무의
미하다는 것을 깨달을 수밖에 없었다.

"대장님, 차라리 항복하는 게 낫겠어요!"

서윤이 들고 있던 소총을 멀리 던지며 애원하듯 말했다.

"저게 사람이 아니라면?"

민준은 아직 소총 끈을 놓지 않고 낮은 포복을 하고 있었다.

"다크사이드 원, 한 명의 우주인이 무기를 버렸습니다. 나머
지 두 명은 아직 공격 의사가 있는 것으로 보입니다."

"존, 확인했습니다. 상대를 어떻게 처리할지는 현장 지휘관의 몫
입니다. 당신 판단에 맡기겠습니다."

결정적인 순간, 이사벨라는 책임을 회피하며 한발 물러섰다.
이사벨라의 모호한 지시에 존이 잠시 인상을 찌푸렸다.

"일단 대화를 해보는 게 좋을 것 같아요. 대장님이 우발적으
로 발사했다고 하고……."

"나는 교신기를 다 떼어버렸어. 우리가 교신을 시도해도 들리지 않을 거야."

기어가다시피 도망치고 있었지만 어느새 존 소령과 세 사람의 거리는 20여 미터 이내로 가까워졌다.

"제가 해볼게요."

그제야 주원이 우주복 앞 포켓에 넣어두었던 자동번역 교신기를 꺼내 헬멧 바깥 유리에 붙였다. 교신기의 LED 등이 주황색으로 켜지더니 곧이어 녹색으로 변하며 연결을 알렸다.

"안녕하세요, 저는 한국 우주인 김주원 대원입니다. 아, 그러니까 우리는 지금 저항하려는 것이 아니라 순순히 항복을⋯⋯."

주원이 민준의 눈치를 살피며 말끝을 흐렸다. 그러나 민준은 시선을 주지 않고 엎드려 있었다.

"주원 대원님, 반갑습니다. 이렇게 또 뵙는군요."

얼굴이 보이지 않는 이의 목소리가 한국어로 번역되어 들려왔지만 그것이 존임을 알아차리는 것은 어렵지 않았다.

"존 소령님? 반갑습니다. 저희가 의도치 않게 격발을 했습니다. 이런 사태는 그 누구도 원하지 않는 것으로⋯⋯."

주원의 열띤 해명을 무시하고 존은 왼손에 쥐고 있던 소총을 들어 장전손잡이를 당겼다.

"우리 만남이 처음이었다면 동정심이라도 들었겠죠. 당신들이 보여준 행동들은 더 이상 용서하기 어렵습니다. 하마터면 저와 두 명의 젊은 군인들이 달에서 추락사할 뻔했으니까요."

"겁쟁이 같은 자식."

민준이 힘없이 중얼거렸다. 존의 목소리는 주원의 마이크를 타고 민준과 서윤에게 전달됐지만 다행히 역방향으로는 전해지지 않았다.

"아, 일단 저희가 항복 의사를 표현한 이상 전시 국제법에 따라 공격을 하지 않으시는 것이……."

주원의 거듭된 설득에도 불구하고 존은 세 사람에게 겨눈 소총을 거두지 않았다.

"몇 번을 말해야 알아듣겠습니까. 여기 달 뒷면 다크사이드는 지구의 법 따위가 적용되는 곳이 아니라고. 지금껏 살려둔 것만 해도 인정이 넘치는 일이라는 걸 꼭 기억해주십시오."

* * *

이사벨라는 상황실에 실시간으로 전해지는 존의 카메라 화면을 보며 서성였다. 오랜 시간 음지에서 근무한 그녀는 나름대로 지구의 안녕과 평화를 유지하고 있다는 자부심을 갖고 있었다. 그토록 중요한 임무를 수행하고 있었기에 다크사이드에는 예상치 못한 공격으로부터 자신들을 방어할 최첨단 무기도 충분했다. 그럼에도 살인을 지시하는 것은 쉽지 않았다.

상황을 지켜보던 올리비아와 데클런 그리고 다른 직원들 역시 우려스러운 표정이 역력했다.

"사령관님, 이쯤에서 그만두고 다시 연행하시는 건……."

데클런이 조심스럽게 이사벨라의 눈치를 살피며 말했다.

"나도 생각을 안 해본 건 아닌데, 그럼 똑같은 실수를 되풀이할 뿐이야."

이사벨라가 고개를 저으며 바닥을 내려다봤다.

"그래도 무고한 민간인을 사살한 것이 알려질 경우…… 아니, 민간 우주인을 사살한 것이……."

데클런이 스스로의 말실수를 깨닫고는 단어를 고쳐 말했다.

"무고하지 않다는 건 자네도 잘 알겠지. 총을 먼저 발사한 것도 저들이고."

"그렇지만 현재는 항복 의사를……."

비상 메시지 수신 중…….

그때, 올리비아의 콘솔에 지구로부터 메시지가 왔음을 알리는 경보음이 짧게 두 번 울렸다.

"비상교신입니다. 발신지는 DNI(Director of National Intelligence:

미국 국가정보장실)입니다."

"메시지 확인해주세요."

미국의 모든 정보기관을 관리하고 감독하는 DNI는 다크사이드 기지의 유일한 상위 기관이었다. 외형적으로는 백악관과 독립되어 있었지만 오웬의 입김이 DNI를 좌지우지하고 있다는 것을 모르는 이는 없었다.

"UTC 11:31:12부로 다크사이드 기지의 은닉 경계를 발령합니다. 모든 근무 직원은 기지 내부로 복귀하여 다음 지시를 기다리십시오."

올리비아가 콘솔에 떠오른 메시지를 읽었다. 그것을 들은 이사벨라의 표정이 천천히 일그러졌다.

"상세 내용은?"

"지금 수신 중입니다."

국가정보장실이 다크사이드 기지에 직접 명령을 내리는 것은 몇 년에 한두 번 있을까 말까 할 정도로 드문 일이었다. 게다가 지금처럼 구체적인 행동을 지시하는 것은 유례없는 일이었다.

"존에게 전달할까요?"

올리비아가 이사벨라를 올려다보며 말했다. 이사벨라는 아무런 대꾸 없이 고개를 한 번 끄덕였다.

"존, 다크사이드 원에서 긴급 메시지를 전달합니다. 현 시각부로 모든 추가 행동을 멈추고 대기하세요."

5미터 떨어진 지점에서 민준의 머리에 소총을 겨누고 있던 존이 흠칫했다.

"다크사이드 원, 뭐라고요?"

"현재 위치에서 대기합니다. 복귀 시점 관련해서는 사령관님의 지시를 기다리는 중입니다."

"이건 또 뭔 개소리야."

존은 좀처럼 가라앉지 않는 심장을 진정시키려 고개를 들고 심호흡을 해댔다.

존의 눈을 보며 양손을 들고 서 있던 주원은 어리둥절한 표정으로 조심스레 그의 반응을 살폈다.

"쟤 왜 저러죠?"

민준과 함께 뒤쪽에서 웅크리고 있던 서윤도 곧 상황을 파악했다. 머지않아 총알받이가 될 것이라 체념하고 있던 민준은 아직 감은 눈을 뜨지 않고 있었다.

"대장님."

서윤이 민준을 툭툭 찌르며 불렀다. 이윽고 눈을 뜬 민준 또한 존이 총구를 바닥에 내린 채 허공을 올려다보고 있는 것을 보았다.

"덮칠까요?"

지금이 타이밍이라고 생각한 서윤이 작은 목소리로 물었지만 반격을 감행하기에는 너무나 위협적인 형상이었다. 쉽게 체념할 수도, 저항할 수도 없는 상황이 이어지고 있었다.

"젠장, 매번 깔끔하게 죽지도 못하는군."

* * *

"9시간 후, 한국에서 자국 우주인들을 구조하기 위한 로켓을 발사할 예정입니다. 본국은 다크사이드 기지의 재노출 가능성과 위험을 우려하여 여러 경로를 통해 한국을 압박하였으나 발사를 막지 못하였습니다. 구조 로켓 발사가 성공할 경우, 다크사이드 기지와 주변 구조물들의 위치가 노출될 수 있으므로 즉시 복귀하여 은닉 상태를 유지하기 바랍니다. 이상."

추가로 수신된 메시지를 들은 이사벨라가 코웃음을 쳤다.

"뭐야, 고작 구조 로켓 발사 때문에 행동을 멈추라고?"

"예, 일단 존에게 대기 지시를 내렸습니다. 발사까지 9시간이면 달까지 도착하려면 적어도 36시간은 걸릴 테고…… 아직 시간 여유가 있을 것 같기는 합니다만……."

올리비아가 머뭇거리며 말했다. 이사벨라는 별것 아니라는 듯 고개를 내저었다.

"존, 이사벨라 사령관입니다."

이사벨라가 올리비아 콘솔에 놓인 마이크를 집어 들어 직접 말했다.

"예, 사령관님. 존 타일러 소령입니다."

"어떻게 됐습니까? 한국 우주인들의 저항은 해결되었습니까?"

"화력 면에서 상대가 되지 않기에 저항을 포기한 상태입니다. 투항 의사를 표시했지만, 선제공격을 했기 때문에 믿을 수 없습니다."

"잘 알겠습니다."

이사벨라가 존과의 교신을 마치고 마이크를 내려놓았다. 잠시 뜸을 들이던 그녀는 올리비아에게 시선을 옮겼다.

"일단, 국가정보장실의 지시에 따라 외부에 노출된 모든 자원을 기지 내로 복귀시키세요. 파괴된 로버 역시 마찬가지입니다. 다행히 우리 로버가 바로 옆에 있으니 견인해서 가져오라고 하세요."

"예, 알겠습니다."

이사벨라의 차분한 지시를 들은 올리비아가 그제야 허리를 쭉 폈다.

"그럼, 존 소령님은 바로 견인 임무를 수행하시면 될까요?"

올리비아가 존과 교신하기 전에 다시 한번 이사벨라의 의사를 확인했다.

"그래, 공식적으로 우리는 견인 임무만 지시한 걸로 하지. 세 사람을 어떻게 처리할지는 존에게 맡기기로 하고."

이사벨라는 말썽을 일으킨 세 명의 한국 우주인들을 그대로 남겨두는 것이 탐탁지 않았다. 이미 다크사이드 기지의 모든 것을 두 눈으로 본 그들이 살아서 지구에 돌아간다는 것이 찝찝했지만 이제 와 명시적으로 지시를 내릴 수는 없었다.

"존, 다크사이드 원입니다. 사령관님의 지시 사항을 전달드립니다. 하나, 파괴된 로버에 견인 장치를 장착하고 기지로 복귀하십시오. 하나, 현재 진행 중인 교전을 마무리하는 것은 존 소령님의 판단에 맡기겠습니다. 이상."

* * *

존이 알 수 없는 미소를 지었다.

"다행이군. 이대로 두고 가는 게 영 마음에 걸렸는데 말이지."

혼란에서 헤어난 존이 총구를 들고는 엉거주춤한 자세로 누워 있는 민준의 머리를 겨냥했다.

"존 소령님, 다시 한번 생각하세요. 당신이 지금 하고 있는 행동은 반인류적이고 반인도주의적인……."

죽음의 순간이 다가왔음을 직감한 주원이 양손을 저으며 바르작댔다.

"그놈의 윤리는 저 잘난 지구에 가서나 지키도록 하지."

곧이어 존이 파지하고 있던 손가락을 방아쇠에 올렸다. 존의 검은색 선바이저에 흐릿하게 비치는 지구의 잔상이 마치 기분 나쁘게 웃는 것처럼 보였다.

그때, 지구를 배경으로 한 지평선 끝에서 세 쌍의 불빛이 빠르게 가까워졌다.

18

어둠 속에서는 모두가 적이다
2031년 07월 24일

"존, 행동을 중단하세요! 다시 한번 말합니다. 즉시 공격 행위를 중단하세요!"

다크사이드 기지 상황실에서 올리비아가 다급히 존에게 신호를 보냈다. 이사벨라의 지시를 전달한 지 불과 1분도 지나지 않은 때였다.

"다크사이드 원, 서쪽 지평선 3킬로미터 지점에서 전조등을 켠 미상의 물체 세 대가 다가오고 있습니다. 아군입니까?"

설명할 겨를이 없던 탓에 존은 상황을 전혀 파악하지 못한 듯했다.

"무기를 내려놓고 일단 뒤로 물러서세요. 아르테미스 기지 인원들입니다."

"망할 자식들."

통신기 너머로 존의 신경질적인 욕설이 들려왔다. 곧 존의 카메라 화면을 통해 그가 무기를 내려놓고 뒤로 물러서는 것이 보였다.

"아르테미스 투(two), 다크사이드 원. 귀하는 허가 없이 탐사 제한 구역에 접근하고 있습니다. 즉시 속도를 줄이고 목적을 말씀하십시오."

올리비아는 황급히 아르테미스와 교신을 시도했다. 아르테미스 인원들의 접근을 감지한 뒤, 다크사이드 기지 상황실에서는 모두가 그들의 움직임을 파악하기 위해 분주하게 움직였다.

"다크사이드 원, 오랜만입니다. 아르테미스 기지의 루카스 틸(Lucas Till) 대령입니다. 사령관님은 잘 계시죠?"

상황에 어울리지 않게 유쾌한 목소리가 상황실 스피커를 통해 들려왔다.

"아르테미스 투, 다시 한번 말합니다. 당신들은 다크사이드 기지 경계에 접근하고 있습니다. 잘 아시겠지만 이곳은 탐사 제한 구역입니다."

"오, 올리비아 중위인가요? 오랜만이군요. 잘 알고 있다마다요. 하지만 아직 제한 구역 경계까지는 7킬로미터 정도 남은 것 같은데요?"

루카스 대령의 말투는 한껏 고조되어 있었다.

"어떡하죠? 사령관님."

아르테미스에서는 일찍이 다크사이드의 존재를 알고 있었다. 그러나 양지와 음지에 나뉘어 있는 아르테미스와 다크사이드는 무슨 일이 있어도 서로 터치하지 않는 것이 불문율이었다. 이따금 아르테미스의 인원들이 달의 앞뒤 경계면 근처에 오는 일은 있었지만, 아무리 가까워도 언제나 수백 킬로미터의 거리를 유지했다. 지금처럼 달의 경계면에 가까이 다가오는 것은 아르테미스 기지가 건설된 이후로 처음 있는 일이었다.

"루카스 대령, 이사벨라 사령관입니다. 오랜만이군요."

"안녕하십니까, 사령관님! 다크사이드 기지에는 언제 초대해주실는지요?"

자꾸만 장난스럽게 말을 거는 루카스 대령의 태도에 이사벨라가 짜증 섞인 표정을 지었다. 태생적으로 유쾌한 그의 성격은 이미 달을 넘어 지구에까지 알려져 있었다. 이사벨라는 그런 그를 말릴 방법이 없다는 것을 잘 알고 있었다.

"루카스 대령님, 아직 거리가 있기는 하지만 이건 명백히 규정 위반입니다. 달 뒷면을 넘어오실 때는 DNI의 승인을 받고 저희 측에도 통보해야 한다는 거, 설마 모르시지는 않겠죠?"

"오, 말씀 감사합니다. 저희도 다크사이드 원의 규정을 너무나 잘 알고 있죠. 다만 저희 탐사팀이 30분 전에 비상구조 신호를 수신했습니다. 위치와 발신자 코드만 있을 뿐 상세 정보가 없어서 확인차 들르는 겁니다."

"비상구조 신호라고요?"

이사벨라가 미간을 찌푸리며 올리비아를 내려다보았다. 올리비아는 관련 정보가 없음을 확인하고는 고개를 저었다.

"저희 쪽에서는 비상구조 신호를 발신한 적이 없습니다만……. 지금 중요한 임무를 수행 중이니 돌아가주시기 바랍니다."

"그렇습니까? 다행이네요. 그런데 말입니다."

루카스는 섣불리 물러설 것 같지 않았다. 양지를 대표하는 기지의 수장답게, 루카스 대령은 군의 엄격한 지시체계를 철저히 따르면서 원칙을 지키는 인물로 정평이 나 있었다.

"사령관님께서 말씀하신 DNI에서도 지시가 내려왔습니다. 다크사이드 원의 동태를 면밀히 확인하라고요."

"뭐라고요? 누가 감히……."

이사벨라가 불쾌함을 감추지 않고 목소리를 높였다.

"아, 제가 결례를 범했나요? 불쾌하셨다면 죄송합니다."

"누가 그런 지시를 내렸죠? 우리는 받지 못했습니다."

"하하. 군 최고 통수권자의 지시 아니겠습니까. 저는 그저 명령을 따를 뿐입니다."

"통신만으로 그런 중요한 사항을 수용할 수는 없습니다. 저희가 DNI에 정식으로 확인하도록 하겠습니다."

때때로 대통령의 지시에 반기를 들기도 할 만큼 막강한 권력을 가진 이사벨라였지만, 그것은 음지에 국한된 일에나 가능한 것이었다. 지금처럼 체계와 절차를 갖추어 내려온 명령은 천하의 이사벨라라고 해도 무시하기 어려운 것이 이곳의 생태였다.

"그러시죠. 어차피 경계선 근처까지만 가고 넘어가지는 않을 겁니다. 말씀하신 것처럼 저희가 아직 귀측 승인을 받은 것도 아니고⋯⋯."

루카스가 한발 물러서며 답했다. 그리고 그가 무언가를 발견한 듯 누군가와 이야기를 나누는 소리가 들렸다.

"아, 방금 저희 팀이 발견했는데, 전방 2킬로미터 지점에 처참히 부서진 로버가 한 대 있다고 하네요. 아마 다크사이드 원의 로버일 테죠? 저희 기지에는 저런 멋진 로버가 없으니. 하하하."

"이 새끼가⋯⋯."

이사벨라가 마이크가 켜져 있는 것을 알면서도 욕설을 내뱉었다.

"로버가 사고를 당하면서 비상구조 신호를 발신했나 봅니다. 이제 신호가 어디서 나왔는지 명확하니 저희도 얼른 둘러보고 가겠습니다."

루카스의 목소리에는 유쾌함이 그대로 남아 있었지만 그의 속마음까지 그런 것은 아니었다. 어둠의 권력과 오랫동안 달과 지구를 지배하던 세력들, 위태롭게 줄다리기를 하던 양지와 음지의 균형이 깨지고 있음을, 루카스 대령도 직감하고 있었다.

* * *

"뭐 하는 거죠?"

방금까지 죽일 듯이 총을 겨누던 존 소령은 거리를 둔 채 어딘가를 응시했다. 민준과 서윤 그리고 주원도 일찍이 세 쌍의 헤드라이트를 발견했지만, 그들은 그것이 다크사이드 기지의 지원 병력일 거라고만 여겼다.

"일단 기다려보자. 뭔가 변화가 생긴 것은 분명해."

민준이 점점 가까워지는 라이트를 보며 흥분을 가라앉혔다.

100여 미터 거리까지 가까워진 세 대의 로버가 천천히 속도를 줄이더니 이내 멈췄다. 이윽고 라이트가 꺼졌고, 다크사이드의 검은색 로버와는 전혀 다른 형태의 로버가 모습을 드러냈다. 흰색 바탕에 붉은색 줄이 그어진 로버는 마치 지구에서 흔히 보던 장갑차와 같은 형상이었다.

"다크사이드 지원 병력이 아닌 것 같아요."

서윤은 그들이 어디서 온 것인지 직감했다.

"우리 신호를…… 받았나 보군."

"그렇다고 하기에는 너무 빨리 왔죠. 5,000킬로미터도 더 떨어져 있는데."

서윤은 오히려 또 다른 복병이 나타난 건 아닌지 긴장했다. 그 짧은 시간 안에 아르테미스 기지에서 여기까지 달려왔다는 것을 쉽사리 믿을 수 없었다.

잠시 후, 맨 앞에 선 로버의 옆문이 열리더니 밝은 하늘색 우주복을 입은 우주인 두 명이 내렸다. 앞장선 루카스 틸 대령이 헬멧의 다이얼을 조정하며 통신 주파수를 맞췄다.

"아, 아, 들리십니까?"

다크사이드의 인원들과 교신을 하기 위해서는 암구호처럼 매시간 변하는 비밀 주파수를 맞춰야만 했다.

"예, 들립니다. 여긴 어쩐 일이십니까?"

아이언맨처럼 거대한 슈트를 입은 존 타일러의 목소리는 외형과 달리 풀이 죽어 있었다.

"오, 멋지군요! 이게 말로만 듣던!"

루카스가 양팔을 쫙 펼치며 마치 존을 안을 듯이 다가왔다.

"거리를 유지해주십시오. 지금은 작전 중입니다."

존이 불쾌함을 내비치며 뒷걸음질 쳤다.

"누구시죠? 명찰이 안 보이는 것 같은데요."

루카스가 헬멧의 서치라이트를 존에게 이리저리 비추었지만, 대부분의 빛을 흡수하는 슈트 탓에 제대로 식별할 수 없었다.

"존 타일러 소령입니다. 루카스 틸 대령님 맞으십니까?"

"아, 존! 반갑군요! 달에서는 처음 만나는 거죠?"

"지구에서도 뵌 적은 없습니다만……."

존은 루카스의 과한 사교성이 영 부담스러운지 떨떠름하게 답했다.

"그런가요? 워낙 유명하신 분이라 제가 착각을 했나 보군요. 아무튼, 이 외진 곳에서 무슨 임무를 수행 중이신가요?"

루카스는 이미 존의 오른쪽 너머에 엎드려 있는 세 명의 한국 우주인을 본 뒤였다. 하지만 그는 마치 아무것도 보지 못했다는 듯이 존에게만 말을 걸었다.

"보시다시피 소동이 조금 있었습니다. 이제 거의 다 수습이 되어서 기지로 돌아가려는 참입니다. 루카스 대령님이야말로 이 먼 곳까지 웬일이신지요."

존이 옆으로 살금살금 걸으며 한국 우주인들을 등 뒤로 가리려 했다.

"소동이라……."

루카스가 고개를 천천히 끄덕이며 제자리를 맴돌았다.

"우리야 뭐, 오랫동안 기획한 장거리 탐사를 수행 중이었지요. 보시다시피 세 대 중 두 대의 로버는 배터리팩과 물자들을 실은 무인 화물차입니다. 사람이라고는 저와 아델라(Adela) 대위 두 명뿐이지요."

루카스의 뒤에는 여성으로 보이는 군인 한 명이 서 있었다.

"그러시군요. 그럼 하시던 탐사를 마저 하시는 것이……."

"이봐요, 존 소령."

루카스가 걸음을 갑자기 멈추고는 목소리를 무겁게 가라앉혔다.

"내가 늘 웃고만 다니니까 아주 바보로 보이나 본데."

그리고 다시 당당한 걸음으로 위압적인 형상의 존에게 다가갔다.

"당신들이 이 지옥 같은 곳에서 무슨 일을 벌이는지 다 알고 있어. 우리가 아무것도 몰라서 모른 척하고 있는 게 아니라고."

거대한 존의 앞에 선 루카스가 고개를 치들며 말했다.

"무례하시군요. 지금 하시는 말씀은 사령관님께도 모두 전달되고 있습니다."

존도 루카스의 기세에 눌리지 않고 맞섰다.

"비겁한 녀석들은 꼭 어려울 때 자기 뒷배를 찾더군."

루카스가 씩 웃더니 반걸음 뒤로 물러섰다.

"저 애송이 한국 우주인들이 용케 여기까지 와서 문제를 일으킨 모양인데, 지구에서 볼 수 없다고 그렇게 총질을 해대는 것은 최강대국의 면모에 어울리지 않지. 대통령께서도 이 상황을 알고 계신가요? 이사벨라 사령관님?"

여유롭게 제자리를 돌던 루카스가 의도적으로 이사벨라를 호출하며 자극했다.

"루카스 대령, 나는 DNI의 지시를 받기는 하지만, 독립적이고 독자적인 권한이 있는 미합중국의 중장입니다. 예의를 갖추세요!"

상황을 지켜보던 이사벨라가 참아온 분노를 터트리듯 소리 쳤다. 그녀의 떨리는 목소리가 통신기를 거쳐 루카스에게 생 생히 전해졌다.

"알겠습니다, 중장님. 그래도 인도주의를 최우선 가치로 내 세우는 오웬 대통령 정부 아래에서, 이런 비인도적인 처사는 지양해야 하지 않겠습니까."

이사벨라가 흔들리는 것을 확인한 루카스가 다시 한번 존을 올려다보며 한쪽 입꼬리를 올렸다.

"당신들 일 아니니까 당장 꺼져!"

루카스의 비웃음을 마주한 존이 이성을 잃고 분을 터뜨렸 다. 그리고 당장이라도 달려들 것처럼 육중한 발걸음을 떼어 루카스에게 다가섰다. 그러나 한 발짝이 땅에 닿기도 전에, 뒤 에 서 있던 아델라 대위가 기다란 전기충격 소총을 존의 머리 에 겨눴다.

"동물 살상 업자가 그랬던가? 총탄은 비인간적이지만, 전기 충격은 인도적이라고. 그런데 금속제 슈트를 입은 채로 고전 압 탄환을 맞으면 깨어나지 못할 확률도 있다더군. 그야 뭐 확 률일 뿐이지만……."

"이 새끼가……."

존이 으르렁거리며 상체를 숙여 루카스와 얼굴을 맞댔다.

"멈추세요. 더 접근하면 발사합니다. 그 값비싼 슈트 덕에 척

수에 영구적인 손상을 입을 수 있어요."

아델라가 차분하면서도 냉정한 목소리로 경고했다.

"이게 지금 아군한테 할 수 있는 짓입니까?"

존이 여전히 분을 삭이지 못한 채 아델라와 루카스를 번갈아 노려보며 물었다.

"아군과 적군은 빛이 있을 때만 구분할 수 있지. 어둠 속에서는 모두가 다 적이 되는 거야."

루카스가 기다렸다는 듯 답했다. 그의 입가에는 의미심장한 미소가 떠올라 있었다.

"지금 한 말, 책임질 수 있습니까?"

"책임이라니, 너무 나아갔군. 어쨌든 당신들이 일을 저지르기 전에 잘 마무리한 것 같아서 다행이야. 이 정도 했으면 서로 물러나기로 하지."

루카스가 눈짓을 보내자, 아델라가 전기충격 소총을 천천히 거뒀다. 존은 분이 가라앉지 않았는지 루카스와 얼굴을 맞댄 자세 그대로 움직이지 않고 서 있었다.

"존, 더 이상 문제 일으키지 말고 기지로 복귀하세요. 명령입니다."

존의 헤드셋에서 이사벨라의 목소리가 들려왔다. 존은 한숨을 내쉬며 몸을 세운 다음 뒤편에 있는 민준과 서윤 그리고 주원을 내려다봤다.

"저들은 어떻게 하죠?"

"일단 아르테미스 측에 넘기고 추후 협의하죠. 지금은 별다른 방도가 없습니다."

어둠의 영역에 빛이 드리운 이상, 일단 물러나는 것이 최선책이라 판단한 듯했다.

"알겠습니다. 즉시 파괴된 로버를 견인해 기지로 복귀하겠습니다."

머뭇거리던 존이 돌아섰다. 그는 로버를 향해 무거운 발걸음을 옮겼다.

"아, 저 한국인들 조심하세요. 언제 뒤통수를 칠지 모릅니다."

아직 미련이 남았는지 존이 뒤끝을 보였다.

"좋은 조언 감사합니다. 하지만 우리는 그럴 일이 없어요."

"그게 무슨 말씀입니까?"

존이 로버로 향하다 말고 걸음을 멈추었다.

"비상구조 신호가 어디서 나왔는지 확인했으니까 우리는 갈 길을 마저 가려 합니다."

"지금 장난하시는 겁니까?"

루카스의 강경한 태도가 한국 우주인들을 데려가기 위한 것이라 생각했던 존이 불쾌함을 내비쳤다.

"하하, 장난은 무슨. 우리가 달의 파수꾼이라도 되는 줄 아셨나 봅니다."

루카스는 익살스러운 제스처를 취해 보였다.

"인도주의를 들먹인 게 누군데……. 그럼 제가 이 녀석들을 데려가도 되겠군요."

존이 다시 성큼 걸어오자, 놀란 민준과 주원이 움찔했다.

"아니요. 그건 아니죠. 제 말은…… 우리가 개입할 일이 아니란 뜻입니다. 이들은 그저 어설픈 기술로 달에 왔다가 조난당한 것뿐이에요. 안 그래도 이 사람들 좀 구해달라고 여러 채널로 부탁이 들어오는 탓에 며칠 동안 제대로 임무를 수행하는 것이 불가능할 정도였습니다."

"그게 공식적으로 달 탐사를 주도하는 당신들 역할 아닙니까? 그런데도 너무 멀어서 구조할 수 없다고 하셨다면서요? 그 이야기를 듣고 헛웃음이 나더군요. 달 앞면 전체를 동네방네 돌아다닌다는 걸 알 만한 사람은 다 아는데 말이죠."

"착륙 지점이 조금만 더 앞면에 가까웠어도 당연히 그렇게 했겠지요. 보는 눈이 많기도 하고 응당 우리가 할 수 있는 일이니까."

"핑계치고는 설득력이 없군요."

"하지만 당신들 기지 근처에서 조난당한 것을 안 이상, 우리도 개입하는 것이 상당히 꺼려졌습니다. 아르테미스 기지에서 한국인들을 구조한다고 알려지면 생중계다 뭐다 하며 온 지구의 시선이 달의 뒷면으로 집중될 테니까요."

루카스와 설전을 주고받던 존이 마침내 알 수 없는 미소를 지으며 고개를 끄덕였다.

"주목받는 것을 좋아하지 않으시나 보군요."

"그걸 좋아하는 건 위선자들뿐이죠."

"하하, 우리 사령관님이 들으면 아주 좋아하시겠네요."

처음으로 서로 의견이 일치하자 존이 웃음을 터트렸다.

"아무튼, 인도주의적 차원에서⋯⋯."

루카스가 양 손가락을 구부리며 '인도주의'를 강조했다.

"우리는 가지고 있는 여분의 산소와 식량만 제공하고 떠날 예정입니다. 살아남는 것은 이들의 몫이 되겠죠."

루카스가 할 말을 마치고는 아델라에게 제스처를 보냈다. 그녀가 고개를 끄덕이곤 우주복의 패널을 조작했다. 이어 두 번째 로버의 화물칸이 열리더니, 작은 전동카트가 빠른 속도로 다가왔다.

"아마 우리 대화를 듣지 못했겠죠? 5일 치의 산소와 식량이라고 전해주세요. 아, 아무리 배가 고파도 여기서 헬멧을 벗고 먹으면 안 된다고도 해주시고요."

루카스가 민준과 서윤 그리고 주원을 측은한 눈빛으로 쳐다보며 말했다. 이윽고 전동카트가 루카스 앞에 멈췄고, 그가 카트에서 커다란 사과 박스 크기의 물품 세 개를 꺼내 민준과 서윤 그리고 주원 앞에 내려놓았다.

난데없이 자신들 앞에 물품이 놓이자 주원이 어리둥절한 표정으로 민준과 서윤을 번갈아 보았다.

많은 대화가 오갔지만, 한국 우주인들은 그것을 들을 수 없었다. 그저 그들의 행동을 보며 상황을 유추할 뿐이었다. 방금까지만 해도 새로 온 우주인들이 자신들을 아르테미스 기지로 데려갈 것이라 기대한 세 사람은 자신들 앞에 물품이 놓이는 것을 보며 당황했다.

"자, 한국인 여러분."

마침내 주원의 교신기에서 존의 거들먹거리는 목소리가 들려왔다.

"당신들 명은 참 길군요. 진즉에 추락사로 끝났어야 할 일인데……."

존은 뒤도 돌아보지 않고 말했다. 그는 자신의 로버를 향해 담담히 걸어가고 있었다.

"인도주의를 중요시하는 좋은 분들께서 당신들한테 보급 물품을 전달해주었어요. 아마 산소가 바닥났을 텐데 알아서 잘 충전하시기 바랍니다. 동봉된 식량은 꼭 여압 장치가 구비된 실내에서 드시고요. 그럼 이만."

홀로 존의 교신을 들은 주원은 반쯤 넋이 나간 얼굴이었다.

"뭐래?"

"모르겠어요. 아무도 우리를 데려가지 않는 것 같아요."

"뭐라고? 그럼 이 물품들은……."

"여분의 산소와 식량이라는데요."

"이 새끼들이 양의 탈을 쓰고는……."

분을 참지 못한 민준이 몸을 일으키려 했지만 서윤이 그의 허리춤을 잡아끌었다.

"아, 그리고 좋은 소식이 있어요. 당신들 나라에서 구조선을 보냈나 봅니다. 오랫동안 준비한 우주선 하나 제대로 착륙시키지 못하면서 어떻게 구조하겠다는 건지는 모르겠지만…… 조난당한 위치에서 잘 버티고 있으면 기적이 일어날 수도 있겠네요."

존은 이미 자신의 로버 앞 윈치에서 견인 줄을 꺼내어 파괴된 로버에 연결하고 있었다.

"두말하면 잔소리겠지만, 다크사이드 기지에서 있었던 일들은 모두 잊어버리시는 게 좋을 겁니다. 혹여나 발설하더라도 당신들만 미친놈이 될 거예요. 여태껏 달 음모론자들이 그랬던 것처럼."

존의 교신을 들은 주원이 몸을 축 늘어뜨리며 눈을 감았다.

"이번엔 또 뭐야?"

민준이 좋지 않은 상황임을 눈치채고는 주원에게 물었다.

"구조팀이 온대요, 우리나라에서."

"설마."

"언제, 어디에 도착한대?"

민준과 서윤 모두 주원의 말을 선뜻 믿지 못했다.

"그건 모르겠어요. 그냥 구조선을 보냈다는 말만…… 잠시만요."

주원이 존을 부르며 다시 무어라 외쳤다. 하지만 이미 자동 번역 교신기는 꺼져 있었다.

"젠장, 녀석이 교신기를 꺼버렸어요."

"이런 망할."

민준이 더는 참지 못하고 자리에서 우뚝 일어섰다. 어느새 존은 로버에 올라 문을 닫고 있었다.

"아르테미스! 저들에게 다시 한번 도움을 요청해요!"

서윤이 양팔을 높이 들어 점점 멀어지고 있는 루카스와 아델라를 향해 소리를 질렀다. 하지만 공기 하나 없는 달에서 그녀의 외침은 공허한 메아리조차 일으키지 못했다.

"대장님, 저들에게 부탁해야 해요!"

서윤의 다그침에 동의한 민준이 보행보조 장치의 모드를 '강화'로 바꾼 다음, 힘차게 발을 내디뎠다. 순간 공중으로 떠오른 민준이 금세 30여 미터 떨어진 곳에서 걷고 있던 루카스와 아델라 앞에 착지했다. 두 사람은 어느 정도 예상했다는 듯 차분한 표정으로 멈춰 섰다.

"통신, 통신!"

민준이 여러 차례 자신의 헬멧을 두드리자 그제야 루카스가 다이얼을 돌려 통신 채널을 맞췄다.

"아르테미스 기지의 루카스 틸 대령 맞으시죠? 한국의 달 탐사대 정민준 대장입니다."

원래 계획대로라면 아르테미스 기지에 착륙해야 했기에, 민준은 이미 루카스 대령에 대해 많은 것을 알고 있었다.

"그래요, 정민준 대장님. 달에 와서 경험하신 일들은 참 유감입니다."

"예. 그런데 왜 내버려두고 가시는 겁니까? 저희의 기존 목표는 아르테미스 기지로 가는 것이었어요. 저희를 함께 데려가주십시오."

민준이 애절하지만 강한 말투로 피력했다. 루카스가 잠시 눈을 감았다 뜨고는 오른손을 그의 어깨에 올렸다.

"정 대장님, 우리가 이런 인연으로 만난 것이 참 안타깝습니다."

"예?"

"예정대로 아르테미스 기지 근처에 내렸다면, 좋은 것만 보고 좋은 이야기만 나누며 지낼 수 있었을 텐데 말이죠."

루카스가 민준의 어깨를 툭툭 두드리더니 다시 걸음을 재촉했다.

"그게 무슨 말입니까? 지금 여기에, 이렇게 버젓이 달 위에 도착했는데!"

"하하…… 정 대장님?"

상황에 어울리지 않는 웃음을 지으며 루카스가 다시 민준을 돌아보았다.

"우리는 모두 웃음을 강요받으며 살아가지요. 그건 어디까지나 서로의 뒷면을 보지 않겠다는 암묵적 합의가 있기에 가능한 일입니다. 의도이든 아니든, 당신들은 우리의 가장 소중하고도 비밀스러운 정보를 접하고 말았습니다. 그것도 아주 예의 없고 폭력적인 방법으로 말이죠!"

루카스가 과장된 말투로 일갈하고서 홀로 박수를 치며 미친 사람처럼 웃어댔다.

"그건 사고였다고요. 사고 원인이 무엇인지도 알려지지 않았습니까!"

"당신들 우주선이 뭐 때문에 그랬는지는 관심 없어요. 이 척박하고 보잘것없는 곳에서는 오직 결과만이 모든 것을 말합니다. 빛과 생존, 그 두 가지만이 달에서 의미 있는 단어예요. 그럼 이만."

이번에도 역시 루카스는 제 할 말만 한 뒤 대답도 듣지 않고 다시 걸음을 뗐다.

"당신들이 말했잖아! 달에 인류의 희망과 미래가 있다고! 이게 인류를 대표하는 우주인들의 자세입니까!"

민준의 커다란 목소리가 하울링을 일으키며 루카스의 귀에 닿았다. 루카스가 얼굴을 찌푸리며 반사적으로 양손으로 헬멧의 귀 부분에 올렸다.

"이렇게 예의가 없어서야, 원."

그리고 고개를 끄덕이며 발걸음을 멈췄다.

"여길 다시 한번 둘러보세요. 과연 어디에 희망이 있습니까? 그건 다 그럴듯한 슬로건일 뿐이라고요. 그거 알아요? 지구에서 가장 이성적이고 똑똑한 사람들이 모인 아르테미스 기지의 분위기가 얼마나 삭막한지? 내가 미친놈이어서 웃고 다니는 게 아니라고. 미치지 않기 위해서 웃고 다니는 거야!"

좀처럼 흥분하지 않는 루카스가 눈엔 핏발을 세우며 열변했다.

"우린 그동안 당신들이 보여준 가치를 좇으며 우주인을 꿈꿔왔어요. 인류의 선구자로서 또 개척자로서 늘 우주에 답이 있다고 이야기했잖아요. 인류애와 인도주의를 강조하며 우주 탐사를 장려하던 이들의 본성이 겨우 이 정도입니까?"

민준은 그럼에도 물러서지 않고 몰아붙였다.

"이봐요, 정민준 대장님."

루카스가 마주한 눈을 응시하며 민준과 헬멧이 맞닿을 만큼 앞으로 다가왔다.

"그렇게 이상적인 꿈으로 우주인이 되었다면 번지수를 잘못 찾은 것 같군요. 달은 1960년대에나 동경의 대상이었을 뿐, 지금은 화성 탐사에 밀려 이도 저도 아닌 존재에 불과해요. 늘 1등만 하던 사람들이 아류 집단에 들어오게 되면 어떻게 되는지 알아요? 열등감과 냉소주의에 지배당해요. 지금 아르테미스 기지에 있는 사람 중에 원해서 달에 온 사람은 아무도 없어요. 일부는 마스보이저에 탈 수 있을 것이라 기대하고 있지만 모두 헛된 망상일 뿐이죠. 그러니 더 이상 우리에게 쓸데없는 윤리를 강조하지 마세요."

시종 유쾌하던 루카스의 표정은 온데간데없었다.

"개소리 집어치워! 사람이 우주에서 사고를 당했고, 당신들은 유일하게 도움을 줄 수 있는 인간이라고. 그걸 이해하는 게 그렇게 어려워? 뭐가 이렇게 말들이 많은 거야!"

민준이 흥분을 감추지 못하고 소리를 지르자 서윤과 주원이 그의 뒤로 바짝 다가섰다.

"하하하!"

민준의 말을 들은 루카스가 또다시 큰 소리로 웃었다. 미친 놈처럼 웃는 루카스를 보며 민준은 멍한 표정을 지었다.

"애송이 우주인 양반."

루카스가 손가락으로 민준의 가슴팍을 꾹꾹 누르며 말했다.

"우리가 달에 아르테미스 기지를 건설하면서 얼마나 많은 우주인을 잃었는지 알아요? 일곱 명. 단 5년 만에 일곱 명의 우주인이 실종되거나 사고를 당했어요. 고작 40만 킬로미터 떨어진 달에 오려다가!"

그가 정색하며 다시 소리를 높였다.

"혹여나 화성 탐사에 방해가 될까, 언론에도 알리지 않고 내 손으로 실어 보낸 동료들만 해도 세 명이 넘어! 우주개발에서 인명 사고는 흔하고도 필연적인 일이야. 당신들이 조난당한 게 뭐 국제적 뉴스거리라도 되는 양 떠들썩한 것부터가……."

잠시 숨을 크게 들이켜 한 템포 멈춘 뒤, 그가 말을 이었다.

"마음에 들지 않아요."

그리고는 차갑게 표정을 굳히며 다시 몸을 돌렸다.

"루카스 대장!"

민준이 그의 등 뒤로 손을 뻗으며 외쳤지만 이미 루카스는 다이얼을 돌려 통신 채널을 바꾼 뒤였다.

"야, 이 새끼야!"

민준이 포기하지 않고 루카스에게 달려들자, 근처에 서서 경계하고 있던 아델라가 전기충격 소총을 들어 겨눴다.

"미쳤군, 다 미쳤어."

혼이 빠진 민준이 중얼거렸다. 이내 아델라가 총을 거두고 돌아섰고, 황급히 뒤따른 서윤과 주원은 민준을 조심스레 붙들었다. 그들은 그 자리에 멈춰 서서 멀어지는 두 사람을 하염없이 바라봤다.

* * *

달의 앞면을 수 킬로미터 앞두고, 민준과 서윤 그리고 주원은 달 한복판에 덩그러니 남겨지고 말았다. 아르테미스 기지에서 온 세 기의 로버는 올 때와 마찬가지로 전조등을 환하게 비추며 지구가 떠오르는 곳으로 유유히 사라졌다. 다크사이드 기지에서 온 존 타일러 소령은 바퀴가 다 빠져버린 로버를 견인하며 어둠 속으로 사라져버렸다.

그들이 떠난 뒤 세 사람은 별다른 방법을 찾지 못한 채 한동안 망연자실하며 시간을 보냈다.

"그래도 다행히 호환이 되는 제품들이에요."

서윤이 구호 물품들이 담긴 상자를 열고는 우주복 산소 충전 소켓에 호스를 연결했다.

"다 국제규격에 맞네요. 일단 시간은 벌었어요."

서윤이 왼팔 디스플레이를 클릭하자 '산소 충전 중'이라는 문구가 떠올랐다. 15퍼센트 남짓이었던 산소 잔량이 빠른 속도로 상승했다.

"어떻게 하죠, 이제?"

며칠 동안 숨 쉴 걱정은 덜었으나 그것이 생존을 보장하는 것은 아니었다.

"아까 존이 뭐라고 했었지? 구조대를 보냈다고?"

"우리를 놀려먹으려는 걸지도 몰라요."

민준의 질문에 서윤이 고개를 가로저으며 좌절감을 토로했다.

"조난당한 위치에서 버티고 있으면 기적이 일어날지 모른다고 했어요."

서윤 옆으로 다가온 주원이 민준의 질문에 답하며 남은 소켓에 자신의 우주복을 연결했다.

"불가능해. 지금 조립 완료된 로켓이라고는 누리 15호밖에 없는데. 그건……."

"정지궤도에 위성을 발사하는 용도죠."

서윤이 터무니없다는 얼굴로 민준을 물끄러미 보았다.

"그러니까. 그런데 도대체 어떻게 구조선을 보냈다는 건지……."

"대장님, 저들의 행태를 잘 보셨잖아요. 분명 우리가 살아남는 것이 못마땅해서 헛소리한 걸 거예요. 그저 아등바등하는 것을 보고 싶어서……."

"그렇게 단정하고 포기할 순 없어."

모든 것을 체념한 서윤과 달리, 민준은 무언가 확신에 찬 얼굴이었다.

"그럼, 짐을 잘 챙겨서 달 앞면으로 계속 걸어가야 할까요? 혹여나 달을 관측하고 있는 아마추어 천문가의 눈에라도 띈다면……."

서윤이 농담 반 진담 반으로 의견을 냈다.

"아니야. 반대 방향으로 가야만 해."

"예?"

예상외로 진지한 민준의 태도에 서윤이 어리둥절한 표정을 지었다.

"달 앞면이 아니라 뒷면으로 가야 한다고."

"그게 무슨 말씀이세요. 그러다가 다시 다크사이드의 경계 구역에 침범하기라도 하면……."

"저도 서윤 선배 의견에 동의합니다. 지금은 어떻게든 지구가 보이는 곳으로 이동해서 우리의 존재를 더 멀리까지 알려야만 해요."

"어떻게? 더 이상 어떻게 알리지?"

민준이 두 사람을 번갈아 보며 물었다.

"일단 지구와 통신이 가능한 지역에 이르면 비상구조 신호를 다시 발신해볼 수도 있고……."

"그렇게 해서 지구에서 누군가 우리를 발견했다고 치자. 그다음은 어떻게 하지?"

"그야 물론……."

"그래, 정말 만에 하나 누군가 우리를 발견한다고 해도, 이 외딴 천체에서 우리를 구조해줄 수 있는 팀은 딱 둘뿐이야. 아르테미스와 다크사이드."

민준이 무언가를 설명하기 시작했다. 마땅한 방법을 찾지 못한 서윤과 주원은 잠자코 그의 의견을 들었다.

"결국 원점으로 돌아온 거지. 아까 루카스가 말했잖아. 아무리 난리 쳐봤자 달 음모론자밖에 안 될 거라고. 나는 그 의견에 동의해. 누군가 지구에서 우리를 발견한다 하더라도, 일개 미치광이의 음모론 정도로 치부되고 말 거야. 설령 논란이 일더라도 그들이 옥신각신하는 사이에 우리는 산소가 고갈되어 죽고 말 테고. 지금은 우리가 스스로 살아남아야만 해. 주원아, 우리 착륙선 위치 기억하니?"

"예? 설마……."

"일단 착륙선으로 돌아가야 뭐라도 먹고 버틸 수 있어. 아무리 배가 고파도 여기서 헬멧을 벗고 음식을 먹을 수는 없잖아."

민준이 장난기 섞인 표정으로 유리 헬멧을 두드렸다.

"그건 그렇지만, 착륙선은 다크사이드 기지 외곽 경계에 있어요. 그들이 우리를 공격한 것도 같은 이유였고."

"이번에는 건드리지 않을 거야."

"어떻게 확신하죠?"

"어쩌면 존의 말이 사실일 수도 있어. 녀석은 완전히 파괴되어버린 로버까지 챙겨서 기지로 돌아갔다고. 굳이 다시 사용할 수 없는 물건을 힘겹게 끌고 말이지."

"그거야 기밀이 가득한 장비이니까……."

"아니, 존의 말대로 우리나라에서 어떤 형태로든 구조선을 보냈을 수도 있어. 만약 구조선이 온다면 어디로 올 것 같아?"

"그거야 마지막 신호가 확인된 지점이겠죠."

"맞아. 구조선이 온다면 우리가 비상착륙한 지점 근처로 착륙을 시도할 거야. 다크사이드 기지 입장에서 가장 우려되는 점은 뭐겠어?"

"자신들의 존재가 다시 노출되는 것……."

"그렇지. 한 번의 노출을 수습하는 데도 이토록 힘겨웠는데, 두 번 다시 같은 일을 겪고 싶지는 않았을 거야. 이사벨라는 어쩌면 이번에는 완전히 잠수하는 것을 계획으로 삼았을지도 몰라."

"대장님 말씀이 일리는 있지만, 구조선이 이리로 오고 있다고 믿을 근거가 아무것도 없잖아요."

"맞아. 망상일 수도 있지. 하지만 이렇게 서성이며 죽음을 기다릴 수는 없어. 희망을 걸 수밖에."

민준이 서윤의 팔을 툭 치고는 지구를 등지고 걸었다. 서윤과 주원은 황당해하며 민준의 뒷모습을 물끄러미 볼 뿐이었다.

"다들 뭐 해? 얼른 짐을 끌고 따라오라고!"

19

불행한 일들은 되풀이된다
2031년 07월 25일

"KBN 아침 뉴스를 시작하겠습니다. 오늘 새벽 2시 11분, 전남 고흥 나로우주센터에서 누리 15호 로켓이 성공적으로 발사되었습니다. 실종된 한국 우주인들을 수색하기 위한 장비를 탑재한 누리 15호 로켓은⋯⋯."

윤중은 천안 쇼핑몰 화재 현장으로 향하는 전용 헬기 안에서 누리 15호 로켓 발사 성공 소식을 들었다.

한국 우주인들의 실종 소식은 여전히 국민들의 관심사였지만 연이어 터진 대형 참사들이 대중의 이목을 분산시키고 있었다. 게다가 달 뒷면에 비상착륙한 한국 우주인들이 4일 넘게 생존해 있을 가능성이 희박하다는 전문가들의 분석이 나오면서, 실종 사건을 우주개발에서 흔한 '비극적 사고'로 치부하는 이들이 점점 늘어나고 있었다.

"화재 현장 상황은?"

"예, 어제저녁 9시, 지하 4층, 지상 6층 구조의 대형 복합쇼핑몰 지하 1층 식당에서 화재가 시작되었고, 새벽 4시 15분에 이르러 큰 불길은 잡혔습니다. 다만 아직 내부가 완전히 연소되지 않아서 구조대 진입이……."

"예상 인명 피해는?"

"마감 시간이라 사람들이 많지는 않았던 것으로 보입니다. 하지만 쇼핑몰 특성상 정확한 인원 파악에 어려움이 있어……."

"숫자로 말해. 숫자로."

윤중이 하진의 보고가 못마땅했는지 손가락을 의자에 두드리며 재촉했다.

"기지국 접속 인원과 현재 실종 신고가 들어온 건수를 합하면……."

하진이 옆자리에 앉은 행정안전부 장관을 흘낏 쳐다보았다.

"최대 90명이 실종된 것으로 보입니다."

하진의 보고를 들은 윤중이 눈을 질끈 감았다.

"단 한 명도 놓치는 사람이 없도록, 화재가 진압되는 대로 즉시 구조 작업을 시작하게."

원론적인 지시를 남길 수밖에 없는 윤중의 머릿속은 더욱더 복잡해져만 갔다. 무고한 90명의 갑작스러운 희생과 엘리트 우주인 세 명의 예견된 실종. 밑 빠진 독에 물 붓기 식으로 막대한 예산이 들어가는 우주개발은 늘 현실적인 문제들과 충돌했고 그것에 가려지기 십상이었다.

"그리고 이 시간 이후로 누리 15호 관련 언론 보도는 최소화하도록 해. 김세준 센터장에게도 알려두고."

"예, 잘 알겠습니다."

윤중의 복잡한 심경을 잘 이해한 듯, 하진이 바로 휴대전화를 꺼내 들었다.

* * *

"3단 로켓 분리 완료되었습니다. 현재 궤도 속도 초속 17.8킬로미터."

모든 직원이 나로우주센터 발사관제실에서 자리를 지키고 있었다. 그에 반해 관제실 안은 어느 때보다 고요했다.

"확인했습니다."

누리 15호 로켓은 나로우주센터 발사장을 떠난 지 8시간 만에 지구 저궤도를 벗어나 달로 향하는 데 성공했다. 유인 달 탐사선과 달리, 누리 15호 로켓은 도착 시간을 최소화하기 위해 가능한 한 직선에 가까운 경로를 이용하고 있었다.

"47시간 후 달 공전궤도에 진입합니다."

달까지의 궤도를 담당하는 GUIDO 콘솔 밑에는 시찬이 앉아 있었다. 급조된 한울 2호 우주선은 무인으로 운영되었기에 승무원과의 통신을 담당하던 시찬은 딱히 할 일이 없었다. 그래서 그는 두 기수 아래 후배인 GUIDO 담당 매니저를 도와 한울 우주선이 제 궤도를 잘 따라가고 있는지 감시하는 역할을 맡았다.

"좋습니다. 중요한 순간은 다 지난 것 같습니다. 수고 많으셨습니다."

한껏 수척해진 얼굴의 재윤이 덥수룩하게 자란 수염을 만지며 말하고 이내 돌아섰다. 관제실의 맨 뒤편에는 김세준 센터장이 팔짱을 낀 채 발사 과정을 조망하고 있었다.

"이제 한시름 놓으셔도 될 것 같습니다."

재윤이 관제실 계단을 오르며 마주친 세준에게 인사를 건넸다.

"고생했어요. 잘되어야 할 텐데 말이지."

세준은 발사 기획부터 달 천이궤도 진입까지 모든 것이 단 4일 만에 이루어졌다는 것이 믿기지 않는 눈치였다.

"이게 미제니까 이렇게 날아가는 거지……. 하여튼 녀석들 기술력하고는."

재윤이 관제실 밖으로 나가는 것을 확인한 세준은 시시각각으로 변화는 궤도 화면을 보며 혼잣말로 중얼거렸다. 그리고 잠시 머뭇거리다 그를 따라 문밖으로 나섰다.

방금까지 콘솔 화면에 집중하던 시찬이 그런 그의 뒷모습을 우두커니 보고 있었다.

* * *

천안 화재 현장에서 소방관들을 격려한 윤중이 서둘러 헬기장으로 향하는 카니발 리무진에 몸을 실었다.

"대통령님! 사람 목숨값이 다 다르단 말입니까! 가능성도 없는 우주인들 구하는 데 수천억을 쓰지 말고, 우리 서민들 좀 구해주십시오!"

난리 통이 된 구조 현장에서 윤중은 절규하는 국민들의 목소리를 감내해야만 했다.

"최선을 다하고 있습니다. 화재가 진압되었으니 곧 구조 작전을 시작할 것입니다. 한 명의 목숨도 소홀히 하지 않고 반드시 구해내겠습니다."

절규하는 시민들의 손이 끝없이 대통령에게 향했다. 윤중은 도망치듯 현장을 빠져나와야만 했다.

"생각보다 화재가 심각해서 큰일이야."

리무진에 오른 윤중이 손수건으로 땀을 닦아내며 말했다.

"예, 행정안전부 장관이 남아서 구조 작전이 완료될 때까지 현장을 지키기로 했습니다. 고생 많으셨습니다."

"그래, 당연히 그래야지."

윤중이 조금은 얼이 빠진 얼굴로 창문 밖을 내다보았다. 바로 코앞에 있어도 선뜻 구조하지 못하는 지금의 현장과 가늠할 수 없을 만큼 먼 곳까지 날아가는 한울 2호 우주선의 모습이 윤중의 머릿속에서 오버랩되었다.

현장을 벗어난 리무진이 도로에 들어서자 윤중의 휴대전화가 울리기 시작했다. 하지만 윤중은 전화를 확인하지도 않고 그저 눈을 감고 있었다. 이윽고 다시 휴대전화가 울리자, 하진이 조심스럽게 윤중을 불렀다.

"안 받으시겠습니까?"

윤중은 눈을 감은 채 양복 상의 포켓에서 전화를 꺼내어 하진에게 건넸다. 화면에는 '001-'로 시작하는 국제전화번호가 떠 있었다.

"직접 받으셔야 할 것 같습니다만⋯⋯."

윤중에게 직접 전화를 걸 수 있는 인물은 얼마 없었으니, 그것이 오웬 대통령임을 직감한 하진은 망설임을 감추지 못했다.

한참을 묵묵히 있던 윤중이 뒤늦게 전화를 집어 들고는 통화 버튼을 눌렀다.

"안녕하십니까, 오웬 대통령님."

"최 대통령님, 대형 화재 소식은 정말 유감입니다."

"신경 써주셔서 감사합니다. 안 그래도 지금 현장을 둘러보고 가는 길입니다."

"고생이 많으시군요. 어쨌든 한울 2호 구조선 발사 성공을 축하드립니다."

윤중은 오웬이 무엇 때문에 전화했는지 짐작하고 있었다.

"예, 저희로서는 무모한 도전이었지만 어쩔 수 없는 선택이었습니다. 별다른 방도가 없다는 걸 잘 아시지 않습니까."

"그렇지요."

서둘러 구조 우주선을 발사했지만 윤중은 그것만으로 우주인들을 구해내기 어렵다는 것을 잘 알고 있었다. 자국 우주인들을 억류된 미국의 비밀 군사기지에서 꺼내는 것이 먼저였다. 하지만 오웬과의 협상이 물거품으로 돌아가자 윤중은 기다림보다는 정공법을 택했다.

미국이 물밑에서 방해 공작을 펼치고 있음을 알면서도 서둘러 누리 15호 로켓을 발사한 것은 오웬을 압박하기 위한 최후의 수단이었다.

"안 그래도 좋은 소식을 하나 전해드릴 수 있을 것 같아서 말입니다."

"아, 그렇습니까?"

윤중은 오웬의 의중을 파악하기 위해 신경을 곤두세웠다. 그는 오웬이 아무런 목적 없이 전화할 리가 없다는 것을 누구보다 잘 알고 있었다.

"예, 일전에 말씀드린 이사벨라 사령관과 잘 이야기되었습니다. 저로서는 부담스러운 인물이나 최 대통령님과의 인연을 생각하면 가만히 있을 수 없는 노릇이지요."

"어떤 소식입니까?"

예상치 못한 오웬의 발언에 윤중이 등받이에서 몸을 일으켰다.

"세 명의 한국 우주인들을 다크사이드 기지에서 내보냈습니다. 우여곡절이 있었지만, 결과적으로는 건강한 상태로 기지 밖에 모셔드렸습니다."

"그게 정말입니까?"

기대 이상의 희소식이었다. 윤중은 경동맥이 뛰는 것을 느꼈다.

"제가 언제 최 대통령을 속인 적이 있습니까? 하지만 우리 역할은 여기까지입니다. 그 이후의 구조 활동에는 다크사이드와 아르테미스 기지 모두 관여하지 않기로 했습니다."

"그게 무슨 말씀입니까? 아르테미스 기지에서 도움을 준다면 훨씬 원활하게……."

"최 대통령님."

오웬의 목소리가 다시 한껏 가라앉았다.

"우리가 이 정도 힘을 쓴 것만 해도 외교적으로는 유례가 없는 일입니다. 일을 원활히 마무리하기 위해서 한 가지 약속해주셔야 할 것이 있습니다만……."

"한국 우주인들의 안전이 보장된 상황입니까?"

"예, 우리로서는 최선을 다했습니다."

"말씀하십시오."

"아시다시피 우리 의회에선 마스보이저 건설 부담금 추가 예산을 두고 아주 격렬한 싸움이 벌어지고 있습니다. 1년 후에는 시험 비행을 해야 하는데, 야당이 인플레이션을 우려하며 도통 추가 채권 발행을 도와주지 않고 있어요. 이미 국제우주정거장에 수십 명의 우주인이 올라가 있는데 아주 난감한 상황입니다."

윤중은 이제야 오웬이 무얼 제안하려는지 짐작할 수 있었다. 그가 휴대전화를 스피커 모드로 바꾸자 하진이 몸을 기울이며 통화 내용에 집중했다.

"그래서 말인데, 예전에 마스보이저 건설 분담금을 한국 측에서 상향할 수 있다고 말씀하시지 않았습니까? 당연히 아직 유효한 카드겠지요?"

오웬은 나흘 전 회의에서 윤중이 내밀었던 '마스보이저 건설 부담금 1조 4,000억' 카드를 기억하고 있었다.

"그건 기재부 장관과 다시 협의를……."

하진이 난색을 표하며 속삭였다.

"물론입니다. 우리나라는 향후 10년 동안 총 10억 달러를 분담금으로 낼 수 있습니다.”

“대통령님, 잠시만……..”

하진의 제지에도 불구하고 윤중은 막무가내였다.

“음, 그렇군요. 감사합니다. 기대에는 약간 못 미치지만 금액은 실무진들이 또 조율할 여지가 있겠죠. 서로 선물을 하나씩 주고받았으니 만족스러운 통화가 되었군요. 하하.”

오웬이 호탕한 웃음을 짓더니 의례적인 인사말을 하고는 통화를 종료했다.

“아직 의회와도 협의가 되지 않았습니다.”

하진이 걱정스러운 얼굴로 소곤거렸다.

“그건 차차 해나가면 되는 것이고.”

“예? 지금 두 분이 나누신 내용은…….”

비록 구두 합의였으나 정상끼리 확정한 내용은 그 자체로 강한 효력을 가지고 있었다.

“정 실장, 구조선이 달에 착륙하는 시점이 언제라고 했지?”

“아, 44시간 후에 달 공전궤도에 진입하고 바로 착륙을 시도하면 늦어도 이틀 안에는…….”

“그럼 됐어. 일단 얻을 것은 얻어야지. 예산 문제는 그다음에 고민해보자고.”

“대통령님, 외람된 말씀이지만…….”

“내가 괜히 이러는 것 같아?”

우려스러운 표정을 짓고 있는 하진이 무안할 정도로 윤중의 목소리엔 자신감이 넘쳤다.

"오웬이 손바닥 보듯이 우리 발사 과정을 알고 있던 거, 과연 녀석들의 뛰어난 첩보 기술 때문이라고 생각하나?"

"그거야 워낙 우주 관련 기술이 발달해 있으니……."

"그래, 기술이 꼭 장비만 의미하는 것은 아니니까."

"그렇다면……."

"지난번에 자네한테 지시했던 사항 말이야."

평소와 달리 하진은 윤중의 의중을 도통 알아채지 못하고 헤맸다.

"나로우주센터를 통해 우리가 발견한 사항들을 어떻게 미국이 실시간으로 알고 있었는지 그 연결고리를 발견한 것 같아."

"예?"

"첩자 말이야. 내가 자네에게 알아보라고 지시했던."

"아, 예. 그건 국정원 통해서 따로 추적 중입니다."

"아니, 그게 누구인지 알아냈어."

"누가 그런 반역을……. 지시를 내려주십시오. 당장 책임을 물겠습니다."

윤중의 단언에 하진이 유달리 놀라며 과하게 반응했다.

"그건 중요하지 않고. 이제부터 오웬의 본격적인 방해가 시작될 거야. 절대로 우리가 순순히 우주인들을 구조하도록 내버려두지 않을 테지. 한 번 노출된 다크사이드 기지 근처로 두 번째 탐사선이 가고 있으니까."

"하지만 방금 통화에선 분담금까지 언급하면서 협력을 약속하셨는데……."

"순진하기는."

윤중이 슬쩍 헛웃음을 지었다.

"한 번 배신한 녀석이 두 번 배신하는 것은 어렵지 않지."

"죄송합니다. 무슨 말씀이신지……."

하진이 황망하게 시선을 이리저리 뒤흔들며 물었으나 윤중은 대답하지 않고 그저 창밖을 내다볼 뿐이었다.

* * *

망망대해와도 같은 달의 평야에서, 세 사람은 한동안 갈피를 잡지 못했다. 민준이 직접 보급품이 실린 카트를 끌고 앞장섰지만 지구를 등지고 걸어가야 한다는 것 외에는 아무런 단서가 없어 막막할 뿐이었다.

"이쪽으로 가면 될 것 같아요."

그렇게 오랜 시간을 허비한 뒤, 먼저 방향을 제시한 것은 서윤이었다.

"여기서부터는 월면토가 쭉 펼쳐져 있어요. 보세요, 로버 바

202

퀴 자국도 선명하잖아요!"

검은 암석 대지층 너머로 어두운 회색 흙이 끝없이 펼쳐져 있었다.

"그러니까, 이걸 따라가자는 거지?"

민준은 서윤의 계획이 그럴듯하다는 것을 알면서도 선뜻 내키지 않는다는 듯 답했다.

"예, 존 소령은 당연히 다크사이드 기지로 돌아갔을 거예요. 우리가 착륙선을 타고 내린 지점도 그 근처니까 이 자국을 따라가다 보면 분명 실마리를 찾을 수 있을 거고요."

"흠······."

"대장님, 달리 방법이 없어요. 나침반도 계속해서 오락가락하고 있다고요."

주원이 서윤의 말을 듣고 개인 디스플레이를 확인했다. 한 방향을 가리켜야 할 나침반이 이리저리 흔들리며 방향을 잡지 못하고 있었다.

"서윤이가 정확히 기억한다고 했지?"

"착륙 지점 좌표 말씀이죠? 서경 100도 17분 23초, 북위 17도 45분 11초요."

서윤이 자신감 넘치는 말투로 정확히 좌표를 말했다.

"좋아. 일단 그럼 로버 자국을 따라가보자고. 인공 자기장이 다시 작동할 수도 있으니."

달은 지구와 달리 북극과 남극을 명확히 알려주는 자기장이 없었다. 따라서 나침반만을 가지고 방향을 찾는 것은 이론상 불가능했다. 하지만 미국과 유럽연합은 달에 아르테미스 기지를 건설하면서 달 궤도를 공전하는 위성과 특정 지점에 설치된 비콘(beacon)을 통해 인공적으로 N극과 S극을 만들어내는 방법을 발명해두었다.

"좋습니다. 그럼 서두르겠습니다."

서윤이 보행보조 장치의 모드를 '해제'로 변경하자 지구 중력을 재현하는 반동 장치가 꺼지며 움직임이 한결 가벼워졌다. 곧장 통통 튀어가며 앞으로 나아가는 서윤의 걸음걸이가 우스웠는지 주원이 순간 웃음을 터트렸다.

"아직 웃을 수 있어 다행이야. 하루 종일 걷기만 하다가 죽을지도 모르는데."

카트를 몸에 연결한 민준이 농담조로 말하고서 느릿하게 걸음을 뗐다.

"제가 먼저 정찰해보고 교신드릴게요. 지금 제 속도가 시속 40킬로미터에 가까우니까, 아무리 늦어도 한나절이 지나기 전에는 도착할 수 있어요."

공중에 떠올랐다 내려앉기를 반복하던 서윤이 어느새 시야에서 점처럼 작아졌다. 주원과 민준은 나란히 선 채 서윤이 사라진 방향을 따라 나아갔다.

* * *

짧지 않은 시간이 흘렀다. 세준은 나로우주센터 5층 간이 테라스에서 누군가의 전화를 받고 있었다. 그는 마치 세상을 다 잃은 양 절망적인 표정으로 연신 머리를 조아렸다.

"예, 알겠습니다. 앞으로는 지시해주시는 내용만 전달하겠습니다."

잔뜩 긴장한 듯 자세 또한 경직된 채였다. 내용은 그렇지 않았지만 태도는 목숨을 구걸하는 배신자의 것과 다르지 않았다.

"이해해주셔서 감사합니다. 앞으로 더욱더 노력하겠습니다."

무어라 길게 말하던 상대방이 매몰차게 전화를 끊었다. 통화를 마친 세준의 이마는 땀으로 흥건했다. 한참이나 전화기를 귀에서 떼지 못하던 세준은 떨리는 심장을 추스르며 스르르 눈을 감았다.

"망할 자식. 어디서 꼬리를 자르려고……."

분노를 억누르지 못하고 있었지만 지금은 목숨을 부지한 것에 감사한 마음이 더 컸다.

"김세준 센터장님?"

그때, 띠리릭 하는 신호음과 함께 세준이 허리춤에 차고 있던 무전기에서 누군가의 목소리가 들렸다.

"센터장님, 발사감독관 성재윤입니다. 11시간 후 한울 우주선이 달 공전궤도에 진입할 예정입니다. 최종 착륙 지점 컨펌을 부탁드립니다."

동시에 세준의 전화기가 울렸다. 정신없이 울려대는 잡음 사이에서 세준은 어떠한 응답도 하지 못하고 서 있었다.

* * *

"뭐야, 어디 가신 거야?"

발사통제실에서는 재윤이 초조하게 전화기와 무전기를 들고 있었다.

"아까 관제실 나가면서 곧 오신다고 했는데요."

GUIDO 콘솔 앞에 앉은 시찬이 태연한 얼굴로 말했다.

"왜 자꾸 중요할 때는 내빼고 항상 일 다 끝나고 나서 숟가락을……."

재윤이 불평을 내뱉을 무렵, 관제실 뒤편의 문이 활짝 열리며 세준이 들어왔다. 소란스럽던 관제실이 금세 조용해졌다.

"아, 미안합니다. 착륙 지점 컨펌 일정을 깜박했네요. 성재윤 감독관님, 어서 브리핑해주시죠."

마치 운동이라도 하고 온 것처럼 등에 땀이 흥건한 세준이 별일 없다는 듯 태연하게 관제실 계단을 내려왔다. 재윤은 다가오는 그를 빤히 주시하다 이내 시선을 거뒀다.

"예, 그럼 브리핑 시작하겠습니다."

재윤이 손에 쥐고 있던 무선 장치를 눌렀다. 센터스크린에 달의 3D 이미지가 떠오르자 재윤은 시찬에게 눈짓을 보냈다. 시찬이 고개를 끄덕이고는 자리에서 일어나 브리핑을 시작했다.

"저희 팀은 그동안 한울 1호 우주선에서 수신된 텔레메트리 자료, 보현산 천문대에서 관측한 폭발 화염의 위치 그리고 비공식적으로 전달된 자료들을 바탕으로 최적 착륙 지점을 산출하기 위해 노력했습니다."

"잠깐만요, 비공식 자료는 뭐죠? 나는 보고받은 적 없는데."

"아, 국정원에서 한국 우주인들의 최후 위치를 추정할 수 있는 통신 기록을 전달해주었습니다. 저희도 원자료 접근은 못 했고, 그냥 좌표 숫자에 불과합니다."

"국정원이라……."

세준은 중요한 정보에서 자신이 배제되었다는 것에 알 수 없는 불안감을 느꼈다.

"예, 알겠습니다. 진행하세요."

"현재 지구와 달 중간 지점을 지나친 한울 2호 우주선은 초속 21킬로미터, 그러니까 평소보다 1.7배 빠른 속도로 달로 향하고 있습니다. 이에 별다른 이변이 없다면 11시간 후에 달 공전궤도에 진입할 예정입니다."

시찬이 버튼을 누르자 달 화면이 확대되며 그 주위를 도는 한울 2호 우주선의 모식도가 나타났다.

"일반적인 경우라면 달을 반 바퀴 또는 한 바퀴 돌아 착륙을 시도하겠지만, 이번에는 그럴 여유가 없다는 판단하에 공전궤도 진입과 동시에 속도를 늦추어 달 착륙을 시도할 계획입니다."

"국제적으로 그런 사례가 있나요?"

"예. 3년 2개월 전, 유럽연합이 아르테미스 기지에 긴급 의료 물자를 전달하기 위해 한 번 시도한 적이 있습니다. 코스는 조금 다르지만 원리는 같습니다."

시찬이 무뚝뚝한 얼굴로 세준을 물끄러미 보며 답했다.

"좋습니다. 계속하세요."

"최종 좌표가 확정되면 한울 2호 우주선에서 분리된 착륙선이 곧바로 달 표면을 향해 낙하할 계획입니다. 사령선은 달 주위를 계속 공전하면서 한국 우주인들의 흔적을 찾아 관련 정보를 저희에게 전달하도록 세팅했습니다."

시찬의 말과 함께 센터스크린에 한울 2호 우주선의 화물칸에서 나온 착륙선이 달 뒷면을 향해 날아가는 애니메이션이 나타났다.

"일반적인 달 착륙 과정과 다를 것은 없군요."

"그렇습니다. 하지만 정확한 달 착륙 좌표가 정해져야만 그에 따라 사령선과의 랑데부 일정, 착륙선의 무게 조절 등의 후속 작업을 진행할 수 있습니다. 사실 우주선이 달을 향해 날아가는 순간까지 착륙 지점 좌표가 확정되지 않은 경우는 유례가 없는 것이어서……."

"우리가 지금 하는 일들이 다 유례가 없는 일이지요. 그래서 이시찬 매니저님 의견은 뭡니까? 그 비공식 자료를 바탕으로 산출한 최적 착륙 지점 말이에요."

"예, 그 부분에 대해서 말씀드리겠습니다."

시찬이 또 버튼을 누르자 2D로 펼쳐진 달 뒷면의 지도가 나타났다.

"우리 우주인들이 생존해 있다는 가정하에, 그들이 머물고 있을 확률이 가장 높은 곳은 한울 1호 착륙선이 내려앉은 지점입니다. 착륙선에는 일주일 이상 버틸 수 있는 공기와 음식이 있기 때문입니다."

센터스크린에 한울 1호 우주선의 착륙지로 추정되는 지점들이 붉은 원으로 드러났다.

"저희가 미국과 유럽연합의 도움을 받아 달 궤도를 공전하는 위성들로부터 받은 128시간 이내의 달 뒷면 사진입니다."

붉은 점만 남기고서, 2D 지도가 검은 대지가 펼쳐진 달의 뒷면 사진으로 대체됐다.

"보안상의 이유로 저희가 직접 데이터베이스에 접속할 수는 없었고, 한국 우주인들이 있을 것으로 추정되는 지점의 고해상도 이미지만을 전달받았습니다. 그 결과…….”

붉게 빛나던 10여 개의 점이 가물가물하다 사라지고 최종 후보인 두 점만이 뚜렷하게 남았다.

“서경 100도 17분, 북위 17도 45분 지점 또는 서경 110도 8분, 북위 21도 1분 지점이 한울 1호 우주선의 예상 착륙 지점으로 추정됩니다.”

결과 화면을 본 세준의 얼굴이 일그러졌다.

“근거가 있나요? 위성사진에서 착륙선이 관측되었나요?”

“아닙니다. 해상도 10센티미터급의 사진을 요청했지만 미국과 유럽연합 모두 제공을 거부했습니다. 최종적으로 제공받은 이미지는 해상도가 1미터에 이르기 때문에 착륙선의 형태를 식별하는 것은 어렵습니다. 대신 조난 전후의 이미지를 이용해 암석과 토양층의 밀도와 색을 비교하면서 변화가 있는 지점을 추정한 결과입니다.”

“흐음…….”

브리핑을 듣던 세준과 재윤 그리고 직원들의 표정이 전부 어두웠다.

“그러니까, 저 두 지점 중 한 곳에 한울 1호 착륙선이 있을 것이다, 그 이야기인가요?”

“현재로서는 그렇게 추정합니다.”

“두 예상 지점이 서로 멀리 떨어져 있나요?”

"예, 두 지점은 직선거리로는 400킬로미터 넘게 떨어져 있습니다."

"그럼 둘 다 돌아볼 수도 없겠군."

세준이 난감한 얼굴로 주위를 둘러보았지만 아무도 그와 눈을 마주치려 하지 않았다.

"그래서, 어떻게 생각하시는데요? 이미 팀 내에서 결론 내려놓고 나한테 컨펌만 받으려는 것 아닙니까?"

전문성이라고는 찾아볼 수 없는 세준의 코멘트에 일부 직원들이 부끄러운 듯 고개를 숙였다.

"그런 것은 아닙니다만, 제 개인적인 의견으로는……."

시찬이 화면에 남은 두 개의 원을 응시하며 숨을 골랐다.

"서경 100도 17분 지점이 더 가능성이 높은 것으로 보입니다. 폭발 화염이 보인 지점과도 가깝고, 적도에 더 가깝기 때문에 착륙이 용이하다는 장점도 있습니다."

시찬의 답을 들은 세준이 팔짱을 낀 채 고개를 끄덕였다.

"좋아요. 그럼 그렇게 합시다. 성재윤 감독관님이 계획에 이상이 없는지 다시 한번 최종적으로 확인해주세요."

세준이 재윤에게 최종 확인을 떠넘기고는 성큼성큼 계단을 올라 서둘러 관제실 밖으로 나섰다.

20

기다림이 길수록 탈출은 짧아진다

2031년 07월 27일

"여기가 확실해요."

크레이터의 깊은 절벽이 길을 끊어놓은 곳에서, 서윤은 오래도록 주위를 둘러보고 있었다. 서윤이 앞장선 지 하루가 넘게 지난 시점에 세 사람은 다시 만났다.

"저도 지형이 익숙해요. 우리가 최초로 착륙한 지점은 이 근처가 맞아요."

"그럼 착륙선이 없을 리가 없잖아?"

주원은 서윤과 등을 진 채 두리번거렸다.

"좌표가 잡히면 좋은데……."

가장 확실한 방법은 세 사람이 있는 곳의 좌표를 확인하는 것이었지만 나침반은 여전히 먹통이었다.

"자, 정리해보자고."

민준이 얼떨떨해하는 두 사람을 불러세웠다.

"우리는 로버의 궤적을 따라 지금껏 뛰어왔어. 그 궤적은 여기서 끊겼고. 맞지?"

민준이 2~3미터 앞까지 이어진 로버의 바퀴 자국을 가리켰다. 그 너머부터는 단단한 화성암 지대였다. 그래서 로버의 흔적을 기록해주던 먼지층이 더 이상 남아 있지 않았다.

"예, 다크사이드 기지는 저 크레이터 깊숙한 곳에 있었어요. 들어가고 나오면서 두 번이나 봤기 때문에 확실히 기억해요."

"달은 어디나 다 비슷하게 생겼어. 너무 확신하지 말라고."

"확신이 아니라 사실이에요. 분명 우리는 이곳에 착륙했다고요."

민준이 타박했지만 서윤은 고개를 저으며 단언했다. 서윤의 목소리엔 당황함을 넘어선 분노가 담겨 있었다.

"잠시만요!"

그때, 주변을 살피고 있던 주원이 한쪽 무릎을 굽혀 토양을 만지기 시작했다.

"여기 맞는 것 같아요."

"뭐라고?"

민준이 서둘러 주원이 있는 곳으로 향했다. 주원의 장갑에서 부스러진 토양들이 천천히 바닥으로 떨어졌다.

"보세요. 주변의 토양과 다르죠?"

주원이 손에 쥔 흙들은 주변에 비해 훨씬 짙은 색을 띠고 있었다.

"이런⋯⋯."

누가 봐도 알 수 있을 정도로 분명한, 열에 의한 흔적이었다.

"착륙선이 내뿜은 로켓 화염에 그을린 흔적이에요. 여기가 확실해요. 우리가 착륙한 지점."

"그런데 착륙선은 어디에 있지?"

목숨을 걸고 달려왔지만 지금과 같은 상황은 아무도 예상하지 못했다. 기껏해야 착륙 지점을 찾지 못해 방황하거나 매복해 있을지도 모르는 다크사이드 군인들을 만나는 것이 민준이 우려한 최악의 시나리오였다.

"여기는 지구나 화성처럼 폭풍 따위도 없어요. 착륙선을 날려버릴 만한 자연적인 힘은 존재하지 않는다고요."

서윤이 확신이 선 듯 말했다. 그녀는 다크사이드 기지가 숨겨진 크레이터 안쪽을 내려다보고 있었다.

"설마, 그사이에⋯⋯."

"맞아요. 녀석들이 착륙선을 가져간 것이 분명해요."

"끝까지 비겁하게 구는군."

"그 착륙선은 연료도 다 써버려서 공중으로 날아가지도 못한다고요. 무기가 실린 것도 아니고, 도대체 왜 없애버린 거죠?"

주원이 양손을 들며 난감하다는 제스처를 취했다.

"도무지 예측할 수가 없네."

민준은 오히려 분노하지 않고 차분함을 유지하고 있었다.

"착륙선을 찾으러 가야 할까요?"

"불가능해."

서윤의 초조한 듯한 물음에 민준이 고개를 저었다.

"우리의 흔적을 완전히 지워버리려는 거야. 구조선이 오더라도 조난 지점을 찾지 못하도록."

"차라리 죽일 것이지. 이렇게 비겁하게……."

"우리를 살려두려고 한 짓은 아니지."

민준이 씁쓸한 표정을 짓더니 그을린 토양 주위를 맴돌았다.

"우선 착륙 지점을 찾았으니 플랜 B를 생각해봅시다."

"플랜 B요?"

"우리와 직접적인 통신이 불가능한 상황에서 구조선을 발사했다면, 어디를 착륙 지점으로 잡았을 것 같아?"

"그야 최종적으로 교신한 곳을……."

"그렇겠지. 우리가 본국에 마지막으로 신호를 보낸 건 비상 착륙 과정에서였어. 만약 그 신호를 수신했다면, 분명 이 근처 상공을 먼저 수색할 거야."

"그렇다면……."

"일단 여기에 자리를 잡자. 우리를 발견하길 기다려야지."

"착륙선이 없으면 장기 생존이 불가능해요. 여기 담긴 음식들을 먹을 수도 없다고요."

서윤이 어렵게 끌고 온 카트 위의 박스들을 두드리며 말했다.

"그래, 하지만 물과 산소는 충분하잖아. 최대한 버텨보는 수밖에."

공기가 전혀 없으니 달 표면에서 헬멧을 벗고 음식을 섭취하는 것은 불가능했지만, 우주복 가슴팍에 난 소켓을 통해 식수를 공급하는 것은 가능했다.

"결국 달까지 와서 굶어 죽게 생겼군요."

서윤이 허탈한 듯 헛웃음을 지었다.

"그럴 일은 없어. 굶어 죽느니……."

민준이 말을 잇다 말고 소총을 들어 천천히 다크사이드 기지 방향으로 겨눴다. 그러자 주원이 재빠르게 그를 제지했다.

"괜히 도발하지 마세요. 다시 마주치면……."

"우리의 일거수일투족을 보고 있을 거야. 메시지 하나쯤은 보내줘야지."

민준이 씩 웃더니 다시 총구를 내려놓았다.

"시간은 충분해. 다들 며칠 굶는 건 익숙하잖아?"

민준이 한껏 상기된 표정으로 보급품들이 담긴 박스를 열었다.

"일단 우리가 할 수 있는 것들을 찾아보자. 온통 회색빛인 이곳에서 눈에 띄어야만 해."

        *   *   *

다시 나로우주센터의 테라스를 찾은 세준은 아까보다 훨씬 편안한 얼굴이었다. 이미 자신의 역할이 들통 난 탓에 더 이상 숨어서 통신할 이유는 없었지만 그는 여전히 이 외진 곳을 선호했다.

세준이 목에 걸고 있던 아이디카드를 꺼내더니 뒷면에서 위성통신용 플라스틱 카드를 다시 꺼냈다. 곧 카드의 화면이 켜지자 가상키보드에 정보를 입력하기 시작했다.

한울 2호 우주선 예상 착륙 지점 좌표

서경 100도 17분, 북위 17도 45분

자연스럽게 방금 논의했던 좌표를 입력하던 세준이 타이핑을 멈추고 망설였다.

'망할. 선택의 여지가 없군.'

눈을 지그시 감은 그가 고민하더니, 방금 입력한 숫자들을 지우고는 새로운 내용을 입력했다.

서경 110도 8분, 북위 21도 1분

빠르게 입력한 숫자들을 확인한 세준이 '전송' 버튼을 누르
자 이내 메시지가 영문으로 번역되었다.

Satellite Searching…….

Connected: DSP-01419

Send message?

YES/NO

붉은색과 초록색으로 깜박이는 확인창을 보면서 세준이 다
시 한번 머뭇거렸다. 그리고는 눈을 질끈 감으며 'YES' 버튼
을 눌렀다.

세준이 NASA의 고위 관료와 내통해온 것은 6개월 전부터였
다. 낙하산 출신인 그는 한국의 우주공학 기술을 못 미더워했
다. 그래서 원활한 기술 자문을 위해 제공받은 이 플라스틱 카
드를 적극 활용했다. 윗선의 지시에 따른 것이기도 했지만, 실
상은 자신의 불안을 해소하고자 남용한 것에 가까웠다. 누리
호 로켓 발사 과정에서 의문점이 들 때마다 그것을 아랫사람
에게 묻는 대신 얼굴도 모르는 NASA의 관료에게 질의했고, 그
들에게 전달받은 고급 정보들을 직원들 앞에서 뽐내면서 자신
의 열등감을 감춰왔다.

죄책감이 들지 않는 것은 아니었으나 세준은 자신의 행위가

한국의 우주개발에 도움이 되는 것이라며 스스로를 위안했다. 일주일에 한두 번 발신하던 것에서 점차 빈도를 높여가더니 하루에도 몇 번씩 위성통신을 이용할 즈음에야 그는 스스로가 늪에 빠져들었음을 자각했다.

그리고 한울 우주선이 조난된 직후, 고위 관료의 요구는 더 노골적이고 명확해졌다. 그는 황급히 수렁에서 발을 빼려 버둥거렸고, 상대는 그동안의 통신 기록을 공개하겠다며 압박했다. 그러다 이런 처지에 놓인 것이었다.

"이제 저 하늘에서 미사일이 날아와도 놀랍지가 않아."

처음으로 거짓 정보를 발송한 세준이 허탈한 표정으로 하늘을 올려다보았다. 한울 2호 우주선의 예상 착륙 지점은 상대가 가장 중요시하는 정보였다. 이번 건을 마지막으로 그동안의 '첩보 행위'를 모두 눈감아주겠다고 했으나 그는 그것을 곧이곧대로 믿지 않았다. 이미 대통령 윤중이 알아차린 이상, 국가적 배신에 대한 처벌을 피할 수는 없어 보였다.

그러나 3시간 전 보안 통화에서, 세준은 윤중에게 활로와도 같은 솔깃한 제안을 받았다. 윤중은 세준에게 살아남을 방법이 하나 있다며 운을 뗐다. 그들이 신뢰하고 있는 지금, 가장 중요한 정보를 반드시 왜곡해 전달하라는 것이었다. 윤중은 그들이 혼란에 빠져야만 우리 구조 작업이 성공할 수 있다고 누차 강조했다. 그래서 세준은 시찬에게 보고받은 두 가지 착륙 좌표 중에서 채택되지 않은 두 번째 좌표를 상대에게 전송했다.

무거운 질책과 처벌 대신, 당근을 제시한 윤중의 전략은 정확히 맞아 들어갔다. 그들이 한울 2호 우주선이 달 뒷면에 착륙하는 것을 원치 않는다는 것이 더욱더 자명해진 순간이었다.

* * *

"달 공전궤도에 진입했습니다. 착륙선과의 통신 두절까지 14분 43초!"

나로우주센터 발사관제실 센터스크린은 어느새 한울 2호 우주선의 궤도를 보여주는 커다란 달의 모식도로 가득 채워졌다.

"확인했습니다. 자동착륙 시퀀스 온(on)."

재윤이 스크린 앞에 선 채 화면을 올려다봤다. 현재의 위치를 알리며 초록색 점으로 깜박이던 한울 우주선이 달과 맞닿을 듯 가까운 지점을 지나가고 있었다.

"사령선 로켓 점화. 초속 1.7킬로미터에서 감속 중."

시찬의 담담한 상황 보고와 함께 한울 우주선을 가리키는 아이콘이 둘로 갈라지며 사령선과 착륙선이 분리됨을 알렸다.

"착륙선 분리 완료! 하강을 시작합니다. 현재 고도 107킬로미터."

"궤도 진입 완료. 착륙까지 28분 30초 남았습니다."

연달아 각 콘솔의 담당자가 상황을 전했다. 이어 착륙선이 궤도에 진입되었음을 알리는 메시지가 떠오르자, 관제실 곳곳에서 박수 소리가 터져 나왔다.

"아직 이릅니다. 다들 자리를 지키세요."

그럼에도 재윤은 잠깐의 방심도 허락하지 않았다. 그의 무거운 목소리를 듣고는 박수를 치던 직원들이 멋쩍은 듯 다시 자리에 앉았다.

"잠시 후에 착륙선이 달 뒷면으로 들어갑니다. 통신 두절에 대비해서 마지막 체크리스트를 확인하고, 예상 가능한 시나리오들을 검토하세요!"

재윤이 굳은 얼굴로 재차 지시를 내렸다.

달 주위에는 10여 기의 다국적 위성이 돌고 있었다. 하지만 이번 구조 임무에 자신들의 위성을 내어준 국가는 하나도 없었다. 모두 통신자원 포화와 촉박한 일정을 핑계로 한울 2호 우주선이 달 뒷면에서도 통신할 수 있도록 도와주는 '중계 업무'마저도 허락해주지 않은 것이었다.

"통신 두절까지 11분 10초 남았습니다."

긴장의 끈을 놓지 않고 있던 시찬이 콘솔 화면을 주시하며 말했다.

"좋습니다. 수색 로버 스탠바이시키고, 착륙 즉시 전개할 수 있도록 준비해주세요."

"예, 알겠습니다."

사람이 타지 않은 무인 착륙선이었으므로 드넓은 대지 위에 착륙선만 덩그러니 가져다 놓는 것은 아무 의미가 없었다. 그래서 우주선을 달 뒷면에 착륙시킨 뒤, 화물칸에 실린 무인 로버가 자체적으로 실종자들의 흔적을 찾게 할 예정이었다. 하지만 그 역시 지구와 통신을 유지하며 할 수 있는 작업이 아니었기에 지금부터는 사전에 탑재된 알고리즘과 기초적인 수준의 인공지능에게 모든 것을 맡겨야만 했다.

늘 통제권을 손에 쥐고 있던 재윤이 불안감을 느끼며 나직하게 단상을 내려왔다.

* * *

"이 정도면 되겠죠?"

불과 몇 시간 만에 서윤은 지름이 수백 미터에 이르는 알파벳을 그려냈다. 검은 화성암층 위에 회색빛 흙들을 흩뿌려놓았을 뿐이지만 비교적 멀리서도 눈에 띌 만큼 강한 대비를 이루고 있었다.

"무인도에 조난당한 기분이군."

먼발치에서 삐뚤빼뚤하게 'S.O.S'라고 적힌 세 글자를 조망하며 민준이 쓸쓸한 표정을 지었다.

"그래도 이 정도면 수 킬로미터 상공에서는 보일 거예요. 뭐라도 있어야 이쪽으로 오지, 아무것도 없으면 누가 찾아오겠어요."

"그래, 어쩌면 무료함이 가장 큰 적일 테니까."

절망적인 상황임에도 세 사람은 유쾌함을 잃지 않기 위해 부단히 노력하고 있었다.

"저도 다 마쳤습니다."

반대편에서는 주원이 보급품 박스에 실려 있던 비상신호 발사기를 설치하고 있었다. 음료수 캔 굵기에 길이가 1미터가 넘는 비상신호 발사기는 달에서 조난되었을 경우 자신의 위치를 알리기 위한 일종의 구조용 장비였다. 하지만 모든 전자장비가 비활성화된 탓에, 오직 수십 초 동안 빛과 열을 발생시키는 조명탄 기능만 사용할 수 있었다.

"그걸 발사하면 쟤네들이 벌떼처럼 달려들지도 몰라."

그들과 지근거리에 있었지만, 이사벨라를 비롯한 다크사이드 기지의 군인들은 작정하고 자취를 감춘 듯 오랜 시간 동안 인기척이 없었다.

"우리가 구조되지 않기만을 기도하고 있을 거예요. 오히려 잘됐죠, 뭐."

서윤이 자신이 그려놓은 글자들을 재차 확인하며 말했다.

"구조선을 보낸 것이 사실이라면 늦어도 나흘 안에는 도착할 테니까……."

세 사람은 본국에서 보냈다는 구조선이 언제, 어디에, 어떠한 형태로 도착할지 전혀 몰랐다. 일반적인 달 유인 탐사 과정을 고려해 이르면 발사 후 72시간 내에 도착할 것이라고 유추할 뿐이었다.

잠시 희망에 차 있는 사이, 크레이터 반대편에서 일어난 작은 섬광 하나가 민준의 주의를 끌었다.

"뭐지?"

아무런 소리도 들리지 않았지만 서윤과 주원도 같은 화염을 목격하고는 재빠르게 몸을 돌렸다.

"저쪽으로 내려오려나 봐요!"

서윤이 하늘을 가르는 화염구를 가리키며 소리쳤다.

"아니야, 방향이 달라."

하지만 지평선에서 시작된 화염구는 바닥으로 내려오지 않고 공중을 향해 점점 고도를 높이고 있었다.

"착륙에 실패한 건가요?"

워낙 거리가 멀리 떨어져 있었기에 화염의 모양만으로는 그것이 어떤 비행체인지 식별하는 것이 불가능했다.

"실패했더라도 저렇게 높이 올라갈 리는……."

그 순간, 민준은 착륙선을 타고 달에 내려올 때 겪은 상황들을 떠올렸다. 그리고 곧 그때와 같은 일이 지금 또 일어나고 있다고 확신했다.

"미친 자식들!"

민준이 제자리에서 발을 구르자 보행보조 장치의 반동이 쿵쿵대며 울렸다.

"왜 그러세요, 대장님?"

"미사일, 미사일이야!"

그제야 서윤과 주원도 그것이 지상에서 발사된 열추적 미사일의 궤적임을 알아차렸다.

"거리가 너무 멀기는 한데, 다크사이드에서 발사한 게 틀림없어!"

"그런데 도대체 어디서……."

"말씀하신 것처럼 거리가 너무 멀어요. 수백 킬로미터는 떨어진 것 같은데요."

민준은 두 사람에게 반응하지 않고 대응책을 찾기 위해 제자리를 맴돌며 골몰했다. 이미 구조선이 격추되었을 것이라는 생각에 불안감이 몰려오고 있었다.

점점 더 빨라지는 민준의 발걸음을 보며, 서윤은 그가 다시 공황을 겪는 것은 아닌지 우려했다.

"대장님, 괜찮으세요?"

하지만 민준의 마음속을 가득 채운 것은 생리적인 불안이 아닌 분노였다.

"이대로 당할 수는 없어."

"어떻게 하시게요? 거리가 많이 떨어져 있어요. 어쩌면 일상적인 훈련일 수도……."

"극도로 은밀성을 중요시하는 놈들이야. 저런 하찮은 훈련 따위를 할 리는 없어. 이건 분명……."

민준이 바닥에 떨어져 있던 소총을 집어 들더니, 다크사이드 기지가 숨겨진 크레이터 부근을 응시했다.

"우리를 가지고 놀려는 이사벨라의 농간이야."

* * *

"타격에 실패했습니다."

올리비아의 보고를 들은 이사벨라의 표정은 담담했다.

"이유가 뭐죠?"

"전달받은 예상 위치에 목표물이 없었던 것으로 판단됩니다. 열추적 미사일의 IR 센서가 아예 작동하지 않았습니다."

"그럴 리가……."

이사벨라가 콘솔 화면을 내려다봤다. 화면에는 여러 숫자가 깨알같이 떠 있었다.

West 110deg 8min

North 21deg 1min

No target acquired

다크사이드 기지에는 치명적인 약점이 하나 있었다. 누구의 눈에도 띄지 않는 것이 최우선 목표였기에, 능동적으로 전파를 내보내는 레이더 장비를 적극적으로 쓸 수 없다는 것이었다. 비행 물체의 열을 감지하여 수동적으로 추적하거나 광학 장비를 이용하여 상대를 식별하는 것이 다크사이드 기지에서 활용할 수 있는 최선의 대응책이었다.

"전달받은 좌표와 시간이 확실한가요?"

"예, 두 시간 전에 DNI로부터 직접 내용을 전달받았습니다. 상대방의 달 궤도 진입 시간도 정확히 전해 듣고 수차례 검수받아 발사한 것인데……."

올리비아가 당혹감에 허둥지둥하며 고개를 들지 못했다.

DNI로부터 전달받은 한울 2호 구조선의 예상 착륙 지점은 다크사이드 기지와 수백 킬로미터 떨어져 있었는데, 열추적 미사일의 사거리는 고작 수십 킬로미터에 불과했다. 그래서 무인 로버를 이용해 두 기의 열추적 미사일을 옮긴 다음 그곳에서 빠르게 격추해야만 했다.

이렇게 전부 계산된 발사였음에도 첫 번째 미사일은 목표물을 찾는 데 실패했다. 이런 상황에 성급히 두 번째 미사일을 발사할 수는 없었다. 자신들의 위치가 노출될 위험이 다분했기 때문이다.

"일단 DNI에는 발사 실패로 보고하고, 방금 있었던 폭발을 감지한 위성이 없는지 확인하세요. 있으면 철저히 파괴하고."

"예, 알겠습니다."

이사벨라의 지시에 올리비아가 콘솔 키보드를 빠르게 타이핑했다.

"이런 적이 없었는데……."

미국 모든 정보기관을 총괄하는 DNI는 늘 정확하고도 확실한 정보만을 제공했다. 특히 달에 착륙한 한국 우주인들 관련해서는 그동안 한 번도 틀린 정보를 전달한 적이 없었기에 이사벨라는 찝찝함을 감추지 못했다.

"위상배열 레이더를 최소 추적 모드로 변경해서 가동합시다. 신호 발신 비율은 10퍼센트 미만으로 해서 잠깐만이라도."

"예? 아, 알겠습니다."

다크사이드에서 레이더를 이용하는 것은 몇 년에 한 번 있을까 말까 한 드문 일이었다. 아무리 전파 발사 시간을 최소화하더라도 레이더를 이용하면 달 주위를 돌고 있는 위성들에 그 신호가 노출될 가능성을 배제할 수 없었다.

"위상배열 레이더 가동 시작하겠습니다."

올리비아의 조작에 맞춰 다크사이드 기지 외곽에 숨겨진 지름 1미터의 육각형 레이더가 조심스럽게 모습을 드러내는 것이 스크린에 나타났다. 레이더는 천천히 회전하며 기지 상공 주변을 스캔하기 시작했다.

"찾았습니다!"

올리비아는 레이더가 가동되자마자 착륙선의 흔적을 발견했다.

"위치는?"

"직선거리 10.4킬로미터, 가까운 곳에서 초속 500미터로 하강 중입니다!"

"코앞에 있는 걸 놓칠 뻔했군."

"예상 착륙 위치는?"

"지금 계산 중입니다."

잠시 후, 올리비아의 콘솔 화면에 탐지된 물체의 예상 착륙 위치가 나타나자 이사벨라가 흐뭇한 미소를 지었다.

West 100deg 17min 10sec

North 17deg 45min 11sec

"사정거리에 들어오는 대로 미사일을 발사하세요. 이번에는 실패하지 않도록 두 기를 동시에."

이사벨라는 흔들리지 않고 강경하게 지시했다.

길지 않은 시간이 고요하게 흐른 뒤, 이윽고 열추적 미사일의 IR 센서에 착륙선의 열기가 포착되자 사정거리에 들어왔음을 뜻하는 알림음이 시끄럽게 울렸다.

"거리 7.1킬로미터. 미사일 발사합니다."

"발사 승인합니다."

이사벨라의 승인과 동시에 올리비아가 화면을 터치했다. 그러자 작은 진동이 울리며 기지 주변에 숨겨져 있던 발사대에서 MIM-79 채퍼럴 미사일 두 기가 불을 뿜으며 발사됐다.

"타격까지 1분 42초!"

미사일 센서가 실시간으로 전달하는 열영상 이미지에 드러난 한울 2호 착륙선의 윤곽이 점차 선명해졌다.

* * *

"저건 또 뭐야?"

세 사람이 선 대지가 낮은 진동으로 흔들렸다. 민준은 하늘 위로 솟구치는 두 개의 불기둥을 곧장 발견했다.

"지대공 미사일이 발사됐어요!"

서윤이 손을 뻗어 미사일의 궤적을 가리키며 소리쳤다.

"열추적 미사일 두 기. 우리를 공격했던 것과 같은 녀석이에요."

주원이 채퍼럴 미사일의 추진모터가 남긴 궤적을 응시하며 말했다.

짧은 순간, 민준의 머릿속에는 여러 가지 생각이 스쳐 지나갔다. 난데없이 기지 근처에서 미사일이 발사되었다는 것은 무언가가 이곳으로 다가오고 있음을 의미했다.

"미사일……."

당연하게도 그것은 본국에서 보낸 구조선일 확률이 가장 높았다. 다행히 앞서 발사된 미사일로는 격추되지 않은 것이 분명했다.

"주원아, 비상신호 발사기 어디에 뒀어?"

"예? 저기 구조 메시지 근처에……."

민준이 주원의 손끝을 따라 주저 없이 달렸다.

"얼른 따라와! 시간이 없어!"

"예? 지금 어디로……."

주원이 주춤하는가 싶더니 곧장 뒤따라 달렸다.

"발사기가 몇 개 있었지?"

"총 세 개요. 우리 인원수에 맞게……."

"서윤아, 너도 얼른 이리로 와! 얼른!"

숨 가쁘게 달린 민준이 알파벳 'S' 옆에 도착해 바닥에 놓인 신호기를 집어 들었다. 그리고는 높이 들어 공중을 겨냥한 다음 그대로 방아쇠를 당겼다. 그러자 야구공 크기의 신호탄이 공중으로 높이 날아가더니, 이내 눈을 뜰 수 없을 정도로 밝은 불빛을 내며 사방을 밝혔다.

"대장님, 지금 뭐 하시는 거예요!"

"그러다 미사일이 우리를 향해 날아오면 어쩌려고요!"

"그러라고 하는 거야."

주원과 서윤이 주춤하며 소리치자 민준이 엉뚱하게 답하고는 두 번째 알파벳 'O'를 향해 달려갔다.

"뭐라고요?"

"열추적 미사일은 우리 착륙선을 향해 날아가고 있어. 지금 막지 않으면 격추되고 말 거야."

"예? 그럼……."

그제야 민준의 계획을 알아차린 주원이 보폭을 넓혀 마지막 글자에 놓아둔 비상신호 발사기를 향해 달려갔다.

그사이, 번쩍이는 섬광과 폭발의 충격이 세 사람을 덮쳤다.

"젠장!"

아무런 소리도 들리지 않았지만 충격이 전해지는 것으로 보아 열추적 미사일 한 기가 폭발한 듯했다. 미사일의 압력파가 달의 바닥을 휩쓸며 세 사람을 쓰러트렸다.

"빗나갔어요."

미사일은 신호기가 만들어낸 화염구 근처에서 폭발했다. 하지만 화염구는 실체가 없는 것이었기에, 미사일은 폭발한 뒤에도 유유히 중력을 따라 낙하하며 반짝이고 있었다.

"저기!"

신호기의 조명탄이 대낮처럼 밝혀둔 하늘에, 드디어 지상을 향해 내려오는 한울 2호 착륙선의 모습이 드러났다.

"정말이었어……. 정말로 구조선을 보냈군."

"대장님, 두 번째 미사일이 날아오고 있어요!"

다크사이드 기지에서 발사된 두 기의 열추적 미사일은 각각 다른 모드로 발사된 듯 보였다. 먼저 폭발한 한 발은 목표물을 향해 최단 경로로 날아간 것이고, 다른 한 발은 그것이 빗나갈 것을 대비해 최대 고도까지 상승한 후 운동에너지를 이용해 낙하하며 목표물을 조준하는 것이었다. 남은 한 발의 미사일은 이미 낙하하고 있었다.

"나도 확인했어. 주원아, 동시에 발사해야 해!"

조명탄이 비춘 미사일의 궤적을 확인한 민준이 두 번째 신호기를 바짝 세웠다.

"조준했습니다."

"좋아. 셋, 둘, 하나…… 발사!"

빠른 속도로 날아오는 미사일을 향해 두 사람이 동시에 신호기의 방아쇠를 당겼다. 아까보다 더 빠른 속도로 날아오른 신호탄이 이내 거대한 화염구를 만들어내며 달 표면을 대낮처럼 밝혔다.

* * *

"첫 번째 미사일이…… 디코이(decoy: 미끼)를 향해 날아갔습니다."

명중을 자신하던 올리비아의 얼굴이 순간 사색이 되었다.

"뭐?"

불길함을 감지한 이사벨라가 기지 주변에 설치된 CCTV 화면을 확인했다. 지형에 가려 한국 우주인들의 모습을 제대로 확인할 수 없었다.

"비상신호 발사기를 사용한 것으로 보입니다. 그것이 내는 빛과 열의 양이 너무 세서 열추적 미사일이 혼돈한 것 같습니다."

올리비아가 점점 가까워지는 두 번째 미사일과 착륙선 사이의 거리를 확인하며 답했다.

"예상 타격 시간은?"

"현재 목표물과의 거리는 3.2킬로미터, 7초 후 타격합니다."

올리비아가 실시간으로 변하는 숫자들을 주시했다. 예상 타격 시간에 이르기 몇 초 전, 갑자기 열영상 화면이 하얗게 변하더니 미사일의 신호가 순식간에 사라졌다.

"명중했나요?"

"그게 아직……."

예상보다 이른 시각에 폭발했으나 목표물에 피해를 줄 수 있을 만큼 가까운 거리였다.

"레이더에는 더 이상 목표물이 잡히지 않습니다."

"그것으로는 부족해요. 명중했는지, 잔해물들이 어디에 있는지 확인하세요."

"예, 현재 주변 CCTV 가동하여 상황 확인 중입니다."

올리비아와 직원들이 부리나케 장비를 조작했다.

"드론을 보내서라도 현장을 확인하세요. 여의치 않으면 직접 나가서 조사할 수 있도록 대기 인원들은 출동을 준비하시고요."

"예? 사령관님."

이사벨라의 지시를 들은 데클런 중위가 무의식적으로 반문했다.

"못 들었어요? 데클런 중위. 자네가 출동팀의 리더야."

"아, 아닙니다. 하지만 지금 출동을 감행하다가는 외부 위성들에 노출될 가능성이……."

은밀성을 무엇보다 중요하게 여기는 이곳에서, 강한 빛이 연달아 터져 나온 실외로 나가라는 것은 도무지 이해하기 어려운 지시였다.

"어떻게든 살아서 돌아가는 것은 막아야 해. 저들은 너무나 많은 것을 알고 있어."

한동안 평온함을 유지하던 이사벨라의 눈빛에 다시 광기가 감돌았다. 데클런은 이러지도 저러지도 못하고 경직된 채 가만히 서 있었다.

"항명하는 건가, 지금?"

이사벨라가 굳은 얼굴로 데클런을 쏘아보았다.

"아닙니다. 다만 저는 기지 운영에 혹여나 방해가……."

"그게 그렇게 걱정이 되면 임무를 제대로 수행했어야지!"

이사벨라가 크게 소리 지르며 주먹으로 콘솔을 세게 내려쳤다. 순간 상황실에 있는 모두가 침묵했다.

"녀석들이 이대로 달을 떠나버리면 우리가 존재가 드러나고 말 거야. 그걸 원해? 지금 그걸 원하는 거야?"

"아닙니다. 절대로."

데클런이 굳은 표정으로 뒷걸음질을 쳤다. 이사벨라는 그에게서 시선을 거두고 뒤로 돌아섰다.

"달은 참 죽기 어려운 행성이야."

그러고서 갑자기 차분한 표정으로 혼잣말을 내뱉었다.

"공중으로 튕겨져 나가더라도 살아남을 수 있다고. 외부 활동을 할 때마다 느끼잖아? 이곳의 중력이 얼마나 가소로운지."

상황을 지켜보며 이사벨라의 말에 귀 기울이던 올리비아가 그저 고개를 끄덕였다.

"그러니까……."

돌아선 이사벨라의 얼굴은 어느새 붉으락푸르락하며 부어

올라 있었다.

"정확한 위치가 확인되는 대로 출동하세요. 보고할 필요도 없어. 발견 즉시 사살. 어서!"

"예, 알겠습니다."

지시를 받은 데클런이 상황실 밖으로 뛰듯이 나갔다.

* * *

"명중했어요!"

미사일이 폭발하며 만들어낸 뜨거운 열기가 무자비하게 세 사람을 덮쳤다. 그럼에도 이들은 몸을 움츠리지 않고 꼿꼿한 자세로 버텼다.

"아직 일러."

미사일이 예상보다 빠르게 터진 것은 분명했다. 그러나 착륙선이 피해를 받지 않았으리라고 확신할 순 없었다.

"과연 멀쩡할까요?"

"나도 그게 걱정이야."

갑작스레 밝아진 하늘 탓에 세 사람의 동공은 작아질 대로 작아져 있었다. 아무런 빛도 내지 않는 착륙선은 더 이상 세 사람의 시야에 보이지 않았다.

"이걸 잊고 있었군."

민준이 헬멧 옆의 버튼을 눌러 선바이저를 내렸다. 그러자 금색 선바이저가 스르륵 내려오며 눈 앞을 가렸다. 광량이 줄 어드니 광원과 주변의 대비가 명확히 보였다.

"11시 방향, 거리는 3,000피트!"

민준이 작은 점 하나를 포착하고 외쳤다. 무언가가 화염을 내뿜으며 내려오고 있었다.

"저도 확인했습니다."

뒤이어 선바이저를 내린 서윤 역시, 안정적인 자세를 유지하 며 내려오는 물체 하나를 발견했다.

"정말로 우리를 위해 구조선을 보냈군요."

잇따른 미사일 발사와 폭발이 세 사람을 뒤흔들었지만, 유 유히 내려오는 한울 2호 착륙선의 모습이 그들을 다시 고취 시켰다.

"대장님, 이쪽으로!"

서윤이 먼저 착륙 지점을 가늠하고 한 곳을 가리켰다. 착륙 선은 어느덧 100여 미터 높이까지 내려와 바닥에 장착된 정 밀 착륙 레이더로 초록색 레이저를 내뿜으며 주변 지형을 스 캔했다. 그것이 내려앉을 지점은 세 사람이 서 있는 곳과는 다 소 먼 곳이었다.

"주원아! 어서!"

시간이 많이 남지 않았음을 직감한 서윤이 보행보조 장치의 모드를 '강화'로 변경한 다음 높이 점프했다. 그리고 그 뒤로 주원과 민준이 공중으로 떠오르며 착륙선이 내려앉을 지점을 향해 날아갔다.

* * *

"교신 두절 17분 30초 지났습니다."

한울 2호 우주선에서 분리된 착륙선이 달의 뒷면으로 들어선 뒤 짧지 않은 시간이 흘렀다. 발사관제실의 센터스크린에는 착륙선 아이콘이 신호 유실을 알리는 글자와 함께 붉게 깜박이고 있었다.

"교신 재개 가능 시점은?"

재윤이 초조함을 견디지 못하고 관제실 안을 서성이며 물었다.

"착륙선이 제대로 도착했다면, 실종 우주인들을 수색하기 위한 미니 로버가 활동을 개시했을 겁니다. 미니 로버는 1시간 동안 수색한 다음, 통신이 가능한 달 경계선으로 이동해서 교신을 시도하도록 프로그래밍되어 있습니다."

"그래서 얼마 후에 교신이 가능하단 말이죠?"

재윤이 시찬을 똑바로 보며 압박하듯 물었다.

"달 뒷면의 전파 상황에 따라 다릅니다만……."

시찬이 콘솔 화면에 떠오른 달 지도를 보며 망설였다.

"400킬로미터가 넘는 거리를 이동해서 통신을 시도할 테니, 적어도 10시간은 지나야 합니다."

"망할……."

시찬의 답을 들은 재윤이 고개를 숙이며 혼잣말로 욕설을 내뱉었다. 재윤의 욕설은 스피커를 통해 관제실에 울려 퍼졌다.

"아, 미안합니다. 다들 교신이 재개될 수 있게 최선을 다해주세요. 미국과 유럽연합 측에도 계속 연락을 취해서 위성을 잠시라도 사용할 수 없을지 문의하고요!"

재윤은 문득 정신을 차리고 지시를 내리며 분위기를 수습했다. 그는 어떤 상황이 와도 자신이 이성을 잃어서는 안 된다는 것을 다시 한번 상기했다.

"예, 알겠습니다."

분명 막막한 상황이었기에 이곳에 있는 모두가 비행감독관 재윤의 심정을 이해했다. 유례없는 일정으로 달에 무인 탐사선을 보내는 데에는 성공했지만, 그것이 제대로 착륙했는지조차 알 수 없다는 사실이 모두를 절망케 하고 있었다.

"다들 착륙선이 성공적으로 도착했다는 가정하에 임무를 진행해주세요. 제 위치에만 내려앉았다면, 우리 우주인들이 반드시 구조선을 발견했을 겁니다. 곧 연락이 올 것이라 기대하며 결과를 기다려봅시다."

재윤이 관제실 안을 둘러보며 결연하게 말했다. 그의 표정에는 비장함이 묻어 있었다.

* * *

"저기요! 저기 있어요!"

착륙선을 제일 먼저 분명하게 발견한 것은 앞장서던 서윤이었다. 자신들이 타고 온 것과 동일한 모델의 착륙선 주위로는 아직 떠오른 먼지들이 채 가라앉지 않고 있었다.

"이걸 진짜로 보냈을 줄이야."

눈앞에 사뿐히 놓인 착륙선을 보고도 민준은 믿기지 않는 얼굴이었다.

"저혈당 때문에 오는 신기루가 아니라면, 분명해요!"

서윤이 우스갯소리를 하며 마지막으로 도약했다. 착륙선 앞에 내려앉은 그녀는 능숙하게 보행보조 장치의 모드를 다시 '보통'으로 변경하였다.

"이 녀석은 한울 2호 착륙선이라고 불러도 되겠죠?"

곧이어 민준과 주원도 착륙선 앞에 다다랐다. 역추진로켓의 화염에 아랫부분이 심하게 그을려 있었지만, 네 개의 착륙장치를 펼치고 있는 착륙선은 분명 온전한 모습 그대로였다.

"맞습니다. 나로우주센터에서 보낸 거예요."

착륙선의 본체 부분에서 태극기와 한국항공우주연구원의 로고를 확인한 주원이 자랑스러운 듯 외피를 두드렸다.

"자, 그럼 선물이 도착했으니……."

민준이 출입문으로 향하는 사다리에 발을 디딜 무렵, 그을린 아랫부분에 위치한 화물칸의 문이 스르륵 열렸다.

"잠깐, 저기 보세요!"

예상치 못한 상황에 서윤이 두 사람을 불렀다. 근래에 달 착륙 과정을 훈련받은 우주인은 자신들뿐이라는 것을 잘 알고 있었기에 서윤은 이 착륙선이 무인으로 왔을 것이라 짐작하고 있었다. 그럼에도 온갖 위험 요소에 둘러싸인 채 수일을 보낸 탓에 혹시 모를 상황에 대비해 촉각을 곤두세웠다.

이윽고 작은 RC 자동차 크기의 미니 로버가 열린 문 사이를 빠져나오더니, 허무하게 바닥에 떨어졌다.

"아, 하하……."

"탐사 로버를 실어 보냈군."

"이전 무인 달 탐사에서 사용하던 로버네요."

긴장이 풀린 주원이 가벼운 걸음으로 어디론가 바쁘게 움직이는 미니 로버의 뒤를 천천히 따라갔다.

"주원아, 내버려두고 얼른 타!"

"예? 그래도 혹시 어떤 목적으로 보냈는지 확인을……."

"아니, 지금 그런 여유를 부릴 시간이 없어. 곧 다크사이드 녀석들이 들이닥칠 거라고."

민준이 다시 사다리를 타고 출입문을 향해 올랐다.

"예, 알겠습니다."

주원이 주춤하더니 서윤의 뒤를 따라 사다리에 몸을 실었다. 아직 방향을 잡지 못한 미니 로버는 갈팡질팡하다가 달의 앞면을 향해 빠른 속도로 질주하기 시작했다.

"통신이 여전히 불통인가 보군."

그것이 전파 통신이 가능한 지역을 찾아 떠나고 있음을 민준은 직감했다.

"아무튼 좋은 소식이야. 아직 우리가 살아있을 거라 여기고 있다는 거니까."

사다리 끝까지 오른 민준이 출입문 해치의 레버를 당기자 문이 들썩이며 안쪽으로 열렸다.

"내부는 아직 여압이 되어 있지 않은 것 같군. 다들 들어오면……."

민준이 흡족한 표정으로 아래를 내려다보려는데, 농구공 크기의 검은 물체 하나가 코앞에서 질소추진제를 내뿜으며 정지비행을 하고 있는 것이 보였다.

"뭐야, 이건!"

반사적으로 주먹을 휘둘렀지만 물체는 가볍게 회피 비행을 하며 민준의 머리 위를 맴돌았다. 그것의 앞에 달린 LED 창에는 통신 연결을 위한 주파수가 깜박이고 있었다.

"응답하지 마세요. 다크사이드에서 보낸 드론일 거예요. 전에 본 것과 비슷해요!"

서윤이 기분 나쁘게 움직이는 드론을 올려다보며 말했다.

"폭탄을 싣고 오지 않은 게 다행이군."

민준이 드론을 무시하고 착륙선 안으로 들어가려 했다. 그러나 그것은 포기하지 않고 고의로 몸을 부딪치며 움직임을 방해했다.

"성가신 자식!"

민준이 한 손으로 착륙선의 손잡이를 잡은 다음, 다른 손으로 있는 힘껏 드론을 밀어냈다. 하지만 여러 개의 추진기를 가지고 있는 드론은 쉽게 밀려나지 않고 더 거세게 저항했다.

"먼저들 들어가서 이륙 점검 체크리스트를 수행하고 있어. 내가 상대할게."

"예, 혹시 모르니 조심하세요."

서윤과 주원이 몸을 비켜선 민준을 지나 문을 통해 착륙선 안으로 들어갔다.

"드론까지 보내서 구걸을 하는 건 더 이상 쓸 카드가 없다는 의미일 테지."

이미 민준의 얼굴에는 여유로운 미소가 가득했다. 그는 헬멧의 통신 다이얼을 돌려 주파수를 드론이 표시한 대로 맞췄다. 지직거리는 소리와 함께 통신이 연결되었음을 알리는 알림음이 들려왔다.

"불꽃놀이는 잘 보았습니다. 아주 생생하더군요."

민준이 호기롭게 먼저 말을 건넸으나 아직은 잡음만이 들릴 뿐이었다. 민준은 한 번 더 교신을 시도했다.

"우리가 우리 우주선을 타고 달을 떠나겠다는데, 설마 또 불꽃놀이를 하려는 것은 아니겠지요?"

"정민준 대장, 이사벨라 사령관입니다."

머지않아 이사벨라의 건조한 목소리가 헤드셋 너머로 들려왔다.

"방금 일은 유감스럽게 생각합니다. 우리에게 사전 통보를 하지 않았기에 지대공 미사일이 자동으로 반응했어요. 지금은 관련 경계를 모두 해제했습니다."

"개 같은 소리를 정승처럼 하는군."

민준은 어이없다는 듯이 대놓고 욕을 했다.

"오해할 만한 상황이란 것을 잘 알고 있습니다. 하지만 지금 이륙을 감행할 경우, 우리의 민감한 대공 시스템이 다시 반응할 여지가 있습니다. 조금 기다려주시면……."

"예, 잘 알겠습니다. 달 상공에 올라가서 기다리도록 하죠. 이사벨라 사령관님."

민준이 비꼬는 말투로 말하고서 주저 없이 다이얼을 돌려 채널을 꺼버렸다. 그리고는 드론이 멈춰 있는 틈을 타 착륙선 안으로 들어온 다음 출입문을 잠갔다.

"여압 장치 가동합니다. 압력 생성 중!"

조종석에 앉은 주원이 바쁘게 오버헤드 콘솔을 조작했다.

"사령선과 랑데부할 수 있을까?"

세 사람이 탑승한 착륙선은 달 표면을 벗어나기 위한 중간 셔틀에 해당했다. 지구로 돌아가기 위해서는 달 궤도를 공전하고 있는 사령선까지 상승한 뒤 그것과 랑데부를 해야만 했다.

"사령선 궤도 확인 중입니다."

서윤이 센터디스플레이에 나타난 정보들을 빠르게 훑었다.

"사령선은 이미 달을 반 바퀴 돌아갔습니다. 다음 랑데부 포인트는 98분 후입니다."

"그럼 별수 없이 이륙해서 대기해야겠군."

민준이 디스플레이와 창밖을 번갈아 살폈다.

"예, 이륙 전 체크리스트 수행하겠습니다."

어느새 헬멧을 벗어 던진 주원이 스크린에 나타난 체크리스트를 빠르게 확인했다.

"랑데부 레이더."

"온!"

"내비게이션 트레이스(trace)."

"확인!"

"ED 배터리 상태 확인."

"두 개 모두 양호합니다."

"엔진 암(arm)."

"셋(set)!"

지구에서 수백 번도 넘게 연습했던 우주인답게, 주원과 서윤은 손발을 착착 맞추며 절차를 밟았다.

"잠깐만!"

그때, 착륙선의 왼쪽 창을 확인하고 있던 민준의 시야에 무언가가 들어왔다. 크레이터의 가장자리를 따라 무언가가 먼지를 일으키며 빠르게 다가오고 있었다.

"미사일인가요?"

체크리스트 확인에 여념이 없던 서윤이 대수롭지 않다는 듯이 물었다.

"아니야. 지상에서 움직이고 있어."

"추적팀을 붙였나 보군요."

"그런 것 같아. 드론은 그저 시간 끌기용이었을 테고."

"서두르겠습니다."

이륙 전 체크리스트 확인을 마친 주원은 오버헤드 콘솔의 버튼들을 순차적으로 살폈다.

"혹여나 또 열추적 미사일이 날아오면 어떡하죠?"

"이렇게 서두르는 걸 보면 그럴 수 없는 것 같아."

"정말요?"

"아쉬운 놈이 조바심을 내는 법이지. 마지막 한 방이 남아 있었다면 이렇게까지 자신들을 드러낼 놈들이 아니야."

민준은 가슴 한편에서 확신이 차오르는 것을 느꼈다.

"이륙 점검 모두 마쳤습니다. 로켓 점화할까요?"

주원이 콘솔의 붉은색 덮개를 열고는 '점화' 스위치에 손가락을 올려놓고 있었다.

"잠깐, 아직 벨트를 안 맸어."

민준이 주원을 슬쩍 바라보며 미소를 짓고는 5점식 안전벨트를 체결했다.

"준비 완료. 이륙을 허가합니다."

그리고 그가 등받이에 몸을 바싹 붙이며 승인하자, 주원이 고개를 끄덕이며 버튼을 꾹 눌렀다.

"리프트 오프!"

착륙선 밑에 장착된 로켓 노즐에서 거센 화염이 뿜어져 나왔다. 착륙선은 삽시간에 상공으로 솟구쳤다.

민준은 묵묵히 창밖을 내려다봤다. 어느새 이륙 지점에 도착한 다크사이드의 로버에서 여러 명의 군인이 뛰어내리고 있었다. 그리고 그들은 소총을 하늘로 겨눠 작은 불꽃을 뿜어댔다.

"젠장, 맞았어요!"

총성은 들리지 않았지만 탄환이 금속에 부딪히는 소리는 명확했다.

"피해 상황 보고!"

민준 역시 충격음을 듣고 있었다.

"아직 착륙선 상태 양호합니다. 고도 2,000피트에서 상승 중. 상승 속도는 분당 5,000피트입니다."

"곧 유효사거리를 벗어날 거예요."

빠르게 상승하는 착륙선 아래 창문으로 군인들이 발사하는 총탄의 섬광이 계속해서 보이고 있었다.

"분명 맞았는데…… 추력 장치는 이상 없고?"

"예, 연료 탱크 압력, 터보펌프 회전수 모두 양호합니다!"

주원이 센터디스플레이와 오버헤드 패널을 번갈아 확인하며 답했다.

"롤 시작합니다. 플러스 31도에서 회전 중!"

이윽고 상승 단계를 넘어선 착륙선이 달 공전궤도에 진입하기 위해 각도를 바꿨다. 착륙선이 90도 가까이 기울자 지금까지 머물러 있던 달의 뒷면이 더욱 명확하게 눈앞에 보였다.

"끝까지 좋은 추억을 남겨주는군!"

창 너머로는 지구의 푸른 경계면이 조금씩 드러나고 있었다.

"아직까지 계기 이상 없습니다. 고도 12,000피트!"

주원은 긴장을 놓지 않고 계기반을 주시했다.

"대공 미사일 사거리도 벗어났어요. 이제 안심하셔도……."

오른쪽에 앉은 서윤이 살짝 미소를 지으며 민준에게 말했다. 그 무렵, 갑자기 착륙선 계기반에서 강한 경보음이 울렸다.

MASTER ALARM
선체 여압 소실 중!
현재 선내 압력: 0.3psi
즉시 산소호흡 장비를 착용하세요!

연달아 쏟아지는 경보음과 메시지에 주원이 정신없이 스크린을 터치했다.

"우주선 어딘가에 구멍이 난 것 같아요. 어서 헬멧을 쓰세요!"

주원이 공중에 떠다니는 헬멧을 하나 잡더니 재빠르게 덮어썼다.

"이런, 내 헬멧은 저 뒤에……."

아무렇게 벗어놓은 민준의 헬멧은 착륙선 바닥 부근에서 둥둥 떠다니고 있었다. 민준이 벨트를 풀자 그의 몸이 무중력 공간으로 떠올랐다. 그가 아래로 내려가 헬멧에 팔을 뻗으려 할 즈음, 벌써 산소가 희박해졌는지 각종 계기에서 들려오는 경보음들이 점점 작게 들렸다.

"대장님……괜찮……세……."

민준은 자신을 부르는 서윤의 목소리도 희미해지는 것을 느

껐다. 눈앞에 있는 헬멧을 집어 들려는 와중에 그는 흐트러지는 의식을 붙잡지 못하고 눈을 감았다. 그리고 그 순간, 벨트를 풀고 내려온 서윤이 헬멧을 잡아 민준의 머리 위에 씌웠다. 서윤은 헬멧을 살짝 돌린 다음 빠르게 래칫을 잠가주었다. 순식간에 민준의 우주복 안에 공기가 차올랐다.

"대장님! 괜찮으세요? 대장님!"

비록 잠깐의 산소 유실이었지만, 이미 며칠째 제대로 먹지도, 자지도 못한 그가 정신을 잃기에는 충분한 시간이었다.

"으음……."

산소가 100퍼센트까지 차오르자 드디어 민준의 얼굴에 화색이 돌았다.

"사령선의 위치는……?"

방금 이륙을 완료했다는 사실도 잊은 채 민준은 비몽사몽 한 상태로 서윤을 바라봤다.

"아직 멀었어요. 주원아, 얼마나 남았지?"

"49분 후에 제1 랑데부 포인트에 도달합니다. 현재 오토파일럿에 관련 좌표를 입력 중입니다."

고도 100여 킬로미터에서 바라본 달은 지표에서 보던 것보다 더 황량했다. 착륙선은 드문드문 운석 충돌 자국이 난 달의 뒷면을 지나 마침내 지구가 보이는 앞면으로 나아가기 시작했다.

"교신 중단 지역을 벗어나고 있습니다. 30초 후 통신 시도합니다."

민준이 실신해 혼란스러운 와중에도 주원은 착륙선의 상태를 유지하기 위해 최선을 다하고 있었다.

"여압 장치 이외의 피해는?"

서윤은 가운데서 민준과 주원에게 모두 집중하며 상황을 파악했다.

"현재로서는 여압 장치 손상 이외에 다른 경보는 확인되지 않고 있습니다."

"좋아요. 현재 정민준 대장이 잠시 유고 상태이니, 제가 지휘를 맡겠습니다. 대장님, 괜찮겠죠?"

서윤이 아직 정신을 온전히 차리지 못한 민준을 보며 물었다. 민준이 눈을 가늘게 떠 서윤과 눈을 마주치며 고개를 끄덕였다.

"교신 가능 지점 도달 10초 전. 주파수를 나로우주센터와의 비상교신 채널로 맞추겠습니다."

주원이 센터디스플레이 밑의 통신 패널에서 다이얼을 돌려 109.9메가헤르츠에 맞췄다.

"현재 위치 및 정보 자동 송신합니다."

그리고 스크린을 통해 교신 음영 지대에서 벗어난 것을 확인하자마자 곧바로 버튼을 눌러 통신을 시도했다.

"메시지 발신 완료! 나로, 여기는 한울 투(two). 저희 목소리가 들리시나요?"

* * *

아직 승무원들로부터 교신이 들어올 것이라 예상한 이는 아무도 없었기에, CAPCOM 콘솔과 EECOM 콘솔 앞은 텅 빈 상태였다. 시찬은 일찍이 GUIDO 콘솔로 옮겨 사령선의 궤도를 확인하고 있었다.

잠시 후, 정적이 흐르던 관제실 안에 작은 잡음이 들려오기 시작했다.

"나로……여기는……투……들리시……나요?"

EECOM 콘솔 위에 놓인 무선 헤드셋에서 주원의 목소리가 새어 나오고 있었다.

"나로……한울……방금……달……상승을……."

그리고 그 작은 볼륨을 알아차린 것은 다름 아닌 재윤이었다.

"뭐야? 어디서 나는 소리야?"

관제실 맨 앞 연단 위를 서성이던 재윤은 어디선가 들리는 목소리를 감지하고는 단박에 EECOM 콘솔을 향해 뛰어갔다.

"무슨 일이시죠? 감독관님?"

멀리 떨어진 GUIDO 콘솔에 앉아 있던 시찬이 재윤의 움직임을 보고 당황하며 두리번거렸다.

"뭐야? 네가 교신한 거야?"

"아니요. 저는 아무것도."

"그럼……."

재윤이 콘솔 위에 놓인 헤드셋을 빠르게 집어 들어 귀에 걸쳤다.

"한울 투, 나로우주센터. 방금 교신을 보낸 것이 맞습니까? 한울 투?"

재윤은 긴장된 얼굴로 응답이 돌아오기만을 기다렸다. 그는 자신이 환청을 들은 것이 아니기를 간절히 바라고 또 바랐다.

"제발……."

그런 재윤 주위로 시찬을 비롯한 직원들이 하나둘 모여들었다.

"나로, 한울 투. LMP 김주원 대원입니다. 제 말이 들리십니까?"

"됐어! 됐다고!"

이윽고 주원의 교신이 명확하게 들리자 재윤이 눈을 크게 뜨며 환호성을 질렀다. 하지만 주원의 목소리는 헤드셋을 통해서만 전달되었기에 다른 직원들은 어리둥절한 얼굴로 재윤을 멈칫거릴 뿐이었다.

"한울 투, 성재윤입니다. 지금 달 착륙선에 탑승했습니까?"

재윤은 이내 흥분을 가라앉히고 교신에 응답했다. 그제야 직원들은 상황을 파악하고 각자의 자리로 급히 이동했다.

"안녕하세요. 감독관님. 네, 그렇습니다."

"한울 2호 착륙선 신호 캡처되었습니다!"

부리나케 자리로 돌아간 TELMU 매니저 지선이 콘솔을 확인하더니 번쩍 손을 들며 외쳤다. 센터스크린에는 달 뒷면을 돌아 나오는 한울 2호 착륙선의 아이콘이 녹색으로 점등했다.

"세상에!"

순간 짧은 탄성과 함께 환호성이 여기저기서 터져 나왔다.

"승무원들 상태는 어떻습니까? 세 명 모두 탑승했습니까?"

"예, 정민준 대장과 이서윤 대원도 옆에 있습니다. 다만 이륙 과정에서 기체에 사소한 손상이 발생해 여압이 모두 소실되었습니다. 대응하는 과정에서 정민준 대장이 잠시 의식을 잃어버렸지만 지금은 안정적으로 회복 중입니다."

"잘 알겠습니다. 곧 승무원들 생체 신호가 들어오는 대로 플라이트서전이 확인하겠습니다."

주원의 목소리가 잘 들리지 않았는지 재윤이 오른손을 들어 조용히 하라는 제스처를 보냈다.

"사령선과의 랑데부는 가능하겠습니까?"

기체에 손상이 있었다는 말에 재윤은 아직 마음을 놓지 못했다.

"현재 상태 파악 중입니다만, 항법 장치와 추진계통에는 아무런 이상이 없는 것으로 보입니다."

"현재 선내 여압 0프사이(psi). 압력을 완전히 잃어버렸습니다."

곧이어 들어온 텔레메트리 데이터를 통해 착륙선의 상태를 파악한 지선이 목소리를 높였다.

"알겠습니다. 저희도 이제 착륙선 상황을 확인할 수 있으니 면밀히 검토하고 알려드리겠습니다. 혹시 어떠한 사고였는지 간략히 알려주실 수 있습니까?"

주원이 곧바로 대답하지 않고 뜸을 들였다. 재윤은 애써 차분하게 대응했지만 한껏 찌푸린 표정을 풀지 못했다. 초조함을 겨우 억누르고 있을 뿐이었다.

"원인 미상입니다. 급격한 상승 과정에서 알 수 없는 물체와 충돌한 것으로 보입니다."

"확인했습니다. 저희 계산에 의하면 40분 후 사령선과 랑데부가 예정되어 있습니다. 그쪽에서 절차대로 진행할 수 있는 상황입니까?"

"물론입니다. 랑데부 점검 절차를 마치고 현재 사령선과의 통신 연결을 기다리는 중입니다."

"좋습니다. 그럼 랑데부까지는 따로 교신을 하지 않겠습니다만, 상황은 면밀히 모니터링하고 있겠습니다."

혹여나 주원의 업무를 방해할까, 재윤이 조심스럽게 교신을 마쳤다.

"도대체 어떻게 된 거죠? 연락도 없이 이렇게 빨리 상승할 수가……."

교신을 듣고 있던 시찬이 재윤의 눈치를 보며 물었다.

"나도 몰라. 어쨌든 성공했으니……."

감격이 차오르는 듯 재윤의 눈가에는 눈물이 고였다.

"어쨌든 다행입니다. 미니 로버도 아직 통신 연결이 안 되었는데 착륙선이 이륙했다니……. 정말 천운이라고밖에 볼 수 없네요."

"그런 건 지금 중요하지 않아. 착륙선에 손상이 있다고 하니 사령선과 랑데부를 잘 마치는지 지켜보자. 아직 지구까지 오려면 멀고도 멀었어."

재윤이 흐르려는 눈물을 소매로 닦아내더니 단상 앞으로 내려갔다.

"자, 다들 주목!"

그리고 손을 번쩍 들어 소란스러운 관제실의 이목을 집중시켰다.

"예상한 것보다 조금 이른 희소식입니다. 우리 우주인들이 방금 한울 2호 착륙선을 타고 달 공전궤도에 진입했습니다. 하지만 아직 성공했다고 하기는 이릅니다. 정민준 대장의 상태가 좋지 않은 것 같고, 착륙선의 여압도 모두 소실된 상황입니다. 혹여나 랑데부 과정에서 돌발 상황이 발생할 수 있으니 모두들 긴장의 끈을 놓지 말고 모니터링에 집중해주세요. 우리 우주인들이 돌아올 수 있게 끝까지 최선을 다해주시기 바랍니다."

재윤은 리더답게 지금 상황을 정확히 요약해 전했다. 당연한 지시였지만 느슨해지지 않고 집중하기 위해서는 이러한 상황 정리가 중요했다. 그는 자신을 바라보고 있는 직원들과 일일이 눈을 마주치며 목적의식을 재차 각인시켰다.

"다들 뭐 해요! 얼른 자리로 돌아가세요!"

아직 감흥이 채 가시지 않은 발사관제실에서 직원들이 다시 분주하게 움직이기 시작했다.

21

떠나는 것에는 날개가 없다

2031년 07월 27일

"추격할까요?"

다크사이드 기지 상황실. 데클런 중위의 개인 카메라 화면을 보고 있던 이사벨라는 아무 말 없이 눈을 감았다. 이사벨라는 마지막 순간에 사격 중단을 지시했지만 흥분한 몇몇 군인들은 듣지 못하고 계속해서 총격을 가했다.

"일단 귀환하라고 하세요."

이사벨라가 여전히 눈을 뜨지 않은 채 올리비아에게 지시했다.

"사령관님, 지금이라도 즉시 요격 미사일을……."

존 타일러 소령이 아직 분이 풀리지 않은 얼굴로 이사벨라의 옆에 섰다.

"지구에 불꽃놀이라도 보여줄 생각인가요? 이미 위험반원을 지났어요."

아직까지도 눈을 감고 있는 이사벨라가 담담하게 말했다.

"은닉이 중요하다면 우주선을 타고 직접 추격할 수도 있습니다."

"지난번처럼 말이죠?"

"네, 당장 달 공전궤도를 벗어날 수는 없을 겁니다. 충분히 따라잡을 수 있습니다."

"따라잡으면?"

"사고로 위장해 처리하는 것이……."

"존 타일러 소령!"

갑작스러운 이사벨라의 윽박에 존이 몸을 움찔했다.

"예, 사령관님."

존은 아직 이사벨라가 왜 화를 내는지 가늠하지 못하고 있었다.

"목적이 뭐죠?"

"예? 무슨 말씀이신지……."

이사벨라가 의자에 털썩 앉더니 맞은편을 가리키며 앉으라는 제스처를 보냈다.

"우리 기지의 목표, 신조."

"예. 하나, 우리는 통제할 수 없는 힘을 통제하기 위해 존재한다. 하나, 우리는 실재하는 위협들에 대응하기 위해 보이지 않는 곳에서······."

"그만!"

이사벨라가 손을 뻗으며 존의 말을 끊었다.

"아직 잊지 않았군요."

존을 바라보는 이사벨라의 눈빛은 서슬 퍼렇게 빛났다.

"존, 그리고 여러분. 우리는 오늘 공식적으로 임무에 실패했습니다."

예사롭지 않은 이사벨라의 선언에 상황실 분위기가 냉랭해졌다.

"존이 말했듯이 우리가 존재하는 이유이자 우리의 가장 큰 기반은 '은밀성'이에요. 아무도 모르는 곳, 아무도 접근할 수 없는 곳에 있다는 게 다크사이드 기지의 존재 이유죠."

"예, 맞는 말씀입니다."

존이 이사벨라의 비위를 맞추기 위해 애썼다.

"며칠 사이에 우리는 기지 창설 이래 최대의 위기를 맞이했습니다. 그것도 60년이나 늦게 달에 관광을 온 애송이 우주인들에게 말이죠."

존을 비롯한 모든 이들이 말없이 고개를 숙였다.

"그들을 증오한 것은 아니었지만 그렇다고 동정하지도 않았어요. 지구에서는 결코 볼 수 없는 이곳에서 우리는 설립 목적에 맞게 그들을 처리하려 했을 뿐이죠."

분을 눌러 담아 말하는 이사벨라의 입술이 파리하게 떨렸다.

"하지만 세 명의 한국 우주인들이 다시 양지로 나아간 지금, 우리는 더 이상 임무를 수행할 수 없습니다. 다크사이드 기지의 존재는 이제 세상에 알려졌고, 우리는 더 이상 존재의 이유가 없습니다."

"사령관님, 아닙니다. 저들은 결코 비밀을 누설할 수……."

"알아요. 저들이 여기서 있었던 일을 떠벌리더라도 누구도 믿지 않으리라는 걸."

"그리고 본국의 정보 부서를 통해서 압박할 수도……."

"존, 아직 내가 무슨 이야기를 하는지 모르겠어요?"

이사벨라의 동공은 평소와 달리 옅게 흔들렸다.

"20년 넘게 내가 이곳을 떠나지 않은 것은 기지의 은밀성을 지키기 위해서였어요. 대원들이 지구를 오고 가는 사이에도 이곳에 남은 건 기지를 지켜야 한다는 사명감 때문이었죠. 하지만 이제 그것이 다 무너졌습니다. 저는 기지를 방어하는 데 실패했고, 여러분들은 아무런 책임이 없습니다."

충격적인 선언에 누구도 입을 열지 못했다. 그녀는 자리에서 서서히 일어나더니, 상황실 테이블에 놓여 있던 팔각모를 집어 들었다.

"마지막으로 저의 지구 귀환을 준비해주세요. 가능한 한 빨리, 우리 우주선을 타고 갈 수 있도록."

"예? 사령관님, 그게 무슨…….."

사령관의 입에서 '귀환'이라는 단어가 나오는 것은 여기 있는 누구도 상상하지 못한 일이었다.

"DNI와 대통령께는 내가 곧 연락하겠습니다. 동행 인원은 없어요. 혼자 지구로 가겠습니다. 준비를 부탁드립니다."

이사벨라가 마치 모든 것을 내려놓았다는 듯이 모자를 쓴 채 가만히 서 있었다. 존은 뒤늦게 그녀의 뜻을 알아차리고서 자리에서 일어나 경례를 건넸다.

* * *

"KBN 속보를 말씀드리겠습니다. 달 뒷면에 비상착륙했던 한국 우주인 정민준, 이서윤, 김주원 대원이 무사하다는 소식이 들어왔습니다. 자세한 소식을 나로우주센터에 나가 있는 김리아 기자 통해 확인하겠습니다. 김리아 기자."

"나로우주센터에 나와 있는 김리아입니다."

"국민들이 기다리던 소식입니다. 우주인들이 지금 구조선에 탑승했다고요?"

"예, 그렇습니다. 나로우주센터 발사관제실에 의하면, 한울 2호 착륙선이 세 명의 우주인을 태운 뒤 달 공전궤도에 진입했다고 합니다. 세 우주인은 무사한 것으로 확인됐습니다. 이들은 잠시 후, 사령선과 랑데부를 한 다음 지구를 향해 항해를 개시할 예정입니다."

"도대체 우리 우주인들에게 무슨 일이 있었던 건가요? 구조 작업은 어떻게 진행이 되었죠?"

청와대 본관 집무실 의자에 홀로 앉아 텔레비전 뉴스를 보고 있던 윤중이 리모컨을 들어 전원을 껐다. 곧이어 문을 두드리는 소리가 들려온 뒤 양복에 넥타이를 갖춰 입은 하진이 들어왔다.

"수고 많았어."

"아닙니다. 다 대통령님의 리더십 덕분입니다."

"앉아보게."

하진이 오묘한 미소를 지으며 맞은편에 앉았다. 그는 자세를 가다듬으며 윤중의 눈치를 살폈다.

"오웬 대통령도 축하 전화를 걸어왔네."

"그렇습니까? 참, 병 주고 약 주는 것도 아니고."

"뭐, 나름대로 여러 이유가 있었겠지. 우주 산업이 다 그런 거 아닌가? 어떻게 보면 개척 시대보다 더 큰 땅따먹기인데, 다들 국가적 이익에 미쳐 있는 거지."

윤중이 다리를 꼬며 의자에 몸을 기댔다.

"예, 대통령님의 혜안이 아니었다면 우리나라는 영영 우주 후진국을 벗어나지……."

"그래서 뒷길을 열어놓은 건가?"

"그게 무슨 말씀⋯⋯."

갑작스레 돌변한 윤중의 말투에 하진이 당황했다.

"그렇게 안 봤는데, 유감이야."

"예? 대통령님, 제가 무슨 잘못이라도⋯⋯."

애써 순진한 척하며 넘어가려는 하진을 두고 윤중이 천천히 자리에서 일어섰다.

"센터장이 윗선일 거라고 생각하지는 않았는데, 그래도 여기까지 올라왔을 줄은 미처 몰랐네."

"대통령님, 무슨 말씀을 하시는지 도통 이해를 할 수가 없습니다."

"왜 그랬나? 언제부터 그런 거지?"

윤중은 느릿하게 걸어 조망창 앞에 섰다. 그는 창밖을 보는 대신 유리에 반사되는 자신과 하진의 모습을 바라봤다.

"어떤 것 말씀입니까? 저는 국가와 대통령님의 안위를 위해 지난 10여 년을⋯⋯."

"젊은 정치인들은 비리나 부정축재를 저지를 시간이 부족하지. 그게 늘 장점이라고 생각했는데 말이야."

창에 비친 하진은 미동조차 하지 못하고 윤중의 말을 듣고 있었다. 곧 윤중이 몸을 돌리더니 팔짱을 끼며 말을 이었다.

"첩보 영화를 많이 보고 자라서 그런지, 이런 식으로 뒤통수를 치는 경우가 많다고⋯⋯."

윤중이 잠시 말을 멈춘 사이, 침묵을 지키던 하진이 움찔거렸다.

"오웬 대통령이 전해주더군."

이윽고 윤중의 표정이 돌변했다. 그러자 하진이 흥분하며 자리에서 일어섰다.

"예? 그게 무슨 말씀입니까! 저는 단언컨대 단 한 번도!"

"돈? 자존심? 아니면 나에 대한 반감?"

윤중이 하진을 향해 터벅터벅 걸어왔다.

"오랫동안 믿었는데, 참 안타까워."

그리고는 하진의 어깨에 손을 올리려 아귀에 힘을 주었다.

"오웬이 왜 자네 같은 고급 프락치를 나에게 알려줬는지 궁금하지 않아?"

붉게 상기된 하진의 얼굴이 분노와 배신감으로 부들부들 떨리고 있었다.

"상황이 180도 바뀌었거든. 미국으로서는 어디로 튈지 모르는 한국이라는 공을 막지 못하고 결국 실점을 한 셈이지. 자신들의 비밀 기지가 노출된 이상, 이제는 그 피해를 최소화하는 게 최우선 과제가 되었고. 그러니까 이제 한국은 견제의 대상이 아니라 협력의 대상으로 바뀐 거야. 이해가 되나?"

"대통령님, 저는 그저 김세준 센터장에게 기술 자문을 구하라고 지시했을……."

"그래, 스파이는 반드시 필요한 존재야. 우리도 기회만 나면 상대국에 프락치를 심어두니까. 나는 자네 행동이 결코 나쁘다고 생각하지 않아. 중요한 것은."

윤중이 오른손으로 하진의 턱을 쥐었다.

"자네가 그토록 믿고 있던 오웬과 DNI가 이제 자네를 버렸다는 것이지."

그리고 가차 없이 하진의 얼굴을 밀쳤다. 힘없이 바닥에 넘어진 하진은 황급히 무릎을 꿇었다.

"아닙니다. 국가의 안위에 해가 될 만한 짓은 한 적이 없습니다. 믿어주십시오!"

하진이 비굴하게 기어오며 윤중의 바짓가랑이를 잡았다.

그때, 큰 소리가 난 탓인지 경호원들이 집무실 문을 열고 들이닥쳤다. 그들은 상황이 심각함을 눈치채고서 더 이상 다가오지 않고 주춤거렸다.

"괜찮네. 이야기 중이야."

윤중은 손을 들어 잠시 나가 있으라는 신호를 보냈다.

"원래 간첩들은 자기가 이적 행위를 한다고 생각하지 않아. 다 국가의 발전과 비전을 위해 음지에서 일한다고 생각하지. 그래서 그렇게 당당하게 녹을 먹으면서 얼굴을 들이밀 수 있는 거야."

윤중이 발을 차며 하진을 떼어냈다.

"아, 오웬이 왜 자네를 버렸는지 이유를 안 말해줬군!"

그리고 호탕하게 웃으며 허공을 올려다보았다.

"마지막에 자네가 배신했다던데? 거짓 정보를 줬다더군. 자네 딴에는 이중간첩 행세를 하며 애국심을 떨쳤을지 모르지만, 이 세계에서 한 번 배신한 자를 다시 거둘 수는 없는 법이지. 사람은 절대 변하지 않으니까."

윤중이 하진을 그 자리에 내버려두고는 양복 상의를 챙겨 집무실 문으로 향했다. 문 앞에 선 윤중은 양복 상의에서 작은 종이쪽지 하나를 꺼냈다. 쪽지에는 하진의 이름 밑으로 이번 사건에 연루된 이들의 이름이 쭉 나열되어 있었다. 그는 한 손으로 쪽지를 정성스레 구겼다.

"많이도 포섭했어."

하진은 여전히 고개를 들지 못하고 엎드려 있었다. 윤중은 구긴 종이를 하진이 있는 쪽으로 휙 던진 뒤, 알 수 없는 미소를 짓고는 집무실 밖으로 나섰다.

* * *

사령선과의 랑데부 17분 전

"피치(pitch) 플러스 30, 요(yaw) 270!"

착륙선의 전면에 난 오각형 창 너머로 달 궤도를 돌고 있는 사령선의 꽁무니가 보였다.

"라저, 확인했습니다."

주원이 정밀접근용 조이스틱을 양손에 쥔 채 HUD에 떠오른 십자가를 조준했다. 오토파일럿이 자동으로 사령선과 착륙선을 정렬할 테지만 돌발 변수가 발생해 해지될 것을 대비해 언제든지 조종할 수 있도록 집중해야 했다. 어렵게 잡은 기회를 놓치지 않기 위해, 주원은 눈도 깜박이지 않고 정신력을 그러모았다.

"거리 190피트. 상대 속도 초속 3미터."

주원의 옆에 앉은 서윤이 계기반의 숫자들을 리드백(read back)했다. 실시간으로 변하는 정보를 서로 틀림없이 확인하기 위해서는 상황과 수치를 재차 말하며 공유해야 했다.

"사령선 화물칸 문 개방합니다."

어느새 거리가 50미터 이내로 가까워졌다. 사령선의 커다란 옆쪽 문이 느릿하게 열렸다.

"들어갑니다."

이윽고 완벽하게 정렬하고 있던 착륙선이 살짝 중심선을 벗어나더니 화물칸 옆을 향해 천천히 나아갔다.

"50피트…… 30피트…… 감속!"

서윤의 말에 맞추어 착륙선 앞쪽으로 질소추진제가 뿜어져 나왔다. 이내 착륙선이 사령선과 평행한 상태로 멈췄다.

"진입합니다."

주원이 조이스틱을 살짝 왼쪽으로 꺾었다. 착륙선이 평행을
유지한 채 옆으로 움직였다. 곧 화물칸 조명의 밝은 빛이 착륙
선 안으로 들어오더니 덜컹하는 소리와 함께 착륙선이 안정적
으로 고정됐다.

도킹 시퀀스 완료

여압 상태를 확인하세요!

착륙선이 고정되었음을 알리는 초록색 등이 들어오자 주원
이 큰 한숨을 내쉬었다.

"드디어 돌아왔네요!"

주원이 손을 들자 서윤이 재빠르게 하이파이브를 했다.

"고생했어요."

"고생하셨어요."

두 사람이 인사를 주고받는 사이에도 민준은 시큰둥한 얼굴
로 창밖을 보고 있었다. 태양 빛을 받아 눈부시게 빛나는 달
의 반구와 그 뒤로 숨겨진 어두운 면이 극명하게 대비되어 보
였다.

"대장님, 도착했어요!"

서윤이 정신을 차리라는 듯 민준의 팔을 잡고 흔들었다.

"알고 있어. 이제 사령선 가서 좀 편히 숨을 쉬어야지."

민준이 자신의 유리 헬멧을 툭툭 치며 장난스럽게 말했다.

"애프터 도킹 체크리스트 완료했습니다. 이제 이동하셔도 좋습니다."

주원이 오버헤드 콘솔의 스위치들을 내리자 착륙선 안이 삽시간에 어두워졌다.

"그래. 나로우주센터에서 무슨 선물을 실어놓았을지 한번 볼까?"

벨트를 푼 민준이 먼저 몸을 일으켰다. 서윤과 주원의 그의 뒤를 따라 해치를 나섰다.

*   *   *

"도킹 성공했습니다!"

TELMU 지선의 외침에 다시 한번 박수가 터져 나왔다. 발사관제실 센터스크린에는 달의 앞면 가장자리에서 하나로 합쳐진 사령선과 착륙선의 아이콘이 나타났다.

"다들 차분하게 다음 단계 진행해주세요."

착륙선에서 손상이 감지된 이상 그것이 지구에 내려앉기 전까지 안심할 수 없다는 게 재윤의 생각이었다.

"예, 15분 후 지구 천이궤도 진입을 위한 로켓 점화가 예정되어 있습니다."

"사령선 로켓 상태는?"

재윤이 추진제 담당 매니저를 가리키며 물었다.

"산화제 탱크, 연료 탱크 압력 모두 양호합니다. 달에 머문 시간이 길지 않아서 궤도 진입 전과 큰 차이는 없습니다."

"좋습니다. 개시하세요."

재윤이 짤막하게 답했다.

모두가 분주한 가운데 관제실 뒷문이 살짝 열렸다. 세준이 문틈으로 고개만 살짝 집어넣고 두리번거렸다. 단상에서 그런 세준을 발견한 재윤이 잠시 인상을 찌푸렸다. 눈을 마주친 세준은 손을 들어 재윤에게 이리로 오라는 신호를 보냈다. 재윤이 양팔을 크로스하며 안 된다고 답했지만 세준은 계속해서 손짓했다.

"지금이 어느 땐데……."

재윤이 이해할 수 없다는 표정으로 관제실 계단을 성큼성큼 올랐다.

"아직 지구 천이궤도 진입 안 했습니다. 도움 주시지 않을 거면 방해라도……."

재윤은 한 소리 들을 각오로 대들었지만 세준은 그저 담담하게 반응했다.

"역시 잘하고 있군."

세준이 뜬금없이 악수를 건넸다. 재윤은 어이없다는 표정을 지었다.

"바쁜 것은 알지만, 소식 전할 게 있어서 왔습니다. 앞으로 자네가 나로우주센터장입니다. 물론 이번 프로젝트 끝날 때까지는 발사감독관 겸직이고."

"예?"

"지금 상황이 여의치 않은 거 알아요. 곧 보도자료 나가고 뉴스에 나올 거야. 그래도 당사자는 미리 알고 있어야지."

세준이 아직 손을 내밀지 않은 재윤의 손을 덥석 잡더니 제멋대로 흔들어댔다.

"그게 무슨 소립니까? 지금이 얼마나 중요한 상황인데……."

"잘 알아. 아무튼 그렇게 되었어요. 마지막까지 잘 마무리해주고."

갑작스레 전해 들은 얼토당토않은 소식에 재윤은 당황했다. 소식을 전하는 세준의 태도까지 이상하리만큼 태연했으니 더욱 납득하기 어려웠다.

"감독관님! 한울 우주선에서 긴급 연락입니다!"

인사를 끝마치고 돌아서는 세준을 붙잡으려는 찰나, 재윤의 헤드셋에서 시찬의 다급한 목소리가 들렸다.

＊　＊　＊

사령선은 예상했던 것보다 훨씬 더 썰렁했다. 마지막 점검조차 제대로 받지 못한 것처럼, 검수 과정에서 제외되었어야 할 여러 물품이 사령실 곳곳에 어지러이 떠다니고 있었다.

"와, 이런 게 우주에 올 수도 있군."

민준이 허탈하게 웃으며 둥둥 떠다니는 물품들을 하나씩 집었다.

"정말 급했나 보네요."

"우리가 여기 탈 거라고 생각하지 못했을 수도."

"그러게요. 착륙선에 탄 것만 해도 기적이니."

서윤이 대수롭지 않다는 듯이 답하며 물품들을 벽에 달린 그물망에 집어넣었다.

"무게 계산은 제대로 했을까요? 화물칸에 돌덩이라도 실려 있는 건 아닌지 걱정이네요."

"그래도 여기까지 왔으니 오버로드(over-load: 과적)는 아니겠지."

민준이 뒤늦게 헬멧을 벗어 오른쪽 창 옆에 난 걸이에 올려놓았다. 그 순간, 달의 밝은 면을 배경으로 빠르게 움직이는 물체 하나가 민준의 시선을 사로잡았다. 온통 검은빛을 하고 있는 탓에 눈에 잘 띄지는 않았지만 배경에 있는 하얀 달 덕에 윤곽만은 분명히 드러나는 물체였다.

"미치겠네. 다들 얼른 좌석에 앉아!"

그것이 무엇인지 알아차리는 것은 어렵지 않았다.

"또 뭐예요!"

모처럼 여유를 누리고 있던 서윤이 화들짝 놀라며 창을 향해 날아갔다.

"7시 방향, 거리는 약 500피트!"

이미 조종석에 앉아 헤드셋까지 쓴 민준은 신속히 상황을 파악했다.

"발견했어요!"

서윤도 그것이 눈에 익은 비행체임을 단번에 알아차렸다.

"끈질긴 놈들."

민준이 즉시 센터디스플레이와 계기반에 전원을 넣었다.

"14분 후면 지구 궤도 진입을 위한 로켓 점화예요."

"뭐라고?"

아직 한울 2호 우주선의 상세한 귀환 계획을 전달받지 못한 이들이 스크린과 계기반을 분주하게 확인했다.

"여기 '비행계획' 항목에 나와 있어요. 그리고 이미 자체 점검은 끝났고, 점화 시퀀스 대기 중이에요."

"그렇게 서두를 이유가……."

"곧 발사최적화 지점에 도달해요. 이번 기회를 놓치면 달을 한 바퀴 더 돌아야 하고요."

서윤은 사태를 정확히 파악하기 위해 신경을 곤두세웠다.

"녀석들 위치는?"

주원은 사령선 곳곳에 난 창을 통해 물체의 궤적을 추적하고 있었다.

"사라졌어요. 방금까지는 3시 방향, 1,000피트 거리에서 보였고요."

"1,000피트라고?"

"예, 점점 더 멀어지는 코스입니다."

"그렇다면…… 이게 전부일 리 없어. 혹시 뒤쪽에서 접근하는 물체는?"

민준의 물음에 서윤이 사령선 뒤쪽에 장착된 CCTV 화면을 켰다.

"확인되는 건 없어요. 아니, 이걸로는 확인이 불가능해요."

"우리 고도까지 올라올 수 있는 대공 미사일이 있나?"

"아니요. 지금 고도가 104킬로미터인데……. 탄도 미사일이 아니고서는 이 고도까지 올라오지 못해요."

"그럼 도대체……."

민준은 며칠 전 달로 향하는 경로에서 자신들을 구하러 왔던 그 '비밀 우주선'이 추격을 시작했다고 확신했다. 비행 성능이나 구조 그리고 기술력을 보았을 때, 그 우주선을 따돌리는 것은 불가능에 가까웠다.

"방어 장비는?"

"이건 전투기가 아니에요. 당연히 전파방해 장치나 채프 (chaff: 레이더를 사용하는 미사일을 교란하기 위한 금속 파편) 같은 것은 없어요."

"손 놓고 당하게 생겼군. 어쩐지 쉽게 보내준다 했어."

민준은 방심하고 있었다는 사실을 자책하면서도 곧 있을 교전을 대비하기 위해 머리를 굴렸다.

"다시 발견했어요! 1시 방향, 거리는……."

주원이 드문드문 보이는 우주선을 놓치지 않고 주시했다. 이미 우주선은 더 이상 거리를 가늠할 수 없을 만큼 작아져 있었다.

"아무래도 계속 멀어지는 것 같은데요?"

"그럴 리가 없다니까. 분명 한 대가 아닐 거야."

전투기 조종사 시절을 떠올리며 민준은 녀석들이 분명 뒤쪽에서 덮칠 것이라 생각했다.

"어, 잠깐만요!"

그리고 주원이 그 우주선을 다시 발견했을 무렵, 검은 물체가 뒷면에서 파란 화염을 일으키더니 이내 붉은색 불꽃을 뿜으며 쏜살같이 가속했다.

"뭐야, 설마……."

사령선의 전면 창에 보이는 우주선이 빠른 속도로 멀어졌다.

"지구로 가는 방향이에요. 우리가 곧 따라갈⋯⋯."

노출을 최소화하기 위해 엄청난 가속도로 질주한 우주선은 벌써 지구 중력권에 진입해 중력에만 의지한 채 날아가고 있었다.

"지구로 향한다고? 우리를 지나쳐서?"

"믿을 수가 없군요."

우주선이 사라진 지점을 바라보며 민준이 허탈한 웃음을 지었다.

"우린 죽을힘을 다해 여기까지 올라왔는데, 저들은 옆 동네 가듯이 손쉽게 가는군요."

마찬가지로 창밖을 물끄러미 보던 서윤이 따라 웃었다.

* * *

"한울 투, 들리십니까? 말씀하세요."

시찬이 거듭해서 교신 버튼을 눌렀지만 한울 우주선에서는 아직 아무런 답이 없었다.

"무슨 일입니까?"

한달음에 관제실로 달려온 재윤이 숨을 헐떡이며 물었다.

"방금 전 한울 우주선의 비상교신 버튼이 눌렸습니다. 조이스틱 옆에 있는 작은 버튼인데 주로 급기동을 하면서 교신이 필요할 경우 조종사들이……."

"한울 투, 성재윤 감독관입니다. 지금 궤도에 문제가 있나요?"

상황을 파악한 재윤이 시찬의 말을 끊고 센터스크린으로 시선을 옮기며 물었다. 어느새 달의 경계면에서 제법 벗어난 한울 우주선은 별다른 이상 없이 비행하고 있는 것처럼 보였다.

"한울 투, 5분 14초 후면 사령선의 로켓이 점화될 예정입니다. 혹시나 우주선에 이상이 있다면 지금 즉시 알려주시기 바랍니다."

* * *

"아니, 아직 보고하지 마."

비상교신 버튼을 누른 것은 다름 아닌 주원이었다. 다크사이드 기지의 우주선이 자신들을 향해 다가온다고 생각한 그는 조이스틱을 손에 쥔 채 엄지손가락 옆에 위치한 빨간 버튼을 눌렀다. 하지만 민준 역시 헤드셋의 교신 버튼을 누르고 있었기에, 두 채널이 충돌하며 그들의 대화는 발사관제실에 전달되지 않았다.

"대장님, 이제는 본국에도 알리는 게 좋겠어요. 놈들이 도를 넘었다고요."

"이번 건은 아니야. 우리를 지나쳤잖아."

민준이 우주선이 사라진 방향을 가리키며 말했다.

"예, 하지만 분명 같은 궤도를 날고 있는 비행체에 위협되는 행위였습니다. 이제 지구로 돌아가게 된 이상……."

두 사람의 대화를 가만히 듣고 있던 서윤이 주원의 오른손을 지그시 잡더니, 그의 엄지손가락 위에 자신의 손가락을 올려놓았다.

"하지 마. 소용없어."

"그게 무슨 말씀이세요?"

주원이 당황한 얼굴로 서윤을 보았다.

"아무도 안 믿을 거야."

"그렇지 않아요. 제가 괜히 지금 놈들의 존재를 알리려는 게 아니라고요."

주원은 결연한 표정으로 센터디스플레이 조작을 멈추지 않았다.

"한울 우주선은 비행 기간 내내 외부의 모든 CCTV 영상을 저장하도록 되어 있잖아요. 그 우주선의 움직임이 분명 기록되어 있을 거예요."

주원이 '최근 저장 영상' 탭을 클릭했다. 이윽고 한울 사령선에 도킹하는 착륙선의 모습이 나타나기 시작했다.

"우리가 비상교신을 보낸 다음, 이 영상을 전달하면 나로우주센터에서 분석할 거예요. 그럼 우리가 달 뒷면에서 겪은 일들도 충분히 증명할 수 있겠죠."

주원의 목소리는 잔뜩 높아졌다. 민준과 서윤은 아무런 대꾸 없이 스크린을 응시했다.

"자, 이즈음이었을 거예요."

주원이 스크롤바를 당기자 영상이 64배속으로 재생됐다.

"여기!"

그가 스크롤바를 놓아 영상을 민준이 처음 우주선의 궤적을 발견한 시점에 멈췄다. 이어 재생 버튼을 눌렀지만, 영상은 앞으로 튕겼다 다시 돌아오기를 반복하며 재생되지 않았다.

"어, 이게 왜 이러지?"

아무리 스크롤바를 오른쪽으로 당겨도 영상은 더 이상 넘어가지 않고 제자리에서 맴돌았다.

"일 처리 하나는 확실하군."

다크사이드 우주선의 등장 시점부터 그것이 사라진 순간까지 아무런 영상도 기록되지 않았다는 것을 발견하고는, 민준이 고개를 가로저었다.

"대단하네요. 흔적을 말끔히 삭제했어요."

"이럴 리가 없어요. 우리 우주복 영상들! 우주복도 모든 활동을 다 기록하고 있다고요. 달에 온 지 5일밖에 안 되었으니 모든 영상이 남아 있을 거예요!"

주원은 믿지 못한다는 얼굴이었지만 서윤과 민준은 담담했다.

"그건 진즉에 다 지웠을 거야. 우리가 다크사이드 기지에서 겪었던 일들을 기억해봐. 사소한 흔적도 허락하지 않는 녀석들이라고."

민준의 지적에 주원이 아랫입술을 깨물었다.

"말도 안 돼요, 이건. 그럼 우리가 겪은 일을, 우리의 억울함을 어떻게 알려요?"

주원이 뒤늦게 분노가 차오르는 듯 토로했다.

"UFO를 처음 발견한 공군 조종사들의 심정이 이해가 가는군."

민준은 사령선 전면 유리창 너머로 보이는 지구를 하염없이 보고 있었다.

"어쩌면 우리가 달 뒷면에서 있었던 일들을 발설하지 않는 것이 지구에서 정상인으로 살아갈 수 있는 유일한 방법일지 몰라. 극한 상황에 처한 우주인들이 어떤 정신적 문제를 겪는지 누구나 아니까."

민준이 담담하게 말하며 주원의 손을 잡았다.

"아무리 그래도 납득할 수 없어요. 한 국가의 군인들이 민간인인 우리를 위협하고 죽이려 했다고요!"

"그런 일은 지금 이 순간에도 저곳에서 일어나고 있지."

민준이 주원과 맞잡고 있던 오른손을 뻗어 구름 한 점 없는 지구를 가리켰다.

"젠장……."

주원이 이해할 수 없다는 얼굴로 고개를 내저었다.

"한울 투, 들리십니까? 말씀하세요."

민준이 헤드셋 교신 버튼에서 손을 떼자 비로소 나로우주센터 시찬의 목소리가 들려왔다.

"한울 투, 성재윤 감독관입니다. 지금 궤도에 문제가 있나요?"

연달아 재윤의 불안한 목소리까지 들렸지만 세 사람은 아무런 대꾸도 하지 않았다.

"아무래도 달을 떠나기 전에 입을 맞춰야겠네요."

서윤이 망연자실하며 중얼거렸다. 그녀는 오랜만에 마주한 지구의 모습에서 시선을 떼지 못하고 있었다.

"한울 투, 5분 14초 후면 사령선의 로켓이 점화될 예정입니다. 혹시나 우주선에 이상이 있다면 지금 즉시 알려주시기 바랍니다."

이어 재윤의 재촉하는 목소리가 들려왔다.

"입을 맞출 필요도 없지. 문제 삼지 않으면, 문제가 되지 않는 법이니까."

민준이 깊게 호흡을 내뱉으며 말했다. 그리고 주원의 손가락에 다시 손을 얹어 비상교신 버튼을 눌렀다.

"나로, 한울 투. 정민준입니다. 교신이 늦어 죄송합니다. 사령선 현재 상태 양호. 로켓 점화까지 T 마이너스 5분 11초 확인했습니다."

                              *   *   *

"다행이군. 카운트다운 계속 진행하세요!"

긴 침묵 끝에 관제실 스피커를 통해 민준의 목소리가 들려오자 재윤이 가슴을 쓸어내리며 말했다.

"감독관님, 한울 우주선 궤도 근처에서 이상 현상이 탐지되었습니다!"

아직 안심하기는 이르다는 듯 TELMU 매니저 지선이 손을 들어 말했다.

"보고하세요."

"UTC 1시 14분 43초부터 1시 14분 45초까지 2초 동안, 한울 우주선과 3,000피트 떨어진 지점에서 강한 펄스 신호와 충격파가 수신되었습니다."

"소스가 어디죠?"

"예, 저희 센터 추적 레이더 P-104입니다."

"2초 동안만?"

"그렇습니다. 10미터급 정밀도로 한울 우주선의 위치를 파악하고 있었는데, 해당 시간 동안 한울 우주선의 위치 역시 제대로 측정되지 않았습니다."

"우리 우주선 궤도에 영향을 미쳤나요?"

재윤이 GUIDO 콘솔 쪽으로 고개를 돌리며 물었다.

"아닙니다. 궤도는 오차 범위 1미터 이내에서 정상 순항 중입니다."

"좋습니다. TELMU, 계속하세요."

"예, 이런 순간적인 펄스파는 천체가 폭발할 때나 관측되는 것인데, 달과 근접한 곳에서 발생한 것은 도무지 설명이……."

"설명이 안 되는 거지, 문제가 되는 것은 아니죠?"

"그렇습니다. 현재 추적 레이더의 신호는 모두 정상입니다."

지선이 자신의 콘솔 화면을 센터스크린에 연결했다. 추적 레이더가 실시간으로 탐지한 달 주위의 인공 물체들이 보였다.

"좋습니다. 그럼 기각하겠습니다. 사령선 로켓 점화가 2분 7초 남았습니다. 다들 사령선의 상태에 집중해주세요!"

자신들의 우주선이 달을 떠나려는 시점에 한 번도 관측되지 않은 이상 현상이 탐지된 것은 분명 미심쩍은 일이었다. 하지만 며칠 동안 알량한 과학적 지식을 모조리 깨부수는 일들을 마주하고 난 지금, 재윤은 실체적 진실보다 눈앞의 현실에 집중해야만 한다는 것을 직감으로 알았다.

*　*　*

"로켓 점화 10초 전."

"로켓 점화 10초 전."

"9초."

"9초."

사령선에서 나로우주센터의 카운트다운과 민준의 복창이 번갈아 들렸다.

"3초."

"3초."

"2초."

"2초."

"1초."

"1초…… 점화!"

마지막까지 복창하고서 민준이 소리쳤다. 사령선 꽁무니에 달린 액체추진로켓 노즐이 미세하게 흔들리더니 일순 노란 화염을 뿜어내며 사령선을 있는 힘껏 밀어냈다.

"점화 완료. 현재 가속도 5지(g)!"

세 사람은 등받이에 몸을 바싹 붙인 채 빠르게 상승하는 궤도 속도 게이지를 유심히 확인했다.

"현재 속도 초속 9.8킬로미터에서 상승 중!"

주원이 계기반에서 눈을 떼지 않고 외쳤다. 불과 몇십 킬로미터를 더 날아왔을 뿐이지만, 눈앞에 덩그러니 놓인 지구는 몇 초 만에 눈덩이처럼 불어나 있었다.

"초속 11.8킬로미터! 점화 중지 3초 전! 2초, 1초…… 점화

중지!"

주원의 확인과 함께 사령선 전체를 뒤흔들던 유체소음과 진동이 일순간에 멈추었다.

"달 공전궤도 탈출 완료. 지구 천이궤도에 진입했습니다. 지구까지의 거리 38만 4,312킬로미터에서 감소 중!"

주원이 센터디스플레이의 궤도 화면을 확인하며 외쳤다.

"한울 투, 나로, 확인했습니다. 사령선 상태 양호합니다. 남은 연료량을 수동으로 확인 바랍니다."

혹시나 한울 1호 우주선이 겪었던 사고가 되풀이될까, 나로우주센터의 직원들은 노심초사하고 있었다.

"설마, 급하다고 해서 똑같은 결함이 있는 제품을 보낸 것은 아니겠죠?"

민준이 농담을 던졌지만 서윤과 주원은 웃지 않았다.

"정말 촉박했지만 사령선 용접 부위 실링은 다시 한번 확인했습니다. 적어도 지구로 돌아오실 때까지 연료가 새는 일은 없을 겁니다."

헤드셋 너머로 시찬의 자신감 섞인 대답이 들려왔다.

"고맙습니다. 그럼 3일 동안 마음 놓고 쉬겠습니다."

민준이 홀로 씩 웃어 보이더니, 벨트를 풀고 사령선 뒤의 휴식 공간으로 유유히 이동했다.

"돌아가는 데 아무 문제 없겠죠?"

뒤이어 주원이 좌석에서 일어나 무중력 공간에 몸을 실었다.

"그래야지. 이제는 누구도 도와줄 수 없어."

민준은 벌써 안대를 쓰고는 수면 공간에 몸을 밀어 넣고 있었다.

"식사 좀 하고 주무시지 그래요?"

주원이 사령선 천장의 보관함에서 포장된 식량을 주섬주섬 꺼냈다.

"먼저 먹어. 나는 이제 배도 고프지 않아."

민준이 긴장이 풀린 듯 축 처진 채로 느릿하게 몸을 고정하려 손을 움직였다. 사령선 조종사 서윤은 그들의 대화를 들으며 멍하니 창 너머로 지구를 보고 있었다.

22

사람은 늘 똑같은 실수를 반복한다

2031년 07월 28일

CMP-004-F

기다리던 평화가 코앞까지 찾아온 무렵, 또다시 균열이 일었다. 경고 메시지를 처음 발견한 것은 TELMU 지선이었다. 콘솔 화면에 주황색 글씨가 떠오르자 지선은 반사적으로 미간을 찌푸렸다.

'처음 보는 코드인데……'

사령선과 착륙선에서 발생할 수 있는 경고 코드는 수천 가지였기에 그것을 일일이 기억하는 것은 불가능했다. 그래서 보통은 시스템이 알아서 경고 코드 옆에 상세 설명을 띄웠는데 이경우는 그렇지 않았다.

지선은 콘솔 위에 놓여 있던 태블릿을 켜고 해당 메시지를 검색했다. 곧 그것이 무슨 오류를 의미하는지 알게 된 지선의 얼굴이 차갑게 식었다.

* * *

"한울 투, 나로. 긴급교신입니다!"

조금씩 가까워지는 지구를 보며 조종석에 앉아 있는 서윤의 헤드셋에 시찬의 다급한 목소리가 들려왔다.

"예, 말씀하세요."

멍하니 있던 서윤이 담담하게 교신을 받았다.

"지금 전 승무원이 듣고 있습니까?"

"아니요. 매뉴얼대로 사령선 조종사인 제가 컨트롤하고 있습니다. 대장님과 주원 대원은 뒤편 휴게 공간에서 쉬고 있어요."

"다들 모이시는 게 좋겠습니다."

뜬금없는 시찬의 말에 서윤이 뒤를 돌아보았다. 주원은 이미 눈치를 채고 자리에서 일어났지만 민준은 여전히 미동도 하지 않은 채 잠들어 있었다.

"일단 말씀해주세요."

서윤은 오랜만에 곤히 잠든 민준을 굳이 깨우고 싶지 않았다. 사령선은 아무런 문제 없이 고요함을 유지하고 있었다.

"잘 들으셔야 합니다. 사령선에 메인 낙하산이 탑재되어 있지 않습니다."

"뭐라고요?"

서윤은 시찬이 무슨 이야기를 하는 것인지 이해하지 못했다. 말 그대로 믿기에는 지나치게 허무맹랑한 이야기였다.

"죄송합니다. 사령선이 지구 대기권에 진입하고 난 뒤에 펼쳐져야 할 메인 낙하산이 누락되었습니다."

"그게 지금 무슨……."

"누락되었다는 게 어떤 의미죠? 아예 없다는 건가요? 아니면 작동이 안 된다는 건가요?"

상황의 심각성을 알아차린 주원이 서둘러 보조석에 앉았다.

"탑재가 안 되었습니다. 저희가 마지막 검수 과정에서 나일론 줄 강도에 이상이 발견되어 교체를 준비했는데……."

"어떻게 그런 일이……."

낙하산은 사령선이 지구에 착륙할 때 없어서는 안 되는 장비였다. 지구 대기권에 진입하여 속도가 줄어든 이후에는 지름 50미터 크기의 낙하산 네 개를 펼치며 바다에 안착할 예정이었다. 아무리 급한 발사였다 하더라도 가장 중요한 장비가 고장도 아니고 누락이 되었다는 것은 우주공학 분야에서 상상도 하기 힘든 일이었다.

"죄송합니다. 낙하산을 교체하고 다시 싣는 과정에서 외피 모듈의 실링 작업에서 문제가 생겼고 엔지니어들이 그것을 해결하기 위해 달려가는 사이⋯⋯."

"지금 이유는 중요하지 않아요. 한 번 더 정확히 묻습니다. 우리가 타고 있는 이 사령선에 낙하산이 없다는 말이죠?"

"예, 없습니다. 조립동 격납고 구석에서 탑재되지 않은 낙하산 모듈을 발견했습니다. 혹시 현재 사령선에는 별다른 메시지가 나오지 않았습니까?"

서윤은 어안이 벙벙해 잠시 대답하지 못했다.

"잠깐만요."

주원이 문득 센터디스플레이를 살펴보더니 구석의 경고창에서 'CMP-004-F'라는 메시지를 발견했다.

"아주 조그맣게 떠 있어요. CMP-004-F라고."

"그 메시지가 맞습니다. 낙하산 모듈이 장착되지 않았다는 경고입니다."

"말도 안 돼."

주원이 눈을 지그시 감더니 센터디스플레이를 내려쳤다.

"잠깐만요. 우리가 이륙할 때까지만 해도 그런 경고 메시지가 없었어요. 오류일 가능성은 없나요?"

"죄송합니다. CMP-004-F 경고 메시지는 사령선이 운용 상태일 때만 나타나게 되어 있습니다."

"우리가 직접 확인해보죠."

주원은 가장 중요한 부품이 장착되지 않았다는 사실을 여전히 믿지 못하고 있었다.

"안 돼. 밖으로 나갈 수는 없어."

서윤이 가만히 앉아 주원을 말렸다. 낙하산 모듈은 사령선의 가장 앞쪽 꼭대기에 장착되어 있었기에, 그것을 직접 확인하기 위해서는 우주유영을 감행해야만 했다.

"고장 난 낙하산이 장착되어 있을 가능성은 없나요? 케이블을 연결하지 않았다든지……."

"고장 난 제품과 새 제품 모듈 모두 격납고에서 발견되었습니다. 죄송합니다."

일말의 가능성도 없다는 것을 알게 된 서윤이 슬며시 고개를 숙였다.

"이건 그냥 죽으라는 건데요."

달에 착륙할 때와 다르게, 한울 우주선의 지구 착륙 방식은 전통적인 '캡슐 착륙'이었다. 낙하산을 펼친 채 자유낙하하다가 지상 10여 미터 부근에 역추진로켓을 분사하여 착륙하는 방식이었다. 하지만 지금은 낙하산이 없기에 역추진로켓은 무용지물에 가까웠다. 로켓의 추진력만으로는 시속 수천 킬로미터에 이르는 사령선의 속력을 유의미하게 줄일 수 없었다.

"다른 대안이 있나요?"

서윤은 가능성이 없다는 것을 알면서도 희망의 끈을 놓지 않으려 애썼다.

"지금 자원을 총동원해 방법을 찾고 있습니다. 우선 지구 궤도 진입까지 52시간이 남았으니 그대로 진행하시기 바랍니다."

"아니, 무슨 방법을……."

주원이 절망적인 얼굴로 마른세수를 거듭했다. 그 무렵, 소란스러움에 눈을 뜬 민준이 부유하며 다가왔다.

"뭐야? 왜 그래?"

아직 잠에서 덜 깬 상태였지만 심각한 분위기를 알아차리는 것은 어렵지 않았다.

"대장님, 착륙 낙하산이……."

"왜? 또 고장이야?"

"아니요. 착륙 낙하산이 아예 탑재가 안 되었대요. 우린 지구 대기권에 들어가면 그대로 불타고 말 거예요."

*   *   *

"죄송합니다."

관제 직원들과 조립 엔지니어들이 나로우주센터 발사관제실에 모두 모였다. 팀장급 엔지니어들이 관제실 중앙에 선 재윤을 둘러싸고 서 있었다.

"지금 잘잘못을 따질 때가 아닙니다. 우린 불가능에 도전하고 있었어요."

말과 다르게 재윤은 금방이라도 분노를 터트릴 것처럼 주먹을 꼭 쥔 채 떨고 있었다. 겨우 화를 억누르고 있는 듯했다.

"어떻게든 방법을 모색해보겠습니다."

재윤은 연신 고개를 숙이는 엔지니어들을 뒤로하고 자신을 둘러싼 무리 사이로 빠져나왔다. 그는 방법이 없다는 것을 누구보다 잘 알고 있었다.

"모두 자리를 지켜주세요. 개별 토의를 금지합니다."

삼삼오오 모여 관련 소식을 공유하고 있는 직원들을 향해 재윤이 소리쳤다.

"아직 시간이 많이 남았습니다. 한울 우주선은 정상궤도를 주행하고 있고요. 실수는 잊으세요. 앞으로 새로운 실수를 하지 않는 것이 중요합니다."

재윤의 지시에도 직원들은 빠릿하게 움직이지 않았다. 로켓 발사에 대해 조금이라도 아는 이라면, 낙하산 없이 지구에 착륙할 수는 없다는 것을 모를 리 없었다.

"제 말이 안 들리시나요? 각자 콘솔로 복귀하세요!"

이제는 센터장의 직함을 단 재윤이 목에 힘을 주어 소리를 높였다. 그제야 직원들이 흩어지며 각자의 자리로 돌아갔다.

"곧 태스크포스(task force)를 구성하겠습니다. 우리는 눈에 보이지 않는 달에서도 우주인들을 데려오는 데 성공했습니다. 점점 가까워지고 있는 그들을 구하는 것은 어쩌면 더 쉬운 일일 수 있습니다."

재윤이 사기를 북돋기 위해 말했지만 그에 호응하는 직원은 아무도 없었다.

그때, 콘솔 화면에 나타난 텔레메트리 정보를 확인하던 지선이 무언가를 확인하고는 모니터에 얼굴을 바짝 붙였다.

"센터장님! 보고드릴 사항이 있습니다."

분위기에 어울리지 않는 다급한 목소리에 관제실 직원들의 시선이 모두 지선에게 쏠렸다.

"산화제 용량에도 이상이 있습니다! 아무래도 또 누출이 시작된 것 같습니다!"

*   *   *

산화제 탱크 용량 이상 주의!
산화제 탱크의 잔량이 예상치보다 3% 낮습니다.

같은 시각, 서윤의 화면에도 경고가 떠올랐다. 이번에는 붉은 글씨와 함께 알림음도 울렸기에 바로 알아차릴 수 있었다. 분명 본 적 있는 익숙한 경고였다.

"이건 또 뭐야?"

서윤이 경고 메시지를 클릭하자 사령선의 남은 산화제의 양을 알리는 게이지가 나타났다.

　　예상 산화제 잔량: 3,400kg

　　현재 산화제 잔량: 3,297kg

　　"뭐야? 또 산화제 누출이야? 아까 용접 부위 실링을 다시 했다며? 지금 장난치는 거지?"

　　민준이 당황한 얼굴로 서윤과 주원을 번갈아 보았다. 두 사람 모두 이것이 결코 장난이 아님을 알고 있었다.

　　"다들 패닉 상태에서 작업을 했군요."

　　서윤은 시찬이 교신하며 '낙하산 수리'와 '실링 작업'을 동시에 했다고 말한 사실을 기억했다. 보관 중이던 로켓을 4일 만에 발사해야 했으니, 극도의 압박을 받던 엔지니어들이 공황 상태에 빠져 동시에 터진 문제를 해결하지 못했음이 분명했다.

　　"아무리 그래도 로켓 조립하는 애들이 이런 수준은 아닌데……."

　　민준은 마치 남의 이야기를 하듯 담담한 말투로 중얼거렸다.

　　"산화제 용량이 계속 줄어들고 있어요. 아주 빠른 속도는 아니지만."

　　"얼마나 되지?"

　　서윤이 다시 게이지를 클릭하자 산화제 잔량이 3,293킬로그램을 가리켰다.

"분당 1~2킬로그램 정도 될 것 같아요. 물론 우리가 달을 갈 때처럼 급격히 누출 속도가 빨라질 수도 있어요."

"불행 중 다행이군."

주원은 이미 궤도 계산 화면을 켜고 잔여 산화제 용량에 따른 궤도 변화를 따져보고 있었다.

"가능할 것 같아?"

"지금 계산 중입니다."

주원이 화면에 집중한 채 손가락으로 계속 화면을 스크롤 했다.

"산화제 잔량이 3,000킬로그램 이상이면 지구 공전궤도에 무난히 진입할 수 있어요. 이후 사령선을 분리해서 지구 대기권에 진입하는 것도 가능하고요."

"아직 여유가 좀 있군."

"예, 하지만 빛 좋은 개살구일 뿐이죠."

"왜?"

"임종을 연장할 뿐이에요. 지구 대기권이 들어간들 낙하산이 없는데 무슨 소용이 있겠어요."

동시에 터져버린 두 개의 악재에 혼이 나간 서윤이 모든 것을 포기한 듯 웃어 보였다.

　　　　　　＊　　＊　　＊

두 번째 경고는 감당하기 어려운 무게였다. 악화일로를 걷게 되자 평정심을 유지하려 애쓰던 재윤도 더 이상은 참을 수가 없었다.

"도대체 일을 이따위로 하는 게 어디 있습니까!"

재윤이 목에 걸린 헤드셋을 바닥에 내던지자 관제실 안이 순간 조용해졌다.

"같은 문제잖아요. 산화제 탱크 누설! 용접 부위 실링 상태 확인하라고 몇 번을 이야기했습니까? 밤새워 작업하면서 준비한 결과가 고작 이겁니까!"

재윤이 성을 참지 못하고 계속 소리를 지르자 주변의 직원들이 그에게로 달려왔다.

"센터장님, 지금은 조금 진정하시는 것이⋯⋯."

"진정? 지금 이 상황에서 누가 진정을 하겠어? 산화제도 누설되고 낙하산도 없으면 그냥 우주에서 죽으라는 거 아니야! 그 소식을 대통령과 국민들한테 어떻게 전달할 건데!"

센터장 직무까지 맡게 된 재윤은 어느 때보다도 강한 압박감을 느끼고 있었다.

"우선 저희끼리 협의를⋯⋯."

지선이 눈치를 주자 관제실 안에 들어와 있던 엔지니어들이 하나둘 조심스럽게 뒷문으로 나갔다.

"엔지니어들은 최선을 다했어요. 이건 누구의 실수가 아니라, 무리한 스케줄을 소화하려다 생긴 시스템의 문제라고요."

지선이 간절한 눈빛으로 재윤을 진정시켰지만 그는 애써 시선을 피할 뿐이었다.

"방법이 없어."

재윤은 이미 실패를 예견하고 절망에 빠져 있었다.

"찾아봐야죠. 아직 그들이 사라진 것은 아니잖아요."

"그들이라니?"

"우리 우주인들이요. 아직 우주 공간에서 멀쩡히 잘 날아오고 있어요. 시간이 있으니 방법도 곧 나올 거예요."

지선의 설득에 재윤이 천천히 흥분을 가라앉혔다.

"우선 태스크포스를 구성해서 구조 방안을 논의해주세요. 김지선 매니저가 팀장을 맡아주시고요. 모든 논의는 이곳에서 진행해야 합니다. 관제실을 벗어나지 말아주세요. 또 무슨 상황이 생길지 장담할 수 없어요."

재윤이 지선에게 힘을 주어 말했다. 그리고 소리를 지른 것이 무안했는지 직접 직원들에게 지시를 내리지 않고 관제실 밖으로 나갔다. 관제실을 벗어나자마자 그는 떨리는 손으로 품에서 휴대전화를 꺼내 들었다.

*　*　*

"지금부터 한울 2호 우주선 비상대책회의를 시작하겠습니다."

4시간 뒤, 정부서울청사 대회의실에서 비상대책회의가 열렸다. 정하진 비서실장이 사라진 지금, 회의장에는 최윤중 대통령과 오태민 과기부 장관, 강주호 외교부 장관을 비롯한 정부 핵심 관료 10여 명만이 모였다. 그리고 대통령의 바로 앞자리에는 급히 헬기를 타고 날아온 성재윤 나로우주센터장이 앉아 있었다.

"센터장님, 다들 이야기를 들어서 알고는 있습니다만 간단히 브리핑해주시죠."

전례 없는 위기 상황이었지만, 윤중은 오히려 짐을 덜어낸 듯 여유로운 목소리였다.

"예, 나로우주센터장 성재윤입니다. 한국 시각으로 오늘 새벽 5시, 지구로부터 37만 킬로미터 떨어진 지점을 날고 있는 한울 2호 우주선에서 두 개의 이상 신호가 접수되었습니다. 하나는 낙하산 모듈이 탑재되어 있지 않다는 것이었고, 다른 하나는 산화제 탱크의 누설이었습니다."

재윤이 대통령과 장관들의 눈치를 보며 말을 이어갔다.

"낙하산은 우주인들을 태운 사령선이 바다에 착륙하는 데 필수적인 장비이며, 산화제 탱크는 사령선이 지구 궤도에 들어오기 위해 속도를 줄일 때 추력을 제공하는 장비입니다."

다들 상황을 전달받은 터라 별다른 동요는 없었다.

"잘 알고 있습니다. 그러니까 우리 우주선이 무사히 착륙하게 해주는 두 가지 필수 요소가 모두 고장 났단 말이지요?"

"예, 첫 번째 것은 고장이 아니라 아예 없다고 해야 할 것 같습니다."

재윤이 윤중을 향해 가볍게 고개를 숙이며 말했다.

"좋습니다. 사실 어느 정도 예견된 인재이죠. 3개월에 걸쳐 해야 할 일을 나흘 만에 밀어붙였으니. 누리 15호 로켓을 성공적으로 발사했을 때만 해도 다 끝났다고 생각했는데, 역시 우주개발은 쉽지 않군요."

분위기에 어울리지 않게 여유를 부리는 윤중의 태도에 장관들이 서로 눈치를 봤다.

"그래서, 센터장님은 어떻게 하실 생각입니까? 대안이 있나요?"

윤중이 넌지시 재윤을 바라본 뒤 참석자들을 둘러보았다. 각료들은 하나같이 윤중의 시선을 피했다.

"대통령님, 한 말씀 드려도 되겠습니까?"

아무도 대답이 없자, 강주호 외교부 장관이 조심스럽게 마이크를 잡았다.

"예, 말씀하세요."

"저희 쪽에서도 좀 알아봤습니다만, 지금은 우주인들을 구조하는 것보다 그 피해를 최소화해서 외교적 분쟁을 피하는 것이 우선일 것으로 생각됩니다."

강 장관의 발언에 다른 각료들이 웅성거리기 시작했다.

"지나친 말씀입니다. 그럼 우리 우주인들을 포기하자는 건가요!"

"현실을 보자는 말입니다. 센터장님 표정을 보세요. 이게 지금 기술적으로 가능한 상황이 아닙니다."

흥분해 목소리를 높인 오태민 과기부 장관에게 강 장관이 지지 않고 큰 소리로 답했다.

"그렇다고 이런 자리에서 그렇게 말씀하시면 안 되죠!"

관할 부처의 장인 오태민 과기부 장관이 소리를 더 높이며 자리에서 일어섰다.

"진정하시고……. 강 장관님, 말씀해보세요. 무엇이 문제가 되겠습니까?"

윤중이 마이크를 가까이 가져와 물었다.

"우선 외교적으로는 두 가지가 문제입니다. 일단, 통제력을 잃은 우주선이 지구로 향하고 있다는 것이 알려지면 다른 나라에서 우려를 표할 가능성이 큽니다. 과거 중국의 우주정거장이 지구로 낙하할 때도 비슷한 외교적 분쟁이 있었습니다."

"우주정거장에 비해 한울 우주선은 아주 작은 크기입니다!"

오 장관이 계속해서 딴지를 걸었다.

"그렇죠. 하지만 한울 우주선의 사령선은 대기권 진입 시에도 불타지 않는 열차폐막이 장착되어 있습니다. 다른 정거장이나 위성들처럼 불타서 사라지지 않는다는 거죠."

강 장관이 오 장관의 시선을 피하지 않고 답했다.

"어디로 떨어질지도 모르는 수십 톤의 쇳덩어리가 지구를 향해 날아오고 있다면, 과연 어느 나라가 가만히 있겠습니까?"

강 장관의 준비된 문제 제기에 오 장관이 더 이상 대꾸를 하지 못하고 우물거렸다.

"일리 있는 말씀입니다. 두 번째는 무엇입니까?"

윤중이 빠르게 발언을 지속시키곤 입술을 굳게 다물었다.

"예, 두 번째는 궤도의 문제입니다. 혹여나 우리 우주선이 지구 궤도에 가까이 왔을 경우, 지금처럼 추진력이 부족하다면 불안정한 궤도를 돌게 될 가능성이 있다더군요. 특히 지구 상공 400킬로미터 높이에서 화성 유인 탐사선을 조립하고 있는 미국이 이에 민감하게 반응할 여지가……."

강 장관의 예리한 지적을 들은 윤중의 눈이 번뜩였다.

"센터장님, 가능성이 있는 이야기입니까?"

윤중이 바로 재윤을 쳐다보았다.

"예, 안 그래도 한울 우주선이 지구 근처에 접근한 이후의 궤도 상황을 여러 가지 시나리오로 준비하고 있습니다. 최악의 경우, 연료 부족으로 속도를 줄이지 못하고 안정적인 지구 저 궤도에 진입하지 못할 수 있습니다.”

“그 의미는?”

“이심률이 큰 타원 궤도를 돌게 되면 점점 고도를 잃거나 배회하면서 다른 인공 물체와 충돌할 가능성도…….”

“구체적인 수치를 제시하세요! 괜히 겁만 주지 말고! 센터장이란 사람이…….”

오 장관이 못마땅하다는 듯이 다시 목소리를 높였다.

“알겠습니다. 아직 계산을 마친 것은 아니지만, 국제우주정거장 및 마스보이저와 충돌할 확률도 최대 3퍼센트 가까이 될 것으로 보입니다.”

재윤이 침착하게 발언을 마쳤다. ‘마스보이저’가 언급되자 장관들이 탄식을 머금으며 일제히 고개를 숙였다. 강 장관만이 천천히 고개를 끄덕일 뿐이었다.

“대통령님, 파장이 상상을 초월할지도 모릅니다. 당장 미국이 유인 탐사선 건설에 투입한 비용만 해도 수백조 원에 이를 뿐더러, 인적, 물적 피해를 감안하면 나라가 파산에 이를 수도 있습니다.”

강 장관이 우려 깊은 목소리로 자신의 의견을 관철했다.

“게다가 미국이 이 상황을 알게 된다면 절대 가만히 있지 않을 겁니다. 자칫하면 자신들에게 접근하는 한울 2호 우주선을 격추하려⋯⋯."

강 장관이 쐐기를 박으려 하자, 윤중이 입을 굳게 다문 채 손을 들어 말을 끊었다.

"너무 나아가진 맙시다, 우리."

윤중의 말투는 단호했다. 그는 조금 전부터 무언가를 골똘히 고민하는 눈치였다.

"센터장님 의견은 어떻습니까? 우리가 고민하면 해결할 수 있는 상황입니까? 그러니까, 달의 뒷면으로 구조선을 보내던 상황과 비교해서 어떤가요?"

윤중이 평온한 듯하면서도 위압적인 눈빛으로 재윤을 응시했다.

"제 솔직한 의견은⋯⋯."

재윤이 눈을 아래로 내린 채 잠시 말을 멈췄다.

"저희 기술력으로는 해결이 불가능합니다."

재윤의 단정적인 대답에 회의실 안이 다시 술렁였다. 국가의 최고 결정권자들이 모인 자리에서 일개 국가기관 센터장이 내뱉기는 쉽지 않은 답변이었다.

"그런 자세로 이 자리에 나오면 안 되죠!"

"이봐요, 당신이 책임자입니다!"

몇몇 장관이 연달아 재윤의 태도를 지적했다. 윤중이 재차 손을 들며 그런 장관들을 제지했다.

"지금 시간이 없습니다. 의례적인 말들은 오히려 도움이 되지 않아요. 센터장님의 솔직한 말씀이 오히려 더 와닿습니다. 그러니까 우리가 이런 식으로 회의를 해봤자 시간 낭비일 뿐이라는 거죠?"

윤중이 재윤과 시선을 똑똑히 마주치며 물었다.

"그렇습니다. 우주인들에게 낙하산을 가져다줄 수도 없고, 우주 공간에서 산화제 탱크의 누출을 막을 방법도 없습니다."

재윤은 역시나 단호한 목소리로 답했다.

"그럼 어떠한 방안이 있겠습니까? 그래도 국내 우주 관제의 일인자로서 무언가 대안을 가지고 이 자리에 오시지 않았을까 싶은데요?"

윤중은 재윤이 플랜 B를 가지고 있을 것이라 확신했다.

"예, 저희 팀에서 나온 한 가지 아이디어가 있습니다만……."

재윤이 조심스럽게 입을 열었다.

"말씀해보십시오."

윤중이 기대에 찬 눈빛으로 이야기를 재촉했다.

* * *

"다른 방법을 찾아야 해요."

"너무 위험합니다."

긴 시간이 흐른 뒤, 지구까지 11만 1,231킬로미터를 남겨둔 지점에서 세 우주인은 플랜 B를 전달받았다. 서윤과 주원은 나로우주센터의 플랜을 도무지 수용할 수 없다는 입장이었다.

"대장님, 이건 우리를 농락하는 거라고요."

서윤이 재차 목소리를 높였지만 민준은 팔짱을 낀 채 묵묵부답이었다.

"남은 산화제는?"

"예?"

"산화제 잔량이 어떻게 되냐고."

현재 산화제 잔량: 3,154kg

주원이 센터디스플레이를 스크롤해 산화제 잔량 게이지를 확인했다.

"여전하네."

민준이 수치를 쓱 훑어보고는 다시 눈을 감았다.

"그래서, 나로에서 제시한 방법을 따르시겠다고요?"

"달리 방법이 없잖아."

"아니요. 꼭 그렇지는 않죠."

서윤은 포기하지 않고 민준을 다그쳤다.

"다크사이드 우주선 이야기를 또 하는가 본데, 그건 안 돼.

두 번이나 우리를 죽이려고 했던 놈들한테 목숨을 구걸할 순 없잖아."

민준은 여전히 완고했다.

"나로에서 제안한 방법보다는 나을 것 같은데요? 우리가 무슨 아이언맨도 아니고……."

산화제 누출과 낙하산 미탑재 문제가 발견된 이후, 방법을 모색하던 서윤은 다크사이드 기지에서 출발한 우주선을 떠올렸다. 비공식적이기는 했지만 그들의 우주선이 지구로 향한 이상 자신들보다 먼저 지구 궤도에 진입할 것은 분명했다. 서윤은 며칠 전 달로 향하는 궤도에서 했듯이, 그들에게 수리 혹은 이승을 요청해야 한다고 주장했다.

"일단 나로우주센터에서 대통령에게 의견 전달했을 테니까, 기다려보자고. 그 정도 최첨단 기술이면 결정권자끼리 담판을 지어야 할 문제니까."

어쩌면 가장 확실하고 가능성이 높은 안이었지만 민준은 서윤의 의견에 요지부동하며 반대했다. 살아남아야 한다는 본능보다 달에서 차오른 적대감이 그의 마음에 더 크게 자리하고 있었다.

"주원아, 우리 궤도는 어떻게 되겠니? 지구 공전궤도 말이야."

다행히 산화제의 누출 속도는 더 빨라지지 않았다. 그렇지만 안정적으로 지구 공전궤도에 들어갈 수 있는 마지노선인

3,000킬로그램 이하로 소진되기까지는 얼마 남지 않았다.

"일단 계산 결과는 몇 번 반복해도 동일해요. 연료 탱크는 멀쩡하기 때문에 산화제는 3,000킬로그램 이상만 있으면 초속 7.9킬로미터까지 감속할 수 있어요."

"연료 탱크가 멀쩡하다……."

민준은 다른 방안을 찾기 위해 계속 머리를 싸매고 있었다. 방금 나로우주센터에서 제시한 플랜 B는 일반인이라도 쉽게 납득하기 어려운 것이었다. 나로우주센터의 연구원들은 선외활동이 가능한 EMU에 탑승한 채 사령선 밖으로 뛰쳐나올 것을 지시했다. 물론 남은 산화제를 모두 써서 사령선의 속도를 최대한 줄이고 임시 공전궤도에 진입한 다음의 일이었다.

지구로부터 대략 1,000킬로미터 높이에서 탈출을 감행하고 나면, 미국과 유럽연합의 도움을 얻어 우주 공간에서 구조를 시도하겠다는 다소 무모한 계획이었다. 우주복의 산소 탱크와 여분의 장비를 이용해 최대 18시간까지 우주 공간에 머물 수 있었지만 서윤은 그것이 그저 죽음의 시간을 연장하는 것이라 생각했다.

"우리가 타고 있는 한울 2호 우주선, 무게가 어떻게 되지?"

갑작스러운 민준의 질문에 주원이 어리둥절한 표정을 지었다.

"대장님, 일단 플랜 B부터 철회하시고 다른 방안을……."

"잠깐만 기다려봐. 방법이 있을 것 같아."

"예?"

"그러니까 우리가 지구 공전궤도에 진입할 때 사령선 무게가 어떻게 되는지 확인 좀 해줘."

"정상적인 절차를 밟는다면 41톤이 조금 넘어요. 원래는 착륙선에 실린 화물들도 그대로 가져가야 하니까…… 어?"

매뉴얼을 확인하던 주원이 무언가 알아차렸다는 듯이 고개를 번쩍 들었다.

"왜 그 생각을 못 했죠?"

"무슨 생각?"

"무게……!"

주원이 잔뜩 흥분해 민준에게 가까이 얼굴을 붙였다.

"무게를 줄이면 희망이 있어요!"

*　　*　　*

"계산 결과 얼른 알려주세요!"

민준이 플랜 C를 제안한 지 1시간 후, 나로우주센터의 관제실은 한울 2호 우주선의 무게를 줄이기 위한 방법을 강구하느라 시끄러웠다.

민준은 줄어든 산화제 탱크의 용량에 맞추어 한울 2호 우주선의 무게를 최대한 줄일 것을 제안했다. 산화제의 용량이 30퍼센트가량 줄었기 때문에, 그만큼 우주선의 무게를 30퍼센트 줄일 수 있다면 이론적으로는 승산이 있는 방법이었다.

"31.8톤이 한계치입니다. 그 이상은 어려울 것 같아요."

콘솔 화면에 우주선의 설계도를 띄워놓은 EECOM 선민이 조심스럽게 말했다.

"설명해주세요."

"예, 일단 착륙선은 더 이상 필요 없기 때문에 제외할 수 있어요. 여기서 마이너스 8톤. 사령선에 실린 각종 소모품과 식량을 다 버리면 마이너스 0.3톤. 그리고 줄어든 무게에 맞추어 연료 탱크의 용량을 줄이면 마이너스 1.9톤. 총 10.2톤을 줄이는 게 한계예요."

"그럼 얼마가 모자란 거죠?"

재윤이 날카로운 눈빛으로 선민에게 물었다.

"산화제 잔량이 2,900킬로미터에서 멈춘다는 가정하에 2.4톤을 더 감량해야 해요."

선민의 계산을 들은 관제실 직원들이 여기저기서 한숨을 내쉬었다.

"다른 방법은 없나요?"

초조하게 발을 구르던 재윤이 관제실의 각 콘솔을 둘러보았다. 하지만 누구도 별다른 반응은 하지 못했다.

"한울 2호 우주선 자체가 최대한 경량화한 제품이라 딱히 무게를 더 줄이기가 어려워요. 외부에서 제일 무게를 많이 차지하는 것이 열차단 타일들인데, 이걸 떼어내면 지구로 들어올 때 다 타버리고 말겠죠."

선민이 자포자기한 목소리로 말했다.

"그건 얼마나 되죠?"

"예?"

"말씀하신 열차단 시스템 무게가 어떻게 되냐고요?"

"센터장님, 이건 한울 우주선의 필수 부품이라⋯⋯."

"알고 있습니다. 무게만 말씀해주세요."

"예, 재사용 가능한 열차단 타일만 해도 1.9톤이 넘고, 카본-카본 차단판까지 더하면 2.7톤 가까이 돼요."

선민이 3D로 떠오른 우주선 설계도를 이리저리 돌려보며 설명했다.

"그럼 그걸 다 떼어내도록 하죠."

"센터장님, 지금 무언가 오해가⋯⋯."

선민은 로켓 분야의 전문가인 재윤이 자꾸만 엉뚱한 지시를 내리는 것을 도통 이해하지 못했다.

"다 떼어내고 나면 지구 공전궤도에 진입하는 데에는 아무 이상이 없는 거죠?"

"무게로 볼 때는 그렇지만, 그건 도무지 수용할 수가 없는 안인 것 같아요. 열차단 시스템이 없으면 대기권에 진입한 뒤 몇 초도 버티지 못할 거예요."

자리에서 일어난 선민이 우려스러운 얼굴로 재윤에게 답했다.

"일단 그 안을 우주인들에게 전해주세요. 나머지는 제가 해결하겠습니다.

*   *   *

"이거 우리 놀리는 거죠?"

엎친 데 덮친 격이었다. 민준은 우주선의 무게를 줄여 지구 공전궤도에 진입하는 안을 제안했지만, 돌아온 것은 더 엉뚱한 계획이었다.

"다른 말은 없었고?"

"예, 그냥 명확히 지시 사항만 전달했어요. 하나, 두 명의 작업자가 외부 유영을 통해 우주선 외부의 모든 타일을 제거할 것. 둘, 착륙선을 사출할 것. 보내온 첨부 파일은 타일 제거 매뉴얼."

서윤이 텍스트 통신을 통해 전달된 메시지를 담담하게 읽었다.

"물어볼까요?"

이미 여러 차례 교신을 통해 날이 선 의견을 주고받았기에 서윤은 다시 나로우주센터에 묻기를 꺼려했지만 지금은 어쩔 수 없었다.

"일단 지시 사항이 맞는지만 확인해보자."

"예, 알겠습니다."

서윤이 매뉴얼을 두 사람의 태블릿으로 전송하고는 다시 헤드셋을 썼다.

"나로, 한울 투. 방금 보내주신 작업 과업서를 받았습니다. 문의드릴 사항이 있습니다."

"한울, 나로. 말씀하세요."

시찬이 기다리고 있었다는 듯 답했다.

"열차단 타일을 다 떼어내라는 것은, 우리가 지구에 착륙하는 상황을 배제한 것이죠?"

"맞습니다."

예상은 했지만 쉽게 받아들이기 힘든 답이었다.

"그럼 무게만 맞춰서 지구 궤도에 안정적으로 들어가고, 그 다음엔 구조대를 기다리면 되나요?"

"그 부분은 센터장님이 논의 중이십니다."

"결정된 것은 없는데 작업을 지시한 거고요?"

"예, 5시간 후면 지구 궤도 진입을 위해 감속을 시작해야 합니다. 저희가 전달드린 매뉴얼로 미루어보면, 타일을 수작업으로 제거하는 데에는 빨라도 3시간 이상의 작업 시간이 필요합니다. 가능한 한 빨리 매뉴얼을 숙지하고 작업을 개시해주시기를 바랍니다."

"잘 알겠습니다."

서윤은 이제 더 놀랄 것도 없다는 말투였다.

외벽의 열차단 타일을 수리하는 것은 세 사람이 지상에서 지겹도록 훈련한 업무였다. 로켓 발사 및 우주 항해 과정에서 미세한 운석 등과의 충돌로 인해 열차단 타일이 손상되는 것은 드물지만 있을 수 있는 일이었다. 2003년, 같은 원인으로 콜롬비아 우주왕복선이 폭발한 사고 이후 열차단 타일의 상태를 확인하고 교체하는 임무는 우주인들의 필수 훈련 코스가 됐다.

"정말 계획이 있는 거겠죠?"

"글쎄, 나도 이제 잘 모르겠지만……."

민준은 이미 사령선 뒤편으로 가 보관된 선외용 우주복을 챙겨 입고 있었다.

"시키면 시키는 대로 하는 게 가장 낫다는 것이……."

그리고 우주복 하나를 더 꺼내어 서윤을 향해 던졌다.

"내가 이 며칠 동안 배운 교훈이야."

자신을 향해 날아오는 우주복을 서윤이 낚아챘다.

"농담이시죠? 저는 사령선 조종사예요. 자리를 비울 수 없다고요."

"대장의 명령이 있으면 가능하지."

민준이 의미심장한 미소를 지으며 유리 헬멧을 썼다.

"아까 이야기한 대로 빠르게 작업하는 것이 제일 중요해. 그런 면에서는 우주유영 경험이 더 많은 서윤이가 적합하지. 안 그래, 주원아?"

민준의 말에 주원이 슬쩍 자리를 옮겼다.

"예, 제가 사령선 지키고 있겠습니다."

주원이 멋쩍은 미소로 서윤을 바라보았다.

* * *

"그건 수용할 수 없습니다."

"저희도 더 이상 물러설 수는 없습니다."

청와대 비서동 화상회의실에서 대통령 윤중과 오웬은 벌써 30분째 팽팽한 줄다리기를 하고 있었다. 윤중의 갑작스러운 요청으로 이루어졌지만 한국과 미국 측 모두 각료들까지 참석한 자리였다.

"최 대통령님, 귀국 상황은 잘 알겠습니다. 하지만 마스보이저는 저와 미국의 역작입니다. 우리 프로젝트에 조금이라도 위험이 되는 행위는 저로서는 용납할 수 없습니다."

"가까스로 구조된 세 명의 우주인들이 지구를 향해 오고 있습니다. 국제우주정거장의 도움이 없으면 그들은 살아남을 수 없습니다."

윤중은 한발도 물러서지 않았다.

"잘 알고 있습니다. 달로 향할 때부터 저랑 계속해서 의견을 주고받지 않았습니까? 나흘이라는 시간 만에 구조 로켓을 달까지 발사해서 자국 우주인들을 구한 한국의 기술력과 열정은 높이 평가합니다만, 이건 기본적으로 한국의 문제입니다. 우리가 도울 것은 없습니다."

오웬은 단호하고 차분했다. 인생의 모든 시기를 화성 유인 탐사를 위해 쏟아부은 그는 마스보이저 건설에 조금이라도 해가 되는 일은 결코 허락하지 않을 태세였다.

"마스보이저 건설 부담금 20퍼센트 증액안도 전달드렸습니다. 그걸로 부족하시겠습니까?"

"이건 돈의 문제가 아니에요."

"예, 하지만 국회에서 예산 통과에 어려움을 겪고 계신 것을 잘 알고 있습니다."

윤중의 말에 일순간 회의장이 술렁였다. 비록 세계 7위의 경제 대국이 되었지만, 세계 전체 GDP의 25퍼센트를 차지하는 최강대국을 상대로 하기엔 과한 발언이었다.

"맞아요. 우주개발을 한다는 것은 늘 반대론자들을 달고 사는 일이지요. 최 대통령님도 잘 아시지 않습니까?"

불쾌해하는 듯한 각료들의 분위기와 달리 오웬은 그저 농담으로 치부하며 웃어넘겼다.

"우리 우주인들은 이미 열차단 타일도 모두 제거했습니다. 그들이 다른 이의 도움 없이 지구 대기권으로 들어오는 것은 불가능합니다."

"아쉽군요. 예전처럼 첨단 기술을 이용해서 도움을 드릴 수도 없을 테고……."

오웬이 먼저 설레발을 치며 기밀에 관한 언급을 하자 화면 너머로 주변 각료들이 제지하는 모습이 보였다.

"그래, 그건 안 되지. 지구 근처에는 보는 눈이 너무 많으니까."

오웬은 지루하다는 듯이 기지개를 켤 뿐이었다.

"아무튼, 저로서는 일주일 사이에 이렇게 많은 정상회담을 가진 것도 처음입니다. 아마 미국 역사상 유례가 없을걸요? 이게 다 저와 정치적 뜻을 같이하는 동료로서의……."

"다크사이드 기지의 정보를 저희가 가지고 있습니다."

폭탄 같은 윤중의 선언에 한국과 미국의 회의장이 급속도로 냉랭하게 얼어붙었다. 옆에 앉은 강주호 외교부 장관이 눈을 휘둥그레하게 뜨며 어쩔 줄을 몰라 했다.

"그리고 저희 정부에 스파이를 심어놓으신 것도 잘 알고요."

"대통령님, 지금 큰일을……."

연이은 폭탄선언에 강 장관이 얼결에 윤중의 팔을 잡았다. 윤중은 쳐다도 보지 않고 강 장관의 손을 뿌리쳤다.

"스파이 문제는 백번 이해합니다. 어느 나라의 정보기관에도 하는 일이니까요. 그 헤드가 제 오랜 심복이었다는 사실이 놀랍기는 하지만, 결과적으로 잘 해결했습니다."

화면에 떠오른 오웬은 팔짱을 낀 채 흥미롭다는 표정을 지었다.

"많이 날카로워지셨군요."

영상에는 미국의 각료들이 오웬의 주변을 바쁘게 오가며 의견을 주고받는 것이 보였다.

"우선 스파이 문제는 사과드리지요. 저도 보고를 받고 알아봤는데, CIA가 자체적으로 한 것은 아니더라고요."

화면 너머에서 오웬이 누군가와 눈을 맞추더니 잠시 말을 멈췄다.

"국장님이 그만하라고 하시는군요. 원래 가까이서 충성하는 사람을 제일 경계해야 하는 법입니다. 역사가 늘 가르쳐주어도 다들 똑같은 실수를 반복하죠."

다른 각료들은 전부 오웬의 시선을 피하고 있었다.

"그건 그렇고, 다크사이드 원에 관한 이야기는 아주 흥미롭습니다만……."

오웬이 몸을 바짝 숙여 카메라에 가까이 붙었다.

"그러니까 지금, 미국의 오랜 비밀 기지를 빌미로 저를 협박하시겠다는 거지요?"

　　　　＊　　＊　　＊

"나로, 한울 투. 방금 BN-02 우주유영 마치고 복귀했습니다."

민준이 사령선의 외부 해치를 닫으며 보고했다. 사령선에는 우주 공간을 자유롭게 유영할 수 있는 에어로크 시설이 없었기에, 드나들 때마다 안에 있는 우주인까지 헬멧을 쓰고 있어야 했다.

"가압 완료되었습니다."

사령선 내부에 다시 공기가 차오른 것을 확인한 주원이 헬멧을 벗으며 말했다.

"한울, 나로. 열차단 타일은 모두 제거했습니까?"

"하나도 빠짐없이 다 분리했습니다."

뒤이어 헬멧을 벗은 서윤이 옆 창문을 내다봤다. 사령선 바닥에서 떼어낸 타일들은 우주 공간 어딘가로 떠가고 있었다.

"좋습니다. 지금 바로 착륙선 사출 작업을 진행하겠습니다."

"예, 준비되었습니다."

마지막 작업은 화물칸에 탑재된 착륙선을 내보내는 일이었다.

"사령선 화물칸 개방 완료."

주원이 센터디스플레이를 터치하자 짧은 경보음과 함께 화물칸 문이 옆으로 열렸다.

"확인했습니다. 그대로 사출 진행해주세요."

이후 주원이 '비상' 탭으로 들어가 '사출' 버튼을 눌렀다. 화면에는 다시 한번 진행할 것인지 묻는 팝업창이 떠올랐다. 주원이 주저하지 않고 클릭하자 작은 진동과 함께 착륙선이 우주선 옆으로 빠르게 빠져나왔다.

"드디어 보내는군요."

우주선 옆 창문에 바짝 붙어 있던 서윤이 멀어지는 착륙선을 하염없이 바라보았다. 착륙선의 아랫부분에는 이륙 당시 다크 사이드 군인들이 발사한 총탄 흔적이 선명했다.

"폭발하지 않은 게 기적이지."

민준이 서윤의 옆에 얼굴을 들이밀며 말을 건넸다.

"예, 모든 것이 기적의 연속이었어요. 그 운이 마지막까지 이어질지는 모르겠지만……."

곧 착륙선이 시야에서 사라졌고, 두 사람은 조종석으로 자리를 옮겼다.

"착륙선 정상 사출 확인했습니다. 잠시 후에 사령선의 회전 속도를 증가시키면 질량 측정 작업을 수행하겠습니다."

무게를 잴 수 없는 우주 공간에서 덜어낸 열차단 타일과 착륙선의 무게가 제대로 줄어들었는지 알기 위해서는 관성의 법칙을 이용하는 수밖에 없었다. 주기적으로 회전하고 있는 한울 우주선의 회전 속도를 높이면서 질량이 얼마나 변화했는지 확인하는 방법이었다.

"한울 투, 회전 속도 10아르피엠(rpm)에서 30아르피엠까지 높여

주세요."

시찬의 교신을 듣고 주원이 디스플레이의 프로그레스 바를 올렸다. 그러자 우주선의 옆면에서 질소추진제가 뿜어져 나오며 천천히 회전 속도를 높였다.

"30아르피엠 도달!"

주원의 외침과 함께 잠시 침묵이 흘렀다.

"질량 측정 완료되었습니다. 현재 한울 2호 우주선의 질량은 29.1톤. 성공입니다!"

이윽고 시찬이 완료 신호를 보냈다. 그의 목소리 너머로 관제실의 박수 소리가 연달아 들려왔다.

"수고 많으셨습니다."

시찬의 목소리엔 기쁨이 담겨 있었지만 정작 민준과 서윤 그리고 주원은 시무룩했다.

"예, 이번 건은 성공했지만, 아직 우리가 어떻게 지구로 내려갈지는 정해지지 않은 것 같군요."

민준이 담담한 목소리로 말하자 이내 통신기 너머의 소리가 조용해졌다.

* * *

"오해가 있으십니다. 전혀 그런 것이 아닙니다."

윤중이 정색을 하며 어색한 웃음을 지었다.

"다크사이드 원이 어떤 곳인지 모르십니까? 최 대통령님이 이런 장소에서 언급하시는 것 자체가…….."

"물론 잘 알고 있습니다. 다만 저희 우주인들이 달 뒷면을 탐사하는 과정에서 자연스럽게 녹화된 영상이 있는 것으로 알고 있습니다. 다크사이드 기지의 위치와 구조물이 담긴…….."

윤중의 말에 오태민 과기부 장관이 의아해하며 옆에 앉은 각료들과 귓속말을 나눴다.

"들은 거 있어요?"

오 장관의 속삭이는 물음을 들은 국가정보원장은 그저 고개를 가로저을 뿐이었다.

혼란스러운 것은 오웬 진영도 마찬가지였다. 잠시 미국 측 영상 송출이 멈추더니, 화면이 검게 변했다.

"정상회담을 종료하신 건가요?"

"아닙니다. 아직 연결되어 있습니다."

양측에서 이런저런 목소리들이 나오고 있었지만 윤중은 홀로 차분한 표정을 유지했다. 그리고 몇 초 후 다시 화면이 켜지며 오웬이 등장했다.

"다크사이드 기지 주변은 완벽하게 차단되고 있어요. 보안등급이 형편없는 우주복의 녹화 기능이 작동했을 리가 없을 텐데요?"

"예, 하지만 늘 사각지대라는 게 있지 않습니까."

"영상을 한번 볼 수 있을까요?"

오웬은 도무지 믿지 못하겠다는 표정이었다.

"그걸 저희가 이런 자리에서 전달드리는 것은 적절하지 않은 것 같습니다만. 비공식적으로 얻은 정보인 만큼 비가역적으로 폐기할 의향을 가지고 있습니다."

"비가역적이라……."

오웬이 고민하는 듯 턱을 쓰다듬었다.

"영상은 보여줄 수 없는데 가지고 있겠다, 도와주지 않으면 유포하겠다, 이런 뜻인가요?"

계산을 마친 오웬은 한층 여유로워 보였다.

"아닙니다. 저희가 굳건한 한미동맹을 손상하면서 그런 외교에 어긋나는 일을 하겠습니까?"

"그러니까요. 저도 최 대통령님이 아주 영민하신 분이라는 걸 알고 있습니다. 요즘 인터넷에는 딥페이크 영상이 난무해서 그런 영상 하나 공개한다고 달라지는 것은 아무것도 없습니다. 아예 협상 카드도 될 수 없다는 것을 잘 아시지 않습니까?"

오웬은 윤중의 계략에 빠져들지 않겠다는 의지를 분명히 드러냈다.

"그럼요. 잘 알고 있습니다. 저는 우호적 차원에서 말씀드린 것입니다. 우주인들이 도착하는 대로 원본 동영상을 확보하고 바로 폐기하겠습니다. 그런데 우리 우주인들이 궤도에 진입하지 못하고 지구 궤도를 떠돌거나 사고로 외딴곳에 추락할 경우, 이 정보가 적국의 수중에 들어갈지도 모르겠다는 우려가 있습니다."

윤중의 말을 들은 오웬의 표정이 순간 어두워졌다. 오웬은 의심스러운 눈초리를 거두지 않고서 다시 고민에 빠졌다.

"최 대통령님 뜻은 잘 알겠습니다. 우리도 논의를 좀 해보겠습니다."

"예, 하지만 시간이 얼마 없습니다. 1시간 후면 우주인들이 지구 궤도에 진입을 시도할 겁니다. 부디 빠른 판단 부탁드립니다."

윤중의 눈매에는 간절함과 단호함이 한데 뒤섞여 묻어나 있었다.

23

중력만이 지배하는 공간

2031년 07월 29일

"사령선 로켓 점화 30초 전."

이제는 외부 CCTV 화면을 가득 채울 정도로 커진 지구를 바라보며 서윤이 무거운 목소리로 교신했다.

"한울 투, 나로. 사령선 로켓 상태 최종 확인했습니다. 예정대로 진행하세요."

"라저."

서윤이 센터디스플레이를 올려다봤다. 지구의 공전궤도 진입을 위한 마지막 경로가 점선으로 깜박이고 있었다.

"19초. 고(go)."

민준이 계기반을 확인하고는 진행을 승인했다.

"현재 속도 초속 12킬로미터입니다. 목표 고도는 401.3킬로미터."

디스플레이에 나타난 궤도가 이내 붉은색 실선으로 바뀌더니 진입 시작을 알렸다.

"셋, 둘, 하나, 점화!"

서윤의 목소리에 맞추어 임무 컴퓨터가 자동으로 로켓을 점화했다. 비록 기존에 비해 산화제 용량이 30퍼센트 이상 줄었지만 가벼워진 한울 우주선의 속도를 줄이는 데에는 무리가 없었다.

로켓 노즐이 지구를 향하고 있었기에, 세 사람은 오직 CCTV 화면을 통해서만 지구의 모습을 볼 수 있었다. 로켓 화염이 진공 공간에 부드럽게 퍼지며 지구를 배경으로 일렁였다.

"초속 8.4킬로미터!"

지구 고도 400킬로미터를 안정적으로 공전하기 위해서는 초속 7.71킬로미터까지 속도를 줄여야만 했다.

"남은 점화 시간 11초입니다."

서윤이 빠르게 줄어드는 연료 게이지를 보며 말했다.

"한울 투, 나로. 궤도 진입 성공했습니다. 축하드립니다!"

금방 나로우주센터 시찬의 목소리가 들려오자 서윤이 상체를 뒤로 기대며 눈을 감았다. 동시에 로켓이 꺼지면서 사령선 내부는 갑작스레 고요해졌다.

"드디어 왔군요."

서윤이 전면 윈드실드 너머로 보이는 반달을 빤히 보며 말했다. 햇빛을 받은 부분과 그렇지 않은 부분이 정확히 반으로 나뉜 달은 그동안의 일을 모두 감추고 있는 듯했다.

오른편에 앉은 주원이 직접 지구를 보기 위해 몸을 돌렸지만 아직 지평선만 희미하게 보일 뿐 온전한 모습을 볼 수는 없었다.

"감상에 젖을 시간이 없어. 이제 다음 계획을 준비해야 하니까."

내내 눈을 감고 있던 민준이 결의에 찬 표정으로 벨트를 풀고 공중으로 몸을 띄웠다.

* * *

"1단계는 성공했습니다. 바로 다음 단계 준비해주세요."

한울 우주선이 지구 주위를 안정적으로 돌고 있었음에도 관제실의 분위기는 아직 경직되어 있었다.

"센터장님……."

TELMU 지선이 헤드셋을 벗고 조심스레 재윤을 불렀다.

"예, 말씀하세요."

"ISS(International Space Station: 국제우주정거장)에서 연락이 왔습니다. 직접 랑데부하는 것은 승인할 수가 없다고 합니다."

"뭐라고요? 윗선에서 다 이야기가 된 것 아니었습니까?"

재윤이 목소리를 높이자 직원들의 시선이 그에게로 모였다.

"예, 저도 그렇게 전달받았는데 방금 메시지가……."

지선이 재윤의 시선을 피하며 콘솔 화면을 가리켰다.

발신: ISS 사령관 유리 비노그라도프

ISS 현재 6개의 도킹 스테이션이 모두 사용 중이며, 한울 2호 우주선의 불안정한 운동 상태를 감안할 때, ISS 반경 2킬로미터 이내에 접근하는 것을 불허함.

"망할! 승무원들한테는 전달했어요?"

"아뇨, 아직……."

어느새 TELMU 콘솔 옆으로 다가온 시찬이 고개를 저었다.

"일단 윗선에 보고하겠습니다. ISS와의 도킹 프로시저를 취소하고 대기하세요."

* * *

"러시아 선장의 의지가 아주 완고하다면서요?"

"미국도 어떻게 해줄 수 없다고 손을 떼버렸으니……."

각 부처 장관들이 정부세종청사 대회의실에서 저마다 한마디씩 해대며 윤중을 기다리고 있었다.

지난 화상회의에서 윤중은 오웬에게 가까스로 플랜 C를 얻어냈다. 한울 우주선에 탑승한 승무원들을 우주 공간에서 구조하는 대신, 국제우주정거장에 도킹시키는 방안이 그것이었다. 한울 우주선의 사령선 모듈은 국제규격의 도킹 시스템을 갖췄기에, 국제우주정거장의 승인만 떨어진다면 언제든지 그곳에 접속할 수 있었다.

실질적으로 국제우주정거장의 관리와 권한을 독점하고 있는 것은 미국이었다. 그런데 러시아 선장이 방해꾼이 될 줄은 두 대통령도 미처 상상하지 못했다.

"강 장관님, 무슨 외교적 루트가 없겠습니까?"

오태민 과기부 장관은 다 된 밥에 재가 뿌려질까 노심초사했다.

"러시아와 우주 협력을 중단한 지가 10년도 더 됐으니……."

"난감하군요. 러시아는 다크사이드 기지의 존재를 모르고 있죠?"

"그건 저도 잘 모르겠습니다. 아마 알더라도 굳이 아는 척을 할 이유가 없겠죠."

그때, 윤중이 대회의실 문을 벌컥 열었다.

"시간이 얼마나 남았습니까?"

성큼성큼 들어서는 그를 보며 각 부처 장관들이 서둘러 자리에 섰다.

"예, 방금 지구 저궤도에 정상 진입했습니다. ISS는 지금 반대편을 돌고 있는데, 두 우주선은 1시간마다 교차합니다."

"아니, 그거 말고. 우리 우주선에 시간이 얼마나 남았냐고요."

"아, 그건……."

오태민 장관의 뒤로 보좌진들이 다가오며 귓속말을 했다.

"한울 우주선의 연료는 바닥이 났지만 자체 산소와 식량 등을 고려하면 이틀 정도는 버틸 겁니다."

"우리가 직접 구할 방법은 없습니까?"

윤중의 갑작스러운 질문에 오 장관이 몸을 움찔했다.

"죄송합니다. 이제 준비된 로켓이 없습니다."

"미국 민간 우주 업체는?"

"오웬 대통령이 허락하지 않을 것 같습니다."

강주호 외교부 장관이 눈치껏 끼어들어 답했다.

"난감하군."

윤중은 이번 사건이 국제적으로 큰 관심을 받지 못하고 있다는 것에 충격을 받았다. 마치 미운 오리 새끼처럼, 독자적으로 무모한 달 탐사를 마치고 돌아온 한국 우주인들을 선뜻 반기는 이는 없는 것처럼 보였다.

"ISS의 러시아 선장 입장은 무엇입니까? 반대를 하거든 무슨 이유가 있지 않겠습니까?"

"예, 한울 우주선의 시설이 시설과 인력들이 검증되지 않아

도킹할 수 없다는 게 표면적인 이유입니다. 하지만 그 이면에는……."

"이면에는?"

강 장관이 말끝을 흐리자 윤중의 눈빛이 날카로워졌다.

"저희가 그동안 이번 사업을 준비하면서 러시아의 호의를 여러 차례 거절하고 미국에 협력한 것에 대한……."

"그래서 세 명의 우주인들을 그냥 죽도록 내버려두겠다?"

"어쨌든 적극적인 도움을 줄 수 없다는 뜻 같습니다."

강 장관이 고개를 숙이며 책상을 내려다보았다.

"잘 알겠습니다. 자리도 없다는데 무턱대고 가서 주차할 수는 없는 노릇이고……. 무슨 좋은 안이 없겠습니까?"

윤중이 장관과 보좌진들을 둘러보았지만 다들 시선을 회피할 뿐이었다.

"다들 아시겠지만, 한국 우주인들의 복귀 과정은 철저히 기밀입니다. 모든 언론을 통제하고 있어요. 혹여나 여러분이 실수하더라도 대중들의 질책을 받지는 않을 겁니다. 그러니까 자유롭게 의견을 좀 내주세요."

몸을 사리는 것에 익숙한 관료들은 마지막 순간까지 좀처럼 나서지 않았다.

"대통령님, 저희 보좌진에서 한 가지 아이디어가……."

몇십 초 동안의 침묵을 깨고, 오태민 장관이 조심스럽게 손을 들었다.

*　　*　　*

"그게 가능하겠습니까?"

내용을 전달받은 재윤의 반응은 냉담했다.

"불가능한 건 아니죠. 그런데 ISS의 우주인들이 어떻게 생각할지……."

재윤 주위에 모여든 직원들 모두 난감한 듯 주저했다.

"그러니까, 상대한테 먼저 이야기도 하지 않고 그냥 들이대자는 건가요, 지금?"

지선이 헤드셋을 목에 걸친 채 물었다.

"예, 일단 ISS의 모든 도킹 스테이션이 찬 건 맞아요. 정기 물자 보급을 위한 크루-드래곤 모듈과 마스보이저 건설을 위한 장비들이 다 차지하고 있어요. 제가 스케줄을 봤는데, 앞으로 일주일 이내에 도킹 스테이션이 빌 가능성은 없어요."

"어차피 비어 있어도 도킹을 허락하지 않았을 거예요."

지선이 국제우주정거장의 상태를 설명하는 선민의 말을 이어받았다.

"우리 우주선의 성능을 이유로 거부한 거니까요. 그런데 우주인들을 거부한 것은 아니잖아요. 세 명의 우주인 모두 ISS 근무 경험이 있고, 또……."

"또?"

재윤이 망설이는 지선을 보며 초조하게 침을 삼켰다.

"ISS의 에어로크에는 잠금장치가 없어요. 그냥 밖에서 열면 열리는 구조죠."

"그것참 아이러니하군."

지선의 말을 들은 재윤이 피식 웃어 보였다.

"정리하자면 우리 우주인들이 적당한 위치에서 우주선을 빠져나온 다음, 수 킬로미터를 날아서 ISS로 가자는 거잖아요. 그것도 ISS와의 사전 승인이나 논의 없이. 이게 21세기에 가당키나 한 생각입니까?"

재윤이 손에 들고 있던 태블릿을 콘솔에 내려놓더니 깊게 한숨을 쉬었다.

"하지만 다른 대안이 없는 것 같군요. 시간이 얼마 없으니 어느 지점에서 어떻게 빠져나올지 계산해서 승무원들에게 전달해주세요."

그는 곧장 다시 태블릿을 챙겨 들고서 단상을 향해 천천히 내려갔다.

*   *   *

"세이퍼(SAFER: NASA에서 우주유영을 위해 개발한 추진 장치)의 작동

가능 시간은 20분입니다. 추진제 잔량이 유동적이니 유의하세요."

시찬의 교신은 이제 잔소리처럼 들려왔다.

"ISS와의 거리는 11킬로미터, 상대 속도는 초속 230미터에서 감속 중!"

유리 헬멧을 쓴 주원은 아직도 계기반에서 눈을 떼지 못하고 있었다.

"이제 1분도 안 남았어. 어서 나가자고."

선외용 우주복을 모두 갖추어 입은 세 사람이 사령선의 해치 앞에 섰다. 맨 앞에 선 민준의 산소 탱크에만 알루미늄 프레임으로 만들어진 가느다란 세이퍼 추진기가 달려 있었다.

"다들 구명줄 연결 상태 확인하고."

민준은 벌써 해치를 여는 래칫 레버를 잡고 있었다.

"아직요. 최대한 근접한 지점에서 나가는 게 좋아요."

세 우주인은 결국 국제우주정거장으로 '날아서' 가게 됐다. 최윤중 대통령은 더 이상의 외교적 협상 카드가 남아 있지 않은 지금, 자국 우주인들을 우주 공간에서 빙빙 돌리는 것은 아무런 의미가 없다는 판단에 이 플랜을 승인했다.

지시를 전해 들은 민준과 서윤 그리고 주원은 의외로 담담하게 받아들였다. 마스보이저 건설로 복잡하기만 한 ISS의 주변으로 반파된 우주선을 타고 접근하는 것은 위험 부담이 크다는 것을 누구보다 잘 알고 있기 때문이었다.

"나로, 한울 투. 탈출 시점을 정확히 알려주십시오."

한울 우주선은 텔레메트리를 통해 원격으로 조정되고 있었기에 사령선의 속도와 고도는 더 이상 세 사람이 조절할 수 없었다. 하지만 탈출이 임박하도록 나로우주센터에서는 아직 구체적인 지시를 내리지 않았다.

"한울, 아직 계산 중입니다."

"계산은 무슨."

센터디스플레이에 나타난 국제우주정거장과의 거리가 9킬로미터까지 줄어들자 민준의 심박동이 요동치기 시작했다.

"나로, 시간이 없습니다. 대략적인 지점이라도 알려주세요."

서윤이 다급한 마음에 재차 물었다. 다른 두 사람 역시 불안하긴 마찬가지였다.

"한울 투, 세 우주인의 운동에너지를 고려하여 최적 경로를 계산하고 있습니다. 현재까지 계산한 바로는 대략 3킬로미터 거리에서 탈출하는 것이 최적입니다. 다만, 더 가까운 곳에서 할 수 있는지 검토 중이니 잠시만 기다려주십시오."

교신을 듣던 민준의 이마엔 어느덧 식은땀이 잔뜩 맺혀 있었다.

* * *

"정민준 대장의 심박수가 분당 120회를 넘었습니다."

플라이트서전 송윤민 대위가 긴장된 얼굴로 콘솔을 주시했다.

"다른 친구들은?"

"모두 90대를 유지 중입니다. 정 대장은 자율신경계 긴장 수치도 이상 수준입니다."

송 대위는 옆에 서 있는 재윤만 들릴 만큼 작은 목소리로 속살거렸다.

"또 긴장했군."

"긴장을 안 하면 비정상적인 상황이긴 하나……."

민준이 공황장애를 앓고 있다는 것을 잘 알고 있는 송 대위는 혹여나 발작을 일으키지 않을까 노심초사하고 있었다.

"정 대장님, 성재윤입니다."

재윤이 개별 채널에 연결해 민준에게만 연락을 취했다.

"예, 감독관님. 우리 언제 나가야 합니까? 시간이 없습니다. ISS가 코앞이라고요."

아직 본론을 얘기하기도 전에 민준은 쏜살같이 불만을 쏟아냈다. 그것이 불안함의 증거라는 것을, 재윤은 익히 알고 있었다.

"잘 알겠습니다. 아직 3분 정도 시간이 있습니다. 한울 우주선의 궤도와 속도는 저희가 아주 정밀하게 컨트롤하고 있습니다. 장착하신 세이퍼 추진기의 용량이 크지 않기 때문에 성공확률을 높이기 위한 루트를 확보 중입니다."

재윤이 차분하고도 나긋한 목소리로 설명했다.

"감독관님, 아 센터장님 되셨다고 했나요? 축하드립니다. 아무튼, 성공 확률을 높이는 방안 따위는 없습니다. 우리는 반드시 ISS에 도달해야만 해요. 실패는 없습니다."

"물론입니다. 정 대장님. 완료되는 대로 말씀드리겠습니다."

더 이상의 교신은 방해만 될 것이라 판단한 재윤이 서둘러 말을 줄였다.

관제실 앞 화면에는 정 대장의 헬멧 카메라 화면이 실시간으로 중계되고 있었다. 이리저리 흔들리는 화면을 보며 재윤은 고개를 힘껏 저었다. 민준이 제대로 임무를 달성할 수 있을지 불안했지만, 이젠 걱정할 시간조차 없었다.

* * *

"한울 투, 나로. 카운트다운 시작하겠습니다. 30초 후 탈출을 시작합니다. 지금 바로 해치를 열고 사령선 밖에 정렬해주십시오."

"더럽게 빨리 알려주는군."

1분여의 침묵을 깨고 나로우주센터 시찬의 목소리가 들려왔다. 지시를 받은 민준이 곧장 해치를 당겨 안쪽으로 열었다. 그러자 발밑에 펼쳐진 드넓은 지구의 모습이 생생히 드러났다.

"ISS와의 거리 3.1킬로미터입니다."

구명줄로 연결된 채 맨 뒤에 선 주원은 끝까지 계기반을 응시하며 상황을 살폈다.

"이제 보인다. 화면은 그만 봐."

민준이 시선을 올렸다. 먼발치에 하얀 구름을 배경으로 유유히 떠다니는 국제우주정거장의 윤곽이 조그맣게 보였다. 그 너머에는 거의 완성된 화성 유인 탐사선 마스보이저가 위용을 드러내고 있었다.

"다들 밖에 서셨습니까?"

민준이 사령선 외피에 난 손잡이를 잡고는 우주선의 앞쪽으로 이동했다. 뒤이어 서윤과 주원이 해치 밖으로 나와 사령선의 손잡이에 발을 디뎠다. 하얀색 우주복을 입은 세 명의 우주인이 사령선 바깥에서 일렬로 가지런히 늘어섰다.

"예, 모두 다 준비되었습니다. 지금부터는 시계비행을 해도 될 것 같은데요?"

국제우주정거장의 모습이 점점 더 크게 다가오자 민준은 자신감이 생긴 양 답했다. 하지만 헤드셋을 통해 들리는 민준의 목소리에는 유독 호흡 소리가 크게 섞여 있었다.

"대장님, 괜찮으세요?"

"물론이지."

그것을 알아차린 서윤이 등을 짚으며 물었지만 민준은 동요하지 않았다.

"카운트다운 시작합니다. 10초."

떨리는 시찬의 목소리를 듣고 민준이 우주복 하의에 장착된 보행보조 장치를 '강화' 모드로 바꾸었다.

"7초."

"다들 꼭 잡으라고."

민준의 말에 서윤과 주원이 앞사람의 산소 탱크 양옆을 부여잡았다.

"4초."

"준비됐습니다."

"2초, 1초…… 지금입니다!"

시찬이 외침이 들려오는 순간, 민준은 두 다리에 바짝 힘을 줬다. 사령선의 얇은 외피가 움푹 들어갈 정도로 강한 힘이 가해지더니 민준이 우주 공간으로 총알처럼 날아갔다.

"어, 어!"

예상보다 강한 힘에 산소 탱크를 잡은 손이 풀린 서윤은 아주 잠깐 제자리에 서 있었다. 곧 두 사람 사이를 연결한 구명줄이 팽팽해지며 서윤을 빠른 속도로 이끌었다.

"탈출했습니다. 3시 방향, 1킬로미터 거리에 목표 지점 포착."

민준이 정신을 바짝 차리며 헬멧 디스플레이에 사각형으로 표시된 국제우주정거장의 위치를 확인했다.

"저도 확인했습니다. 거리 921미터, 상대 속도 초속 15미터."

서윤도 고개를 살짝 옆으로 빼 HUD에 보이는 국제우주정거장의 위치를 포착했다. 화면에는 레이저 지시계가 측정한 거리와 속도가 실시간으로 나타났다.

"제 교신 잘 들리시나요?"

"예, 잘 들립니다."

시찬은 더 이상 자신들이 도와줄 것이 없음을 알면서도 조바심에 말을 걸었다.

"거리 700미터, 방위각 345도."

마치 우주선을 타고 도킹하는 것처럼, 민준은 세이퍼 추진기의 조종간을 쥔 채 앞을 뚫어질 듯 쳐다보며 전진했다.

"각도가 아직 커."

민준이 혼잣말을 하고서 조종간을 살짝 왼쪽으로 당겼다. 그러자 세이퍼 추진기에서 질소추진제가 뿜어져 나오며 방향이 오른쪽으로 약간 틀어졌다. 하지만 구명줄에 매달려 따라오던 두 사람 때문에 반동이 생겨 다시 방향이 흐트러졌다.

"다들 바짝 붙어!"

민준이 목소리를 높이자 서윤과 주원이 구명줄을 당기며 앞으로 붙었다.

"세이퍼 추진기 노즐 때문에 완전히 붙을 수가 없어요."

바짝 따라붙은 서윤이 민준의 등에 매달린 산소 탱크를 끌어안으려 팔을 뻗었다. 그러나 질소추진제가 나오는 노즐 몇 개가 자꾸만 접근을 방해했다.

"어떻게든 더 붙어! 지금은 하나의 물체처럼 이동해야 해. 그러지 않으면 방금처럼 뒤뚱거리다 이탈하고 말 거라고!"

민준의 이마에 흐르던 땀이 그의 오른쪽 눈으로 들어갔다. 눈을 계속 깜빡여봤지만, 눈에 들어간 땀이 이미 민준의 눈앞을 뿌옇게 가린 뒤였다.

"이런 망할!"

민준이 오른쪽 눈을 꾹 감은 채 머리를 흔들었다.

"정 대장님, 무슨 문제 있습니까?"

나로우주센터에서 생중계 화면을 보고 있던 재윤이 조심스럽게 말을 붙였다.

"없습니다. 곧 도착해서 연락드리겠습니다."

이윽고 땀을 씻어낸 민준이 다시 정면을 응시하며 차갑게 답했다.

"거리 350미터, 상대 속도는 초속 7미터입니다. 속도를 조금 더 줄여야 합니다."

맨 뒤에 있는 주원의 시야에도 이제 국제우주정거장은 축구장만큼이나 크게 보였다.

"잘 알고 있어. 조금만 더 간 다음에……."

민준은 자신이 이 상황을 컨트롤하지 못하면 미쳐버릴 거라는 걸 누구보다 잘 알고 있었다.

"거리 200미터, 초속 6미터. 너무 빠릅니다."

보다 못한 재윤이 끼어들었지만 민준은 아무런 대꾸도 하지 않았다.

"대장님, 저희 때문에 세이퍼를 작동 안 하시는 건가요? 속도를 좀 줄여야 할 것 같아요."

뒤에 바짝 붙은 서윤도 ISS와의 거리가 너무 빠르게 줄어들고 있음을 체감하고 있었다.

"마지막 한 방을 노려야 해. 자칫하다가는 오히려 역방향으로 갈 수 있다고."

민준은 조종간을 쥔 손을 뒤로 당기지 않고 버텼다.

"100미터, 90미터……."

민준이 자신의 HUD에서 빠르게 줄어드는 숫자를 읊기 시작했다. 그리고 목적지로 삼은 퀘스트 에어로크가 시야에 들어올 즈음 민준이 있는 힘껏 조종간을 당겼다.

"으악!"

미리 알리지 않은 탓에 세이퍼 추진기에서 뿜어져 나온 강한 질소추진제 일부가 서윤의 몸을 강타하며 그녀를 뒤로 밀어냈다.

"됐어! 거의 다 왔어!"

아직 서윤의 상태를 눈치채지 못한 민준이 미소를 짓는 순간, 사선으로 밀려난 서윤의 구명줄이 민준을 강하게 끌어당겼다. 국제우주정거장을 눈앞에 두었던 민준은 외마디 비명조차 지르지 못하고 반대 방향으로 튕기듯 날아갔다.

*　*　*

청와대 본관 집무실에서 각료들과 모여 실시간 중계 화면을 보고 있던 윤중이 말없이 눈을 감았다.

"그냥 놔두세요."

오태민 장관이 비서에게 서둘러 화면을 끄라고 속삭이자 윤중이 의자에 앉은 채로 제지했다.

"얼른 대책을 마련하겠습니다."

"대책은 무슨 대책. 아무 생각 없이 말하지 마시고요."

민준은 여전히 눈을 감고 있었다.

"죄송합니다. 우주 공간은 꽤 안정적인 곳이라 생각했는데……."

"아직 끝이 나지 않았습니다. 서둘러 단정하지 마세요."

윤중이 자리에서 천천히 일어나더니 100인치 모니터 앞으로 바짝 걸어갔다. 대원들의 교신 내용을 전달하는 스피커에서는 짧게 호흡을 참았다 내뱉는 소리가 들려오고 있었다.

"정 대장의 호흡 소리가 규칙적입니다. 아직 살아있어요."

* * *

"대장님, ISS를 지나치고 있습니다. 7시 방향, 거리는 300미터!"

대열의 맨 끝에 선 주원이 몸을 빙글빙글 돌리며 상황을 보고했다.

"확인했어. 서윤이는 괜찮니?"

민준이 고개를 돌려 뒤를 보았지만 산소 탱크에 가려 서윤이 보이지 않았다.

"질소추진제 압력이 생각보다 거세네요. 좀 놀라기는 했는데, 괜찮습니다."

다행히도 서윤은 금방 정신을 차리고 자세를 가다듬었다.

"다들 침착하자고. 아직 세이퍼의 추진제는 많이 남아 있어."

민준이 사방을 둘러보며 다시 국제우주정거장 방향으로 돌아가기 위한 루트를 계산했다.

"우선 우리부터 좀 정리를 해야 할 것 같아. 이렇게 주렁주렁 매달려 있어서는 도무지 조종을 할 수가 없어."

"그럼 어떻게 하죠?"

3미터 간격으로 떨어진 세 사람은 마치 열차처럼 길게 이어져 있었다.

"어쨌든 한 몸으로 붙어서 움직이는 게 중요해. 추진기 때문

346

에 바짝 붙기 어렵다면……."

"대장님, 시간이 얼마 없어요. 계속 멀어지고 있다고요."

서윤이 발밑으로 지나가는 국제우주정거장의 태양전지판을 보며 말했다.

"알고 있어. 우리 고도가 더 높으니까 에너지 면에서는 유리하다고."

민준은 때아닌 여유를 부리고 있었다. 그러던 그가 갑자기 산소 탱크에 세이퍼를 고정하고 있는 연결 장치를 풀기 시작했다.

"지금 뭐 하세요?"

당황한 서윤이 구명줄을 잡아당기며 민준에게로 다가갔다.

"이 녀석이 붙어 있으면 한 몸처럼 움직일 수가 없잖아."

"그걸 떼어내면 추진할 동력이 없다고요!"

서윤은 순간 민준의 정신이 어떻게 된 것은 아닌지 의심했다.

"그걸 누가 모르겠어. 녀석을 이렇게 밖으로 빼낸 다음……."

민준이 우주복 상의 포켓에서 자신의 구명줄을 꺼내더니 세이퍼의 양 귀퉁이 고리에 묶기 시작했다.

"정민준 대장님, 방금 세이퍼 추진기가 분리되었다는 신호를 받았습니다. 문제가 있나요?"

시찬의 불안한 목소리가 들려왔다. 가급적 끼어들지 않으려던 그는 연이은 돌발 상황에 당황하고 있었다.

"나로, 지금 교신할 새가 없습니다. 죄송합니다. ISS에 도착해서 연락드리겠습니다."

민준이 왼팔 디스플레이를 확인하더니 외부 통신 기능을 오프(off)로 설정했다.

"대장님! 지금 제정신 맞죠?"

"걱정 마. 지금은 누구의 도움도 받을 수 없어. 오직 우리 셋이 해야만 한다고."

구명줄을 다 묶은 민준이 다시 디스플레이를 조작해 세이퍼 추진기를 '원격 조종' 모드로 바꿨다.

"질량이 분산되어 있는 것보다는 하나로 모인 것이 낫지."

그리고 추진기를 조종하는 화살표를 클릭했다. 구명줄에 매달린 추진기가 국제우주정거장이 있는 아래쪽으로 유유히 내려갔다.

"자, 이제 다들 바짝 붙어! 얼른!"

민준이 뒤편에 연결된 두 사람을 끌어당기며 외쳤다. 이윽고 서로의 산소 탱크를 꼭 잡고 붙은 세 사람이 추진기에 끌려가는 모양새가 되었다.

"대장님, 별로 좋은 아이디어는 아닌 것 같아요."

서윤은 어쩔 수 없이 민준의 의견을 따르고 있었지만 그다지 과학적인 방법이 아니라고 생각하고 있었다.

"나도 그렇게 생각해."

민준이 오직 손끝으로만 추진기의 방향을 조정하며 수긍했다.

"ISS 퀘스트 에어로크 시야에 들어왔습니다. 거리 150미터, 1시 방향입니다."

주원이 위치를 정확히 체크했다. 점점 고도를 낮추던 세 사람의 시야에 이윽고 내부로 들어갈 수 있는 에어로크의 문이 보였다.

"이 방법의 유일한 단점은……."

민준이 추진기와 자신을 연결하고 있던 구명줄의 버클을 꼭 쥐었다.

"속도를 줄일 수가 없다는 거지."

"예?"

서윤이 반문할 새도 없이 민준은 그대로 버클을 풀어버렸다. 짐을 던 세이퍼 추진기는 국제우주정거장의 태양전지판 부근을 향해 날아갔다.

"거의 다 왔어요! 아직 속도가 빨라요!"

천천히 다가가는 듯 보였지만 물리적인 에너지는 여전했다. 민준이 퀘스트 에어로크의 끝부분을 주시하더니 양손을 펼쳐 그것을 감싸 안으려는 자세를 취했다.

"셋, 둘, 하나!"

민준이 하나를 외친 순간 에어로크의 출입문이 눈앞을 가득 채웠다. 그는 때를 놓치지 않고 오른손으로 네 방향으로 난 손잡이를 꽉 잡았다.

"빙고!"

오른 손아귀에 힘이 들어간 것을 확신한 민준이 반사적으로 외쳤다. 그리고 다른 손으로 반대편 손잡이를 잡기 위해 몸을 돌렸다.

"저도 잡았어요!"

민준의 뒤에 붙어 있던 서윤이 나머지 손잡이 하나를 붙잡으며 말했다. 이어 맨 뒤에 있던 주원이 에어로크에 안착하려 할 무렵, 그가 갑자기 무게중심을 잃고 미끄러졌다. 서윤과 주원을 연결하고 있던 구명줄이 다시 풀리며 주원은 국제우주정거장의 모듈 너머로 흐르듯 날아가버렸다.

"꽉 잡아! 두 사람 힘이면……."

서윤이 양손으로 손잡이를 쥐며 말했다.

"아니요, 안 돼요. 다시 돌아올게요."

찰나였지만, 주원은 자신의 운동에너지를 두 사람의 손아귀 힘만으로는 이겨낼 수 없다고 판단했다. 그리고 본능적으로 구명줄을 연결한 버클에 손을 올려 풀어버렸다.

"주원아!"

자신을 끌어당기는 힘이 생기지 않자 서윤은 주원이 구명줄을 포기했다는 것을 알아차렸다. 그리고 손을 뻗었지만, 주원은 이미 10여 미터 이상 멀어져 있었다.

"젠장!"

주원은 국제우주정거장의 외부에 난 돌출물을 잡아 속도를 줄이려 했으나 그 판단은 오히려 독이 되었다. 손을 뻗어 잡은 통신용 안테나가 힘없이 부러지면서 주원의 몸은 공중에서 빙글빙글 회전했다.

"일단 들어가서 구조를 요청해. 내가 가볼게."

"뭐라고요? 안 돼요. 대장!"

서윤이 말릴 새도 없이, 민준은 보행보조 장치의 모드를 변경하고는 우주 공간으로 박차 올랐다.

*　*　*

"정민준 대장! 정민준 대장!"

일찍이 상황을 파악한 재윤이 다급히 통신을 시도했지만 아무런 응답이 없었다.

"외부 통신을 모두 꺼놓았습니다."

"다른 대원들은?"

"정 대장이 전체 채널을 닫은 거라, 마찬가지입니다."

"기어코 문제를 일으키는군!"

재윤은 화를 참지 못하고 주먹으로 콘솔을 내리쳤다. 관제실 센터스크린에는 점점 멀어지는 주원과 그를 향해 다가가는 민준의 개인 화면이 생생하게 떠오르고 있었다.

"어느 방향이지?"

국제우주정거장의 기다란 모듈을 따라 빠르게 이동하는 두 사람을 보며 재윤은 어떻게든 방법을 찾기 위해 고심했다.

"ISS를 이탈하는 것은 피할 수 없을 것 같습니다. 속도는 붙었는데 줄일 방법이 없습니다."

"어느 방향이냐고!"

재윤이 애먼 시찬에게 화를 투사했다.

"그게……."

시찬이 두 우주인의 궤적을 확인하는 사이, 재윤의 시야에 무언가가 들어왔다. 그것은 국제우주정거장과 300미터 떨어진 지점에서 조립되고 있는 마스보이저 우주선이었다.

"지금 작업 중인가?"

"어떤 말씀입니까?"

"저기 보이는 저 마스보이저, 아직 조립 중이지?"

"예, 아직 완공까지 시간이 좀 남은 것으로……."

"좋아. 당장 대통령 연결해줘! 어서!"

* * *

"주원아, 일단 몸을 최대한 벌려. 회전 속도가 너무 빨라!"

눈앞에서 빙글빙글 돌며 멀어지는 주원을 따라잡기 위해 민준이 허우적댔다. 하지만 국제우주정거장을 박차고 나올 때의 추진력이 사라지자, 더 이상 우주 공간에서 그를 나아가게 할 힘은 없었다.

이윽고 국제우주정거장에서 마스보이저를 조립하러 갈 때 대기하는 '오렌지 공역'에 이르자 민준의 우주복의 임무 컴퓨터가 자동으로 알림음을 울렸다.

오렌지 공역에 진입합니다.

관제소와 통신을 연결하세요.

정해진 구역에 도달하면 자동으로 떠오르는 메시지였다. 민준은 그제야 자신이 모든 외부 통신을 꺼놓았다는 것을 깨달았다.

"이런, 젠장."

민준이 급하게 디스플레이를 켜고 다시 외부 통신을 온(on) 상태로 바꿨다.

"ISS, 긴급 상황입니다. 들리시나요?"

"정 대장님, 연락도 차단하고 도대체 뭐 하시는 겁니까?"

헤드셋 너머로 ISS 사령관 유리 비노그라도프(Yurii Vinogradov)의 강한 악센트가 들려왔다.

"오랜만입니다, 사령관님. 이서윤 대원은 잘 들어갔습니까?"

"지금 그럴 여유가 있습니까? 당신들이 무슨 짓을 하고 있는지 알아요?"

"죄송합니다. 아까 주원 대원이 훼손한 안테나는 복구하겠습니다. 저희를 구조해주실 수 있습니까?"

"자체적으로 퀘스트 에어로크를 통해 진입하겠다고 연락은 받았습니다. 다만, 구조 인력이 필요하다는 이야기는 없었는데요?"

두 명의 우주인이 위험에 빠진 것을 알면서도 유리 사령관은 무관심한 말투였다.

"예, 맞습니다. 하지만 비상 상황이라는 게 있지 않습니까?"

"당신들은 이미 마스보이저 조립 구역으로 진입했습니다. 거기서부터는 미국의 관할입니다. 저로서도 어쩔 도리가 없습니다."

사령관은 민준의 설득을 매몰차게 무시했다. 한때 국제우주정거장에서 함께 근무하던 사이였지만 사사로운 친밀감은 정작 중요한 때에 작은 도움조차 되지 못했다.

"망할 자식!"

민준이 신경질적으로 통신을 끊으며 다시 주원을 보았다. 양팔과 다리를 쫙 벌리고 있었지만 주원의 회전 속도는 좀처럼 줄어들지 않은 듯했다.

"주원아, 괜찮니? 김주원!"

재차 교신을 시도했지만 주원은 몸은 축 늘어뜨린 채 회전

할 뿐 대답하지 않았다.

"젠장! 나로, 민준입니다. 김주원 대원의 바이털사인은 어떻습니까?"

민준의 목소리가 다급해졌다.

"정 대장님, 김주원 대원의 심박수가 분당 50대로 너무 낮습니다. 이외의 수치들은 정상입니다. 혹시 움직임이 보이지 않습니까?"

헤드셋 너머로 플라이트서전의 목소리가 들려왔다.

"예, 빙글빙글 돈 지 몇 분 되었는데, 다른 움직임은 전혀 없습니다. 무슨 문제가 있나요?"

"아, 그런가요?"

플라이트서전이 뚜렷한 답을 주지 않고 잠시 교신을 멈추자 민준은 다시 불안감이 엄습하는 것을 느꼈다. 물에 있는 것처럼 앞으로 나아가기 위해 몸을 휘저었지만 우주 공간에는 그의 몸짓을 뒷받침해줄 유체가 없었다.

"일시적으로 실신한 것 같습니다. 즉시 구조를⋯⋯."

"아니, 지금 우리 상황이 안 보입니까? 당연히 구조를 해야지요! 그걸 대책이라고 말하는 겁니까!"

민준이 답답한 마음에 고함을 질렀다.

"주원아! 대답 좀 해봐, 주원아!"

이미 마스보이저의 조립 구역에 들어섰으나 주위에는 아무도 없었다. 평소 같으면 곳곳에서 작업하고 있을 십여 명의 우주인들이 전혀 보이지 않았다. 당연히 작업자들이 근처에 있으리라 기대한 민준의 마음이 이내 불안으로 가득해졌다.

"우리는 곧 마스보이저도 지나칩니다. 그럼 더 이상 구조 기회가 없어요! 얼른 ISS든 마스보이저든 우주인들을 보내달라고요!"

갑작스레 패닉에 빠진 민준이 격앙된 목소리로 소리쳤다.

"정 대장님, 자, 숨을 천천히 쉬시고요. 지금 저희가 대책을……."

"뭐라는 거야!"

상황에 어울리지 않게 차분한 목소리로 말하는 플라이트서전 송 대위의 말에 민준은 더욱 흥분했다. 그는 시야가 터널처럼 좁아졌음에도 사방을 두리번거리며 어떻게든 주원에게 다가갈 방법을 찾았다. 그가 고개를 돌릴 때마다 하염없이 고요한 지구의 모습과 점점 멀어지는 국제우주정거장, 거대한 마스보이저 우주선의 모습이 번갈아 나타났다.

"다들 어디 간 거야! 유리 사령관! 대답 좀 해보세요! 제발요!"

민준의 목소리 끝이 갈라지며 절규로 바뀔 무렵, 저 멀리서 밝은 LED 등 하나가 깜박였다. 눈이 부실만큼 강한 불빛에 민준은 순간 눈을 감아버리고 말았다. 그리고 몇 초 후 눈을 다시 뜨자, 주황색 우주복을 입은 우주인 세 명이 의자처럼 생긴 MMU(Manned Maneuvering Unit: 우주 공간 이동 장치)에 앉은 채 주원을 향해 다가오는 것이 보였다.

"이봐요! 저기요!"

민준이 손을 뻗었지만 그들은 아무런 응답도 하지 않았다. 이윽고 한 명의 우주인이 권총처럼 생긴 장비를 들더니 느릿하게 주원을 겨냥했다.

"야, 안 돼! 이 미친 자식들아!"

다크사이드 기지의 악몽이 떠오른 민준이 있는 힘껏 부르짖었다. 그럼에도 그들은 조준점을 바꾸지 않고 부동했다. 다른 한 명의 우주인은 속도를 더 높이더니 민준을 향해 다가왔다.

"안 된다고! 여기서 이렇게 죽을 수는 없다고!"

이미 공황이 절정에 오른 민준은 호흡을 가쁘게 쉬며 몸부림쳤다. 하지만 제자리에서의 몸부림은 그의 운동 방향에 아무런 영향을 주지 못했다.

그사이 주원 근처에 도착한 우주인이 방아쇠를 당겼고, 권총 모양의 장비에서 발사된 작은 그물망이 펼쳐지며 주원을 감쌌다. 빠른 속도로 회전하고 있던 주원이 그물망에 사로잡혀 금세 안정을 되찾았다.

하지만 눈을 감은 채 홀로 절규하던 민준은 그 상황을 알아차리지 못했다.

"망할 자식들!"

다른 한 우주인이 끊임없이 홀로 욕설을 내뱉는 민준을 향해 강한 불빛을 비췄다. 민준의 태도가 우호적이지 않음을 알아차린 우주인은 거리를 벌리며 어디론가 교신을 보냈다. 유유히 멀어지다 10여 미터 떨어진 거리에서 멈춘 그는 다시 권총 모양의 장비를 민준에게 겨누고는 방아쇠를 당겼다.

* * *

"정신이 좀 드십니까?"

민준이 눈을 뜬 것은 30분이 훨씬 지나서였다. 흐릿한 그의 시야에 처음 들어온 것은 푸른 눈에 단발머리를 한 젊은 여성이었다.

"뭐야, 너희들은?"

당장 자리에서 일어나려 몸부림쳤지만 이미 그의 가슴과 사지는 억제대에 묶여 있었다.

"진정하세요. 켈리(Kelly) 대위, 여기 진정제를 조금 더 주세요."

민준의 정신 질환을 알고 있다는 듯이, 짧은 머리를 한 켈리 대위가 짧은 주사기에 무언가를 담았다.

"잠시만요. 저는 괜찮아요. 주원이는, 주원이는 어떻게 되었죠?"

민준이 그제야 주변을 살피며 이성을 붙잡으려 애썼다. 난생처음 보는 첨단 장비들이 가득한 실내는 생경했다. 분명 국제우주정거장의 것과는 차원이 다른 공간이었다.

"당신들은 누구죠? 왜 내가 여기에 있죠?"

"소개가 늦었군요. 마스보이저 사령관 이블린(Evelyn) 소장입니다. 이야기는 많이 들었습니다."

이블린이 묶여 있는 민준을 물끄러미 내려다봤다.

"마스보이저라고요? 그럼 나를 쏜 것이 당신들이었나요?"

민준의 질문에 이블린이 주변 대원들을 보며 어이없다는 듯 비소를 지었다.

"잘 봐두세요. 여러분들도 패닉에 빠질 수 있으니."

마치 교육생을 가르치는 듯한 말투였다. 민준의 주위에는 서너 명의 외국인들이 둘러서 있었다. 민준은 자신이 실험실의 쥐가 된 것만 같은 기분에 사로잡혔다.

"주원 대원은 어떻게 되었냐고요! 괜찮습니까?"

이블린이 말없이 모듈 한쪽을 가리켰다. 이미 정신을 차리고 비스듬히 앉아 있는 주원이 민준의 눈에 들어왔다.

"주원아! 어떻게 된 거야!"

"대장님, 좀 안정을 더 취하셔야겠어요."

주원이 민준과 눈을 마주치고는 쓱 웃어 보였다.

"아니야. 이 새끼들 다 다크사이드 녀석들이지? 야! 이거 당장 풀어!"

"안 되겠네요. 아티반 4밀리그램 더 주고 관찰하죠."

이블린이 측은한 눈빛을 보이더니 투약을 지시하고 자리를 떴다. 이윽고 켈리 대위가 민준의 팔에 연결된 수액줄에 주사기를 꽂았다.

"그만해! 그만하라고!"

정신없이 몸부림치던 그는 주사액이 들어가고 얼마 지나지 않아 스르르 눈을 감았다.

* * *

"저희가 신세를 많이 지게 되었군요."

휴대전화를 들고 있는 윤중의 얼굴은 모처럼 밝아 보였다.

"예, 말씀 잘 이해했습니다. 마스보이저가 훨씬 더 중요한 자산이라는 것을 누구보다 잘 알고 있습니다. 이번 기회에 저희 한국 우주인들이 아예 탑승하는 것도……."

"아, 그건 곤란합니다. 저희 사령관과 대원들이 고생을 많이 하고 있어요."

윤중이 유쾌한 말투로 던진 농담에 오웬은 못마땅하다는 듯 곧장 반박했다.

"죄송합니다. 정 대장은 저희도 골칫거리여서."

윤중이 대강 둘러대며 벽에 걸린 텔레비전을 바라봤다. 화면에서는 속보를 알리는 자막이 나오고 있었다.

[속보] 달 탐사 한국 우주인 ISS 도킹 성공, 수일 내 지구 귀환 예정

짧막한 자막이 사라지자, 며칠 전 있었던 화재 참사 수습 현황과 국제유가가 일주일 째 상승하고 있음을 알리는 소식이 이어졌다. 그동안 우주개발에서 일어난 수많은 인명 사고에 익숙해진 대중들에게 한국 우주인들의 귀환 과정은 생각보다 큰 관심을 끌지 못하고 있었다. 게다가 마치 전부 계획되어 있던 것처럼 언론을 통제한 탓에 사람들은 이번 일을 일종의 해프닝 정도로 여겼다.

"아무튼, 감사드립니다. 이 기회에 한미 양국이 더 깊은 정보 교류를 하게 되어 감회가 새롭습니다. 예, 알겠습니다. 또 연락드리지요."

오웬과 짧은 통화를 마친 윤중이 오랜만에 편안한 표정을 지었다.

"고생 많으셨습니다."

통화를 듣고 있던 강주호 장관이 먼저 고개를 숙였다.

"고생은 뭘. 병 주고 약 주는 격이지."

"그래도 마스보이저 내부로 데려간 것은 쉽지 않은 결정이었습니다."

"맞아. 오웬이 결단을 내려준 것이지."

미국이 150년간 축적해온 과학 기술을 쏟아부은 마스보이

저는 다른 나라의 우주공학 기술보다 40년은 앞서 있다는 평을 받았다. 건설 비용 문제로 외부 패널이나 모듈의 조립에 다국적 우주인들을 참여시켰지만, 내부의 구조나 시설 등은 일체 공개하지 않았기에 마스보이저 안에 다른 나라의 인력이 들어간다는 것은 상상도 할 수 없는 일이었다.

"설마 지구로 돌려보내지 않는 것은 아니겠죠?"

강 장관이 분위기를 이끌려 농담을 던졌다.

"그럴지도 모르지. 아예 화성으로 데려가버렸으면 좋겠군."

마지막 순간에 민준이 보인 행동들을 보며 윤중은 조마조마하면서도 애잔한 마음을 느꼈다. 문제를 일으킨 장본인이었지만 또 문제를 직접 해결했으니 윤중은 민준을 크게 질책하고 싶지 않았다.

"오 장관, 언론에는 아무런 문제 없이 귀환할 것으로 다시 보도자료 배포하고, 달에 착륙해서 월석도 어느 정도 채취했다고 이야기해. 그래야 야당에서 또 쇼니 공작이니 하는 헛소리가 나오지 않지."

"월석 샘플은 가져온 것이 없습니다만……."

"이 사람 좀 보게. 다른 나라는 60년 전부터 달 토양 샘플을 가져왔는데 지금 지구에서 그거 하나 못 구하겠나?"

윤중이 오 장관을 내려다보며 핀잔을 놓았다.

"예, 알겠습니다. 그렇게 보도자료를 보내겠습니다."

"그래야지. 내일이든 모레든 우주인들 귀국하면 떠들썩할 텐데, 최대한 비공개로 조용히 진행하고 다른 이슈들 전면에 내세워서 빨리 잊게 합시다. 어쨌든 성공한 프로젝트가 아니어서 누군가 물고 늘어지면 좋지 않아요."

윤중이 큰 짐을 덜었다는 표정으로 회의실 문을 열어젖혔다.

불완전한 기억: 다크사이드
2031년 07월 31일

이틀 후, AM 02:31

북태평양 하와이 제도 북서쪽 430킬로미터 지점

주황색 공기 주머니를 매단 크루-드래곤 캡슐 주위로 등화를 모두 끈 소형 함정들이 모여들었다.

"미 해군입니다. 해치를 개방하겠습니다."

잠시 후, 적외선 투시경을 쓴 군인들이 보트에서 내리더니 캡슐 주위를 에워쌌다.

"당황하지 말고 좌석에 그대로 계십시오."

거친 파도에 캡슐과 보트를 이은 임시 발판이 위아래로 거세게 흔들렸다. 이어 해치 문이 바깥으로 열리자 군인들이 넘어지지 않기 위해 안쪽 손잡이를 꽉 잡았다.

"펄하버-히캄 합동기지의 채드윅(Chadwick) 대위입니다. 무사히 착륙하신 것을 환영합니다."

달이 뜨지 않은 칠흑 같은 암흑에서, 가시광선 조명 하나 켜지 않은 군인들은 실루엣조차 보이지 않았다.

"누가 보면 잡혀가는 줄 알겠어요."

서윤이 속삭거렸다. 5점식 안전벨트가 바싹 몸을 조이고 있었기에 세 사람은 미동도 할 수 없는 상태였다.

"반은 맞고 반은 틀리겠지?"

뒤로 기댄 자세로 누워 있는 민준의 머리 위로 적외선 야시경의 옅은 초록색 불빛이 가만히 움직였다.

"파도가 생각보다 거셉니다. 가만히 계시면 저희가 풀어드리겠습니다."

채드윅 대위가 민준의 어깨를 고정하고 있던 끈을 풀었다. 민준은 눈인사를 건네곤 가까스로 허리를 굽히며 일어섰다. 비록 며칠뿐이었지만 저중력(low-gravity)을 경험하고 온 그의 사지 근육들은 벌써 지구의 중력을 버거워하고 있었다.

"저희가 이동시켜드리겠습니다."

자존심이 상한 듯 얼굴을 찌푸려보았으나 별수 없었다. 그는 무거운 우주복과 헬멧의 무게를 이겨내지 못하고 힘없이 다시 등받이에 몸을 기댔다.

"벌써 지구를 잊어버리셨군요."

서윤이 눈을 마주치며 미소를 지었다.

"잊어버렸으면 좋았을 텐데."

이윽고 군인들이 세 사람의 고정 장치를 모두 풀어낸 다음 간이 들것에 실어 바깥으로 옮겼다.

"하와이에 오신 것을 환영합니다. 여러분들을 기지까지 모실 에이브러햄 매슬로(Abraham Maslow) 소령입니다. 예상 비행 시간은 20분이며, 오늘 기상 상태는 보시다시피……."

세 사람을 태운 들것이 보트에 오르자 항공 헬멧과 조종복을 입은 에이브러햄이 악수를 건넸다.

"반갑습니다. 뭐 도무지 보이지가 않으니……."

사위는 온통 칠흑 같았다. 이따금 부서지는 파도 소리만 들릴 뿐, 불빛 하나 찾을 수 없는 망망대해였다.

"비행 시간이라뇨? 배로 가는 게 아니었나요?"

서윤 역시 주위를 두리번거리며 물었다.

"아, 이런."

머지않아 머리 위에 떠 있는 검은색 헬기를 발견하고는 탄식을 내뱉었다.

"두 번 놀라게 하는군."

스텔스 기술을 적용한 MH-X 사일런트 호크 한 대가 마치 우주를 유영하듯 상공에 떠 있었다.

"파도가 거센 것이 날씨 때문은 아니었네요."

세 사람이 쓴 우주복 헬멧을 뚫고 헬기의 로터가 일으키는 소음이 간헐적으로 들려왔다.

"원래는 배로 4시간 30분가량 이동하셔야 하는데, 사령관님이 특별히 헬기로 모시라고 지시하셨습니다. 외국인을 태우는 것은 처음이죠."

"그렇군요. 감사합니다."

민준이 들것에서 몸을 일으킨 다음 에이브러햄 소령의 손을 잡았다. 그리고 그의 팔을 지지대 삼아 고도를 낮춘 헬기 위로 껑충 뛰어올랐다.

"오랜 우주여행에 고생 많으셨습니다. 국제우주정거장은 참 비좁지요?"

해맑게 질문하는 에이브러햄을 보며, 민준은 이 사람이 자신들이 달에서 겪은 일을 전혀 모른다는 것을 직감했다.

"예, 하지만 저희는 뭐 관광객 수준 아니겠습니까? 그저 몇 개월 편히 쉬다 오는 것이죠."

민준이 태연하게 둘러대고는 사일런트 호크의 뒷좌석에 앉았다. 뒤이어 서윤과 주원이 나란히 옆에 자리했다.

"태평양에 우주인이 착륙하는 것은 흔한 일이 아닙니다. 저희 기지에서 지원을 나온 것도 10년 만에 처음 있는 일이죠. 사령관님께서 특별히 신경을 쓰라고 하셔서 저희도 준비가 길었습니다. 이해해주십시오."

에이브러햄이 부조종석으로 향하더니 아래를 내려다보며 엄지손가락을 치켜세웠다. 그러자 곧바로 헬기의 문이 닫히며 빠른 속도로 이륙하기 시작했다.

"오랜만에 마셔보는군."

헬멧을 벗은 민준이 숨을 깊게 들이켰다. 매캐한 연기 냄새가 짜릿하게 코를 자극했다. 깊은숨을 내쉰 그는 창밖의 수평선 쪽으로 시선을 보냈다. 바다와 하늘의 경계를 찾아보려 했지만 어둠은 그 둘을 구별하지 않고 있었다.

"어찌 되었든, 다시 돌아왔네요."

헬멧을 벗은 서윤의 머리카락이 땀으로 젖어 있었다. 서윤이 태연하게 입을 열자 민준이 무언가 조심하라는 듯 가만히 자신의 입에 손가락을 가져다 대었다.

* * *

"태평양 예상 착륙 지점에 안착했다는 소식입니다."

시찬의 보고에 발사관제실에서 박수가 터져 나왔다. 마스보이저에서 지구로 귀환하는 과정은 전적으로 미국과 NASA가 주관했기에 재윤을 비롯한 직원들은 그저 두 시간마다 한 번씩 전달되는 소식을 손 놓고 기다릴 수밖에 없었다.

"센터장님, 정말 고생 많으셨습니다."

시찬이 함박웃음을 지으며 재윤의 어깨에 손을 올렸다.

"이시찬 매니저님의 역할이 지대했지요."

그 주위를 지선과 선민 그리고 스무 명의 관제 직원들이 에워싸며 무사 귀환의 기쁨을 나누었다.

"백 퍼센트 우리 관제는 아니었지만, 어쨌든 여러 난관을 뚫고 우주인들을 귀환시킨 여러분들의 노고에 진심으로 감사드립니다."

재윤이 직원들 사이에서 빠져나와 콘솔 위로 우뚝 올라섰다.

"지난 일주일 동안의 유인 달 탐사 과정에서 우리는 예상했던 것보다 예상치 못한 것들을 더 많이 마주했습니다. 일부는 기록으로 남겠지만, 대부분은 문서나 음성으로도 기록되지 않을 비화가 될 것입니다."

관제실 직원들은 숙연하게 재윤의 말을 경청했다.

"어쩌면 기우일지 모르겠으나, 여러분과 우리 나로우주센터의 안녕을 위해서 잊을 것들은 확실히 잊고 나아갑시다. 그럼에도 무언가를 확실히 배운 경험이 되었길 바랍니다. 그리고 또……."

재윤이 말을 이어가던 무렵, 갑자기 관제실 뒷문이 덜컥 열리더니 정장을 갖추어 입은 여러 명의 건장한 사내들이 들이닥쳤다.

"무슨 일이십니까? 여기는 국가보안시설입니다."

반사적으로 불쾌함을 내비쳤지만 재윤은 은연중에 긴장했다. 낌새만으로도 그들이 누구인지 알아차리는 것은 어렵지 않았다.

"바쁘신 중에 죄송합니다. 국가정보원 제3팀입니다."

머리를 바짝 자른 남자가 신분증도 내보이지 않고 성큼성큼 걸어와 재윤의 앞에 섰다.

"저는 전해 들은 바가 없는데요."

"곧 연락이 올 겁니다. 프로젝트를 무사히 마치신 것을 축하드립니다만, 국가적으로 협조해주셔야 할 일이 있습니다."

그리고 관제실에 마지막으로 들어온 인물을 본 재윤의 얼굴이 순간 굳었다.

"김세준 센터장님…… 여기는 어떻게……."

재윤의 말을 들은 직원들의 시선이 일제히 뒤를 향했다.

"아, 다들 고생 많았어요."

세준이 어색한 미소를 지으며 가볍게 손을 흔들었다.

"나는 여기로 새로 발령받았어. 해외정보국 제3팀 팀장."

그가 몸을 비스듬히 돌리며 사람들의 시선을 피했다.

"아무튼, 다들 협조 좀 잘 부탁해요. 너무 많은 것을 알게 된 것 같다고 걱정하는 분들이 있어서 그래요. 죄지은 거 아니니까 부담 갖지 말고. 그냥 어디까지 있었던 일로 할지 선을 정하는 거야. 두 시간이면 끝나요. 두 시간."

＊　＊　＊

한국 시간 PM 10:31

청와대 본관 집무실

"고생 많으셨습니다. 방금 한국 우주인들이 하와이 히캄 합동기지에 무사히 착륙했다는 무전을 받았습니다."

군복을 입고 있는 합참의장을 뒤로하고 윤중은 집무실의 창밖만 하염없이 바라보고 있었다.

"날짜 선택 한번 탁월하군. 그믐이 시작되기 전이라……."

하와이에서는 달이 뜨지 않았겠지만 위도가 높은 한국에서는 어렴풋이 달의 윤곽이 보이는 날이었다.

"예, 아무래도 오웬 대통령은 자신들의 핵심 기술을 두 번이나 목격한 한국 우주인들을……."

"그래, 어떻게 보면 무사히 착륙시킨 게 기적이지."

윤중이 몸을 돌려 합참의장을 정면으로 마주 보았다.

"의장님은 어떻게 하시겠습니까? 만약 우리 한국 우주인들을 태운 캡슐이 바다에 추락했다면?"

갑작스러운 윤중의 질문에 합창의장이 흠칫했다.

"타국의 군사 작전 중에 우리 민간인이 희생되었다면……."

"아니요. 그게 아니죠."

윤중이 틀에 박힌 민 의장의 말에 고개를 가로저었다.

"됐습니다. 잘되어서 다행일 뿐이죠. 언론에는 우주인들이 태평양에 잘 내렸다고 알려주고. 나로우주센터 직원들은 통제하고 있나요? 이제 곧 격리 풀린다고 들떠 있을 텐데?"

허공을 향한 듯한 윤중의 물음에 멀찍이 서 있는 오태민 과기부 장관이 움찔거리며 반응했다.

"아, 예. 국정원 직원들이 가서 일일이 면담을 하고 조치하는 것으로……."

"그래요. 다들 충격받지 않게 잘 대해주세요."

윤중이 터벅터벅 걸어 집무실 중앙에 서더니 잠시 침묵했다. 그리고는 숨을 크게 들이키며 다시 합참의장을 쳐다보았다.

"의장님, 만약 우리 우주인들이 태운 캡슐이 바다 한가운데 추락했다면……."

합참의장이 민 의장이 긴장을 놓지 못하고 윤중의 말에 귀를 기울였다.

"그냥 사고가 발생한 거야. 우주개발의 위험성을 국민들에게 각인시키는 대형 사고. 아시겠습니까?"

*　*　*

"이 정도면 되겠습니까?"

달빛이 희미한 밤, 하진은 강원도 삼척시 노곡면 인근 임도(林道) 한가운데서 무릎을 꿇고 있었다. 그의 손에는 작지 않은 텀블러가 들려 있었고, 그 앞에는 복면을 쓴 사람들이 무리 지어 서 있었다.

"마저 드시죠."

맨 앞에 서 있던 요원이 손을 들었다.

"이런 맛일 줄은."

하진이 씩 웃어 보이더니 텀블러를 끝까지 기울였다.

"좀 뜨거울 거예요. 몸에 좋은 것은 아니니까."

"알려줘서 고맙군."

하진이 씁쓸한 표정을 지으며 입을 닦았다.

"다 되었습니다."

임도 한편에 세워진 하진의 차에서 다른 요원이 나오며 외쳤다. 그에 하진 앞에 서 있던 요원이 느긋하게 스톱워치를 눌렀다.

"이제 타시면 됩니다."

그저 고개를 주억거리고는 하진이 자신의 차에 올랐다.

"운전은 안 하셔도 됩니다. 예정된 코스로 자율주행할 겁니다. 30분 정도 후에 가슴에 통증이 느껴지면 그저 편안하게……."

"알아."

하진이 비틀거리며 운전석에 올라탔다.

"사고 소식이 보도되고 나면, 보상금은 말씀하신 계좌로 이체될 겁니다. 어머니 20억, 동생 10억……."

종이쪽지를 살피던 요원이 피식 웃었다.

"정말이지, 끝까지 애절하군요."

"쓸데없는 소리 하지 말자."

운전석 등받이에 몸을 기댄 하진이 온몸이 저리는 듯 불편함을 감추지 못했다.

"그래도 명예롭게 가시는 겁니다. 아시잖아요. 다들 도박, 횡령 하나씩은 달고 갔던 거."

요원이 문을 닫으며 말했다. 하진은 눈을 감은 채 살며시 고개를 끄덕였다. 곧이어, 하진의 차량이 자율주행모드로 바뀌더니 임도를 따라 미끄러지듯 천천히 내려갔다.

* * *

늦은 시간이었지만, KBN 뉴스 룸 스테이션은 대원들의 생환 소식을 기다리는 스태프들로 가득했다.

"아직 정부에서는 공식 발표가 없는데요. 나로우주센터에 나가 있는 김리아 기자 연결하겠습니다. 김리아 기자."

민서가 초조함을 감추며 멘트를 이었다.

"저는 지금 나로우주센터에 나와 있습니다."

리아의 뒤로 높이 솟은 바리케이드와 경비원들이 보였다.

"관련 소식 전해주시죠."

"보시다시피 나로우주센터는 현재 출입이 엄격히 통제되고 있습니다. 간헐적으로 보안 차량이 드나들고는 있지만, 일반인과 기자단의 출입은 완전히 금지된 상황입니다."

"그렇군요. 국민들 모두 무사 귀환을 기다리고 있는데, 우리 우주인들의 현재 위치는 어떻게 되나요?"

"방금 전달받은 소식에 의하면, 우리 시각으로 밤 10시경, 세 명의 우주인을 태운 캡슐이 태평양 해상에 무사히 착륙한 것으로 확인되었습니다."

리아의 브리핑에 뉴스 룸에서 탄식이 흘러나왔다. 스태프들이 분주하게 움직이더니 곧 화면에 관련 자막을 띄웠다.

"그렇군요. 발사통제실과 같은 관련 부서의 반응은 어떤가요?"

민서가 긴장을 풀지 않고 질문했다.

"앞서 말씀드린 것처럼 현재 나로우주센터는 언론과의 접촉을 완전히 차단한 채, 이렇게 문자를 통한 약식 보도자료만 배포하고 있습니다."

리아가 손을 내밀어 휴대전화 화면을 카메라 앞으로 가져다 댔다.

"우리 대원들은 하와이에 있는 미 공군 기지에서 소정의 절차를 거친 뒤 한국으로 이송될 것으로만 알려져 있습니다."

"잘 알겠습니다. 아마 많은 국민께서 정민준, 이서윤, 김주원 대원의 환한 얼굴을 기대하셨을 텐데 아쉽습니다. 아직 영상을 볼 수는 없지만, 우리 우주인들이 여러 난관을 뚫고 무사히 생환했다는 것에 기쁨을 감출 수 없는 것 같습니다. 추가 소식 들어오는 대로 다시 전해드리도록 하겠습니다."

민서가 조금은 긴장이 풀린 표정으로 멘트를 마무리했다.

"수고하셨습니다."

생중계를 알리는 LED 등이 꺼지고 광고 화면이 나오자 스태프들이 박수를 치기 시작했다. 왁자지껄한 분위기에 휘둘리지 않으려는 듯, 민서는 차분하게 대본을 챙겼다. 곧이어 휴대전화의 전원을 켜자 수십 개의 읽지 않은 메시지들이 떠올랐다. 목록을 대강 훑는 사이, 리아가 문자를 보내왔다.

발신: 김리아 기자

언니, 이게 끝이 아닌 거 아시죠? 실마리를 찾았어요. 숨기고 있는 것들, 제가 전부 밝혀낼게요.

리아의 메시지를 확인한 민서가 눈에 띄게 손을 떨었다. 곧 장 전화를 걸었지만 리아는 받지 않았다. 그녀는 황급히 자리를 뜨려다가 주변을 확인하고는 다시 몸을 사렸다.

"수고 많으셨어요."

그리고는 스태프들과 가볍게 인사를 건네며 서서히 뉴스 룸을 빠져나왔다. 늦은 시각이었음에도 복도는 오가는 사람들로 분주했다. 대기실에 들어선 민서가 떨리는 손으로 휴대전화 화면을 확인하더니, 그간 하진과 나눈 대화를 모두 삭제하기 시작했다.

* * *

"도착했습니다."

사일런트 호크가 주기장에 내렸다. 에이브러햄 소령이 먼저 내려 뒷문을 직접 열어주었다.

"저희는 여기까지입니다."

"여기까지라뇨? 한국으로 가는 귀환 일정은 어떻게 되죠?"

"국제우주정거장에서 오신 분들은 일주일 동안의 격리를 거쳐 건강 상태 등 여러 점검을 받게 됩니다. 한국으로의 귀환은 그 이후에 항공편으로 하실 거고요."

에이브러햄이 여행객을 대하는 가이드처럼 매끄럽게 일정을 안내했다. 난생처음 우주인을 마주하는 에이브러햄은 그저 신이 난 것처럼 보였다.

"숙소는 깔끔하게 잘 마련해놓았습니다. 즐겁고 편안한 시간 보내시기 바랍니다."

에이브러햄이 가볍게 경례를 건네고서 서둘러 헬기 반대편으로 걸어갔다.

"뭐죠? 정말 우리를?"

"일단 시키는 대로 하자고. 일종의 신분 세탁을 하는 거야. 우리가 아는 것들을 숨기기 위해."

"그걸 미국에서 도와준다고요?"

"모종의 합의가 있었겠지. 일단 이렇게 무사히 도착했으니, 지구 땅을 한번 밟아봅시다."

민준이 어린애처럼 신나게 먼저 헬기에서 뛰어내렸다.

"잠깐만요, 대장님. 이건 사전에 전달받은 게 아니잖아요. 일주일 격리라고요? 본국과는 언제 연락하고요?"

서윤은 혹여나 자신들이 새로운 음모에 빠진 것은 아닐까 노심초사했다. 옆에 선 주원 또한 같은 마음인 듯 좀처럼 표정을 풀지 못했다.

"우리를 제거하려고 했으면 진즉에 방법이 있었어. 캡슐이 착륙에 실패할 확률이 얼마나 높은데, 설마 이렇게까지 공을 들여서……."

그때, 주기장과 가장 가까운 기지 건물 입구에서 누군가 걸어 나오는 것이 보였다. 주위에 여러 명의 군인이 동행하는 것으로 보아 높은 계급임이 분명했다.

"책임자가 나오나 보군요. 따질 것은 따져야겠어요."

"그래, 그건 서윤이가 전담하기로 하지."

민준이 헬기에서 내리려는 서윤과 주원의 손을 잡아주며 우스개로 말했다. 그사이 작은 체구의 금발 머리 중년 여성이 당당한 걸음으로 세 사람 앞에 다가왔다.

"반갑습니다. 펄하버-히캄 합동기지에 오신 것을 환영합니다."

기지의 어두운 조명 탓에 얼굴이 제대로 보이지 않았지만 민준은 무언가 익숙한 느낌을 받은 듯 고개를 갸웃거렸다.

"에이버리 위튼(Avery Witten) 중장입니다. 20년 전부터 이 기지의 관리를 맡고 있죠."

민준은 악수를 건네는 그녀의 말투와 목소리 또한 왠지 낯설지 않다는 것을 직감했다.

"반갑습니다. 정민준 대장입니다. 저희가 의도치 않게 이곳까지 오게 되어 아직 궁금한 점이 많습니다만……."

민준은 일부러 손을 맞잡지 않고 말을 늘어뜨리며 그녀의 얼굴을 확인하기 위해 자세를 낮췄다. 하지만 이번에는 방금 떠오른 사일런트 호크의 착륙등이 주변을 눈이 시리도록 비추는 통에 제대로 확인할 수 없었다.

"예, 그러시겠죠. 그건 저희도 마찬가지입니다."

에이버리가 나긋한 목소리로 재차 악수를 청하자 민준이 마지못해 그녀의 손을 잡았다.

"대통령께서 직접 전화를 주셨어요. 다들 잘 모시라고. 아, 아까 에이브러햄 소령이 괜한 얘기를 했죠? 일주일 격리는 없습니다. 여러분들은 내일 아침 한국에서 보낸 공군 수송기 편으로 귀국하실 예정입니다."

"아, 그럼 다행이네요."

아직 이상함을 눈치채지 못한 서윤이 주원과 눈을 맞추며 씩 웃어 보였다.

에이버리가 곧장 뒤돌아 걸었다. 옆에 있던 군인이 세 사람에게 따라오라는 신호를 보냈다. 기지를 향해 걸어가는 길의 조명은 조금씩 밝아지고 있었다.

"잠깐만……."

에이버리의 뒷모습을 지켜보던 민준은 내면 깊은 곳에서 차오르던 불안이 점차 선명해지는 것을 느꼈다.

"설마, 저 사람……."

"왜요? 왜 그래요?"

에이버리 중장 일행과 거리를 두고 걷고 있는 민준의 얼굴에 오묘한 기운이 감돌더니, 곧 차갑게 식었다.

"이사벨라."

"뭐라고요?"

"이사벨라 소드슨이야. 저 사령관이라는 사람."

민준이 넋이 나간 얼굴로 중얼거리며 걸음을 멈췄다. 놀란 서윤과 주원이 그와 에이버리 일행을 번갈아 보았다.

"이사벨라 소드슨!"

그리고 민준이 갑작스레 외쳤다. 그녀를 따르던 군인들이 몸을 움찔하며 멈췄다. 에이버리 중장이 걸음을 바꾸어 세 사람을 향해 다가왔다.

"무슨 문제라도 있나요? 정민준 대장님?"

얼굴과 머리 스타일 그리고 푸른 눈빛까지⋯⋯. 민준의 시야에 가득 찬 그녀는 영락없는 이사벨라의 모습이었다.

"당신은 우릴 속이고 있어요. 이사벨라 소드슨!"

"무슨 말씀을 하는지 잘 모르겠군요. 저는 에이버리 위튼이에요. 우리 대응에 무언가 불편한 점이라도?"

분명 꼭 닮은 외모였지만 에이버리의 표정과 말투는 미묘하게 이사벨라와 달랐다.

"어딜 속이려고!"

"대장님! 왜 이래요, 또!"

서윤이 민준의 팔을 거칠게 잡아끌며 그를 말렸다.

"도대체 뭐 하는 거예요, 지금!"

흥분한 민준과 다그치는 서윤을 뒤로한 주원은 에이버리 위튼 중장에게 연신 고개를 숙이며 사과했다.

"이사벨라 소드슨이 온 거라고. 기억 안 나? 우리보다 먼저 우주선을 타고 달을 떠난 물체?"

"대장님, 그저 흔한 중년 백인 여성일 뿐이에요. 보면 몰라요? 저 차분하고 따듯한 말투, 그 사람일 리가 없잖아요!"

서윤이 에이버리를 슬쩍 보더니 민준의 눈을 똑똑히 마주 보며 식은땀을 흘렸다.

"이러지 말고 들어가서 이야기해요. 예?"

주원의 차분한 설명을 들은 에이버리 중장이 상황을 이해했다는 듯 고개를 끄덕였다.

"그럴 수 있어요. 우주인들이 정신착란을 겪는 것은 드물지 않은 일이니까. 도움이 필요하면 우리 의무실로 연락 주세요. 정신과 군의관도 상주하고 있으니."

에이버리가 자신을 경호하는 군인들에게 신호를 보내고서 빠른 걸음으로 먼저 기지로 향했다.

"대장님, 잘해오셨잖아요. 마지막 순간에 이러시면 우리 정말 곤란해져요."

서윤은 움직이지 않으려는 민준의 팔을 잡고 다시 걸음을 이끌었다.

"정신 똑바로 차려야 해. 어쩐지 녀석들이 우리를 순순히 대접해준다 했어."

"착각이라니까요. 일단 밝은 곳에 가서 좀 진정하면서 이야기해요."

곤란해하던 서윤이 주원에게 눈짓을 보냈다. 주원은 부리나케 달려와 서윤을 도와 민준의 왼쪽 팔을 잡고 걸음을 재촉했다.

아직 소동이 가라앉지 않은 것을 알아차린 에이버리 중장이 기지 문 앞에서 몸을 돌리더니 세 일행을 바라보았다.

"주변이 너무 어두워서 그럴 수도 있어요. 숙소엔 조명이 밝으니, 편히 쉬도록 하세요. 아, 그리고 오늘은."

에이버리가 고개를 들어 검은 하늘을 올려다보았다.

"손님들을 반기기에는 조금 음침한 날이죠. 달이 보이지 않으니. 하지만 보이지 않는다고 해서 없는 건 아니에요."

그녀가 순간 고개를 내려 세 사람을 응시하더니 차갑게 미소를 거두었다.

"달은 늘 뒷면을 숨긴 채, 앞면만을 드러내는 이중적인 천체이니까요."

다시 몸을 돌린 그녀의 얼굴이 머리 위에서 비추는 가로등 불빛을 반사하며 절반만 밝게 빛나고 있었다.